温州大学中文学科建设丛书

女性的天空：

女性主义视域中的文学经典诠释

傅守祥 著

中国社会科学出版社

图书在版编目（CIP）数据

女性的天空：女性主义视域中的文学经典诠释 / 傅守祥著. —北京：中国社会科学出版社，2021.9

ISBN 978-7-5203-8746-0

Ⅰ.①女… Ⅱ.①傅… Ⅲ.①世界文学—文学研究 Ⅳ.①I106

中国版本图书馆 CIP 数据核字（2021）第 138196 号

出 版 人 赵剑英
策划编辑 王丽媛
责任编辑 夏 侠
责任校对 李 莉
责任印制 王 超

出 版 中国社会科学出版社
社 址 北京鼓楼西大街甲 158 号
邮 编 100720
网 址 http://www.csspw.cn
发 行 部 010-84083685
门 市 部 010-84029450
经 销 新华书店及其他书店

印 刷 北京明恒达印务有限公司
装 订 廊坊市广阳区广增装订厂
版 次 2021 年 9 月第 1 版
印 次 2021 年 9 月第 1 次印刷

开 本 710×1000 1/16
印 张 17
插 页 2
字 数 221 千字
定 价 89.00 元

凡购买中国社会科学出版社图书，如有质量问题请与本社营销中心联系调换
电话：010-84083683

总　　序

温州大学中国语言文学学科的历史文脉可以追溯到晚清学术大师、教育家孙诒让先生于1906年创建的温州师范学堂。在百年的历史积淀中，一代词宗夏承焘、戏曲宗匠王季思、经史学家周予同、古文字学家戴家祥、著名作家王西彦、敦煌学专家蒋礼鸿、戏曲学家徐朔方、九叶诗人唐湜等先贤曾在此求学或执教，为本学科铸就了深厚的人文底蕴。

斯文不坠，薪火相传。

进入21世纪以来，本学科广纳天下英才，发展态势喜人。2003年，文艺学、汉语言文字学两个二级学科及相关的民俗学获批硕士学位授权点。2010年，获批一级学科硕士学位授权点。2016年，成为浙江省“十三五”一流学科A类。2017年，学科下属“浙江传统戏曲研究与传承中心”成为浙江省哲学社会科学重点研究A类基地。2019年，与本学科紧密关联的汉语言文学专业成为首批国家级一流本科专业建设点。

目前，本学科已形成中国古代文学、中国古典文献学、文艺学、中国现当代文学、汉语言文字学等5个优势学科方向，戏曲研究、域外汉文献研究、文艺美学研究、汉藏语言比较研究、鲁迅研究、温州文学与文化研究等在海内外学界颇具影响力。其中，以南戏研究为龙头的传统戏曲研究，有力地支持了浙南区域文化建设；域外汉文献和东亚俗文学的对接研究以及汉藏语言比较研究，可以为“一带一路”的文化交流提供重要支撑；以文艺学为基础的审美文化研究，注重理论与实践的结合，拓展出语言诗学、神话美学、地域文学、媒介传播等特色方向。

回首来时路，瞻望未来梦。我们编纂本丛书，旨在集中推出一批高水平的学术成果，或继往开来，或引领潮流，或特色鲜明，打造温州大学中文学科品牌，续写新的历史篇章。

孙良好

目录

绪　论

女性天空的高低与文学批评的拓展

著名作家萧红在其人生后期曾说过一句名言：“女性的天空是低的……”[①] 这句话应该是作家聂绀弩回忆萧红曾经讲过的一句话，并未出现在她的作品中，在萧红的传记里可以找到。1938 年，被战争困在西安的聂绀弩打算前往延安，临行前的一晚，他在西北路上碰见萧红，两人在马路上来回地走，随意交谈。那晚萧红穿着酱色的旧棉袄，外披着黑色小外套，毡帽歪在一边，夜风吹动着她帽外的长发。聂绀弩发现，和萧军的最终分手显然令萧红的心情极不宁静，她话说得很多，但说话的神情是心不在焉的，脸色更是白得跟当晚的月色一样。十年后，聂绀弩回忆起那一夜的萧红，他仍清楚地记得，萧红近似喃喃自语的话中有这么一段：“你知道吗？我是个女性。女性的天空是低的，羽翼是稀薄的，而身边的累赘又是笨重的！而且多么讨厌呵，女性有着过多的自我牺牲精神。……不错，我要飞，但同时觉得……我会掉下来。”[②] 或许是因为对这番话印象深刻，启行的时候，聂绀弩在人群中对着萧红做出了飞的姿态，又用手指着天空，那一刻，他相信自己看到了萧红会心的

① 凌云岚：《女性的天空》，《十月》2006 年第 2 期。

② 凌云岚：《女性的天空》，《十月》2006 年第 2 期。

微笑。①

一　女性的天空是低的

即便是被认定为“男性自大狂”的英国作家 D. H. 劳伦斯（David Herbert Lawrence，1885—1930）也认为“男人和女人的关系是贯穿一生的旅行”②，但是，在人类成长史上，长期的性别压制迫使女性退化为从属者、失语者和隐匿者。长久以来，女性自身及其生活都在男性“异样”目光的注视下，也“单一化”地存在于男性作家笔下，男性“包办”了关于女性的“解释”与“注释”。因此，现代作家萧红曾经发出悲叹“女性的天空是低的”。③ 但是，自从进入 19 世纪，女性作家从幕后走向前台进而坚强崛起，主动书写女性自身及其真实境遇，多维度呈现女性所感所思所爱所行，细腻描绘现代女性的自尊自爱自立自强，在对女性的切身关切中引领其在现实生活中改善生存环境、掌控人生方向。随着 20 世纪以来的女性觉醒，女性主义文学批评勃发，女性终于也可以“自己为自己做‘解’和‘注’”④。所以，近两百年的文学创作和批评，拨乱反正、引领风气，确实为女性生存、女性体验、女性声音打开了一扇窗、一扇门，甚至建造了一座“自己的房子”，以各种形式拓展了“女性的天空”。

毋庸讳言，在社会生活中，男性往往带着偏见去思考女性问题，即使是对女性的保护行为，实则也是通过隐形意识的灌输来制造控制与被控制的权力关系，使女性将传统观念内化为自己的行为与思

① 凌云岚：《女性的天空》，《十月》2006 年第 2 期。
② 凌云岚：《女性的天空》，《十月》2006 年第 2 期。
③ 凌云岚：《女性的天空》，《十月》2006 年第 2 期。
④ 凌云岚：《女性的天空》，《十月》2006 年第 2 期。

想。而在文学作品中，女性作为由男性“用笔创造出来的”创造物，也仍然“被监禁在笔杆之中”。因此，男性作家笔下的女性形象往往是被塑造的女性镜像、被物化的女性存在、被压抑的女性身份。她们或者落入传统男性刻画女性的窠臼之中，套入“天使与怪物”的模子被造出；或者被简化为男性物欲关注的一具肉体；或者被“去性别化”，消灭女性特质。而她们在小说中的命运往往是受人摆弄，为男性父权做陪衬：在性爱关系中女性是性欲施加的对象，是无法获得爱的无爱女性。更进一步说，被禁锢在文本中的女性无法发声为自我辩白，言语的机会被转移到男性身上，女性被刻写、被代表、被划分为附属的“他者”，女性的“她”性别似乎要消失于历史。

二　女性议题与仰望天空的女人

西方的女性议题自 20 世纪 20 年代提出以来，已经走过了较为成熟的路径。中国在 20 世纪 80 年代也展开了对女性的研究：从“反抗式阅读”入手，中国学者先是追溯历史，寻找女性的传统，建构女性的脉络；随后，在文学作品中、在现实生活中进行对女性的发现与对人的发现；最后，则通过颠覆式的阅读，即对文学文本的重读与拆解，来重新梳理女性的身份。

伴随着伍尔夫、波伏娃、杜拉斯等拥有积极女性意识的作家作品被翻译过来，中国的女性写作便逐渐形成了自觉的女性意识。英国女作家维吉尼亚·伍尔夫（Adeline Virginia Woolf，1882—1941）曾经说，女性只有首先承认了自己性别的局限，才能去追求那个至善至美的境界。性别的局限是客观存在的，但也恰恰因为女性生活的相对狭窄，她们才可能更从容地审视自我、审视人生，进而对人性做出独到的探究。性别显然决定了女性的视角、女性的直觉、女性的感知能力，以及她们站在女性立场上所完成的对人性的关怀与认知。这促使她们的作品因此而更具善意，更有同情心，甚至更趋纯粹与完美。她们的心思对准人性的本质，性别可能造就了女性的局限，但又何尝不是女性的优势。

众所周知，现代社会表现出来的所谓男女平等实际上仅仅是一种幻象。女性看似受到极大鼓励进入社会工作，拥有独立的经济来源，但这很大程度上是出于刺激消费、促进经济增长的目的。当前，关于女性的一切看似已经被“研究透了”，但事实并非如此。一方面，女性追求平等这一议题从来没有被真正重视、没有形成共识，单看女权主义者们为此不断奔走呼喊，便可知“男女平等”还没有成为“稀松平常的现实”。因此，这一话题仍不断被重提，仍不断有研究者投入对女性历史发展、生存境况的探究；另一方面，近几年席卷全球的“Me Too”运动也掀起了新一轮女性要求“平权”的热潮。在此前提下对女性问题进行研究就是一种对“更好的解决办法”的探索。现代社会中的女性解放与自由之路坎坷，唯赖“不欲—勿施”式的换位思考与深度尊重，以及公平正义的法制规范与才情差异的性别共识，三者综合施治方有和谐之效。

三　文学经典中的诗性正义与女性体验

文学即人学。文学经典是将精神存在、人生智慧、思想场域、人性细节、艺术呈现等相对完美地凝合在一起的民族语言的综合体，是特定时代、特定人群、特定地域的文化记忆、共识性体验与延展性想象，是作家、批评家与读者长期磨合的共同创造。其智慧光芒穿透历史，思想价值历久弥新，艺术想象跨越时空，语言延展民族独创。文学经典包罗万象、洞幽烛微，坚持给人留存希望、带来人性的温暖、品察生命的本真。在展示人性的微妙上，文学无疑比任何教义和信条都更伟大。文学经典能够培育人们想象他者与去除偏见的能力，培育人们同情他人与公正判断的能力，并将最终锻造一种充满人性的公共判断的新标准和这个时代亟须的诗性正义。

阅读经典、领会经典和活用经典，无疑会“敏锐”我们的感觉、“丰富”我们的体验、“延长”我们的生命。本书从女性主义视域出发，精选19世纪以来的若干中外文学经典详加分析，基于换位思考和回归常识的立场，试图超越“两个玛丽亚”的二元对立式偏见和男权中心主义的傲慢，以“美学的历史的”尺度重新诠释这些经典名作。女性的天空，旧时确实是低的；仰望天空的女人，心里惦记着自由飞翔。作为正义和正义之上的存在，仰望星空和心中的道德律令，一直是人类的不懈追求。正视、关注、化解女性作为人类群体的“另一半”依旧面临强大的性别歧视与压迫，是人类智慧与文明程度切实提高的标志。

本书以价值观的调整和方法论的更新为前提，细分三章：第一章“维多利亚时代的女性禁锢与文学活力”，选取文学经典《简·爱》《傲慢与偏见》、克里斯蒂娜·罗塞蒂的诗、《名利场》中的利蓓加、《双城记》中的对立女性等作为分析对象；第二章“自由女神的爱欲迷障与知性优雅的人间困顿”，选取文学经典《嘉尔曼》《包法利夫人》《戴珍珠耳环的少女》《穿普拉达的女王》以及“反乌托邦三部曲”中的女性等作为分析对象；第三章“跨文化裂变的女性创伤与跨媒介流传的女性体验”，选取加华作家张翎的小说、美华小说《金陵十三钗》《南京安魂曲》、迪斯尼系列电影《花木兰》、跨界文本《一个陌生女人的来信》、跨媒介文本《金锁记》等作为分析对象。

第一章

维多利亚时代的女性禁锢与文学活力

女性从事写作始终是一项异常艰难的工作。正如肖沃尔特所说的，女性的思想与情感在男性话语构建下的语言体系中有一片难以表述的荒地。因此，“感知、沉默、压制声音等本来就是探讨女子文学活动时所用的主要概念”①。尽管如此，在文学创作的长河中，仍有许许多多默默无闻的或是早已将自己的名字镌刻进文学史的女性作家，凭借她们的文学天赋与强烈的感受力、捕捉力，努力地在男性语言体系中发出女性的声音，以尽量贴切的词语描摹着自己那丰富细腻而敏感多情的内心世界。正如埃莱娜·西苏（Helene Cixous）在《美杜莎的笑声》中所说：“几乎一切关于女性的东西还有待于妇女来写：关于她们的性特征，即它无尽的和变动着的错综复杂性，关于她们的性爱，她们身体中某一微小而又巨大区域的突然骚动。不是关于命运，而是关于某种内驱力的奇遇，关于旅行、跨越、跋涉，关于突然的和逐渐的觉醒，关于对一个曾经是畏怯的既而将是

① ［法］埃莱娜·西苏：《美杜莎的笑声》，载张京媛主编《当代女性主义文学批评》，北京大学出版社 1992 年版，第 194 页。

率直坦白的领域的发现。”①

一 女性写作的天空与女性独有的飞翔

社会规范下的“女性”是在他者的境遇下形成、发展的，因而女性内心始终是孤立的、封闭的、向内的、复杂的，正如波伏娃（Simone de Beauvoir，1908—1986）在探讨少女时期的女性内心世界时所认为的那样：“少女是内向的，骚动的，是严重冲突的牺牲品，但这种复杂性使她丰富，她的内心生活发展得比她的兄弟们更有深度；她更注意自己的情感，所以它更微妙地富于变化……她有更强的心理顿悟能力……”“她超然于僵化的男性世界之外而走到了孤独的极限，成为真正的自由人。”② 由于他者的处境，女性给予自己的内心世界以极大的关注，她那敏感细腻的内心中有着强烈表达的欲望，急于突破束缚从女性那早已沙哑的喉咙中冲出来，而文字则是被锁在封闭家庭中的女性唯一能够发出自己内心世界声音的工具。如今呈现在世界面前的这些女性作家，如艾米丽·勃朗特、狄金森、克里斯蒂娜·罗塞蒂等人，都在文字中保留了女性成长过程中在他者境遇下所感受到的世界的强烈激情，大多展现了女性那独特的内心世界观照下所呈现出的情感的细腻、丰富以及思想上的封闭性、内向性与复杂性。

女性主义理论家在关于女性写作及女性内心世界的独特性问题上达成了基本一致的观点。伍尔夫在《一间自己的屋子》里说道：“她像女人那样写，但是像一个忘记自己是女人的女人。所以她的书里充

① ［法］埃莱娜·西苏：《美杜莎的笑声》，载张京媛主编《当代女性主义文学批评》，北京大学出版社1992年版，第194页。

② ［法］西蒙娜·德·波伏瓦：《第二性》，郑克鲁译，上海译文出版社2011年版，第414—415页。本书正文采用波伏娃这一人名译法，引文主要采用［法］西蒙娜·德·波伏瓦《第二性》，郑克鲁译，上海译文出版社2011年版与［法］西蒙娜·德·波伏娃：《第二性》，陶铁柱译，中国书籍出版社1998年版。根据引用语境选用较贴切的译本语句，不再统一为同一译本。

满了那种奇怪的性的性质。那只有在性忘却自己的时候才会有的。”①正如波伏娃在探讨女性形成的一开始就指出，女人并不是生就的，而是逐渐形成的，是整个文明将女性塑造成了社会意义上的“具有女性气质”的一个性别。因此，伍尔夫所认为的女性写作就是在“性忘却自己”，抛弃了文明与社会塑造下的“女人气质”而以一个纯粹女人所具有的那种独特性来从事写作，表述自我。波伏娃在《第二性》的最后一章“独立的女人”中也谈到女性的写作：“她们若是从事写作，就会对文化世界感到不知所措，因为那是一个男人的世界，于是她们只能结结巴巴地去说。另外，若是女人愿意按照男性的方式去推理和表达自己，她便会一心想窒息她本来就有理由不相信的独特性；她和女学生一样也容易变得谨慎和迂腐；于是她会去模仿男性的严密和气魄。她可以变成优秀的理论家，可以取得名副其实的能力；但她将不得不放弃她身上的任何一种‘与众不同’的东西。”② 随后，西苏也在其女性主义论文《美杜莎的笑声》中，强调了女性写作是一种女人独有的飞翔的姿态。

他者的境遇促使女性去关注自己的内心世界，促使女性从事文学创作以发出自己的呐喊。然而也正由于他者的境遇，如几千年来女性的全部命运一样，女性写作也是在极其艰难的尝试与跋涉中去努力完成的。男性作家能够很熟练地运用他们自己构建起来的这种语言体系去表达他们在超越性的生存实践中所凝聚的思想，从而得以完成一部伟大的文学作品。而女性却必须首先要努力突破男性主宰声音的捆绑才能开始表述自己，她们在男性语言中苦苦挣扎、突破，努力寻找能

① ［英］弗吉尼亚·伍尔夫：《一间自己的屋子》，王还译，上海人民出版社 2008 年版，第 145 页。本书正文采用伍尔夫这一人名译法和《一间自己的屋子》的作品译法。其著作版本另有［英］弗吉尼亚·伍尔夫《一间自己的房间》，贾辉丰译，人民文学出版社 2003 年版。根据引用语境选用较贴切的译本语句，不再统一为同一译本。

② ［法］西蒙娜·德·波伏瓦：《第二性》，郑克鲁译，上海译文出版社 2011 年版，第 802 页。

够描写自己内心世界的一切语汇；她们被困在封闭的世界中，无法具有超越性的生存实践来肯定自己、观察社会。因而她们只能被锁在那个小小的内心世界中，反复端详着那里的每一个角落，因此难以拥有男性在确立以自我为主体的基础上去观察世界的那种广阔视野，而难以创作出如《卡拉马佐夫兄弟》《审判》《老人与海》或《尤利西斯》这样的关于世界、关于人的处境的伟大作品。在俄国经典文学的大森林里，从普希金到托尔斯泰，再到现当代文学中的帕斯捷尔纳克和索尔仁尼琴，这些男性作家常常把一号女主人公置于其他主人公尤其是男主人公的思想关照与考量之中，使对女性人物形象的刻画居于作品的核心。正是强烈的比照艺术，凸显了俄国经典文学经久不衰的深邃的思想意义和艺术价值，使文学文本中的“她世界”成为作家们对人的存在境遇所写的最佳注释。①

他者境遇促使女性以写作发出自己的声音，而男性话语权力的笼罩又捆绑住了她们的喉咙。女性作家始终被捆绑在他者的境遇下从事写作，她们的思想、她们的呼喊也都是在不断挣扎与反抗下所发出的嘶哑而微弱的声音。因此，带有先天偏见的男性评论家便可轻蔑地拿出女性在关注宏观问题上的局限性来批评女性写作，从而再一次确认自己作为男性的优越的主体地位。而女性写作的出路在何方？是否如伍尔夫所设想的以一种雌雄同体的姿态去从事写作，又或是努力去表述游离于男性话语之外的那片荒地？这个问题又回到了改变女性命运的唯一问题之上——他者命运。女性没有改变他者命运，没能走出封闭的家庭，没能拥有经济上的独立，没能具有超越性意义的生命实践，没能确立自己的主体地位，那么，她所从事的女性写作终将是被困在他者泥沼中所发出的那一声声微弱而嘶哑的呼喊。

① 冯玉芝:《孤独与卓越：俄国经典文本中的“她世界”》，《中华女子学院学报》2015 年第 5 期。

二　现代女性意识的文学发动与两种革命

在人类成长史上，长期的性别压制迫使女性退化为从属者、失语者和隐匿者；进入19世纪后，不少女性作家迅速崛起。前维多利亚时代的女作家简·奥斯汀（Jane Austen，1775—1817）和维多利亚时代的女作家夏洛蒂·勃朗特（Charlotte Brontë，1816—1855）均是女性平权的启蒙者与先行者，对应社会革命中的英国式温良与法国式狂暴，其代表性小说《傲慢与偏见》《简·爱》分别以“优雅—适度”“粗野—叛逆”的女性形象展现对两性平等的基本态度与具体诉求。两部文学经典还不同程度地揭示了在谋取性别解放中常常迷失于虚妄的性别对抗或男女同质化的悖反现象。

对于英国来说，维多利亚时代是一个伟大的时代，因为它开启了“日不落帝国”的传奇；同时，它又是一个“不名誉”的时代，尤其是对现代女性来说，它简直可以说是“极其糟糕”的存在——前不见斯与后不见斯。这种“糟糕”的经典案例便是英国女作家夏洛蒂·勃朗特及其代表小说《简·爱》的面世遭际。小说《简·爱》初版时轰动伦敦，却被当时的英国主流社会斥为“不良书籍”“不道德”，遭到许多恶意攻击和长期诋毁。这些基于维多利亚时代传统社会偏见的恶评打压，谴责其“粗俗”“邪恶”甚至“淫秽”，非议其“有伤风化”“有损女德”，其实质是恐惧女性觉醒和固守性别偏见。夏洛蒂原非主动反叛习俗的急先锋，只不过在特殊的成长环境下，她的诗人天性不仅没有泯灭，反而滋养出那个时代在女性身上十分扎眼的自我意识。作为女性觉醒的圣经与志同道合的宣言，《简·爱》以“逾矩”写作的方式打开了女性自尊、自强、自立的通道，却依然裹足于家庭和爱情的藩篱。

维多利亚时代“前拉斐尔派”的主要成员克里丝蒂娜·罗塞蒂（Christina Georgina Rossetti，1830—1894），是英国文学史上最有才华的女诗人之一，又是一位颇具传奇色彩与神秘气息的精神诗人，但在中国长期以来不为人们所注意。克里丝蒂娜以17世纪的精神诗人乔治·赫伯特为师，又融入了前拉斐尔派唯美、忧郁与细腻的艺术风格，因此，她的诗作具有双重张力：宗教虔信下的爱情企盼与清寒自制里的热切奔放。哀婉的诗情，难消爱的温热；貌似平静的吟咏中，涌动着情感的激流。这种看似矛盾其实又统一的诗意境界才是她真实的精神与艺术风貌。克里丝蒂娜一生为宗教所困，诗作中的忧伤情调确切无疑地根源于她的宗教情感，使她的诗像戴着镣铐跳舞般摇摇晃晃；而她优秀的诗作，生命的热忱却能够冲决宗教的围困。

著名作家萨克雷（William Makepeace Thackeray，1811—1863）的代表小说《名利场》塑造了不同于维多利亚时代传统妇女的女性形象利蓓加，她以活力四射的独特魅力伫立于世界文学长廊，又因不符合男权社会对理想女性的要求而被定性为“女野心家”。萨克雷对利蓓加的批判，是出于维护父权社会性别秩序和阶级秩序的目的，履行现实主义小说家的道德规训职责；同时，他对利蓓加的性别魅力和人性活力也流露出喜爱和欣赏之情。与“女性化”的家庭天使爱米丽亚相比，利蓓加身上闪现出的“双性气质”魅力从某种程度上来说正是西方女性主义者追求的理想人格特质。利蓓加的悲剧说明，在男权意识长久与深远的控制之下，女性的自我解放之路困难重重。在现代社会中，“双性气质”理想面临诸多困境，有许多需要解决的难点。

世界文学经典《双城记》是狄更斯（Charles John Huffam Dickens，1812—1870）晚年创作的代表作，它聚焦于法国大革命前数年以及大革命期间处于社会危机、人心动荡的巴黎和伦敦两座城市。小说细腻展示了多种女性的性格、命运与现实遭际，全景式呈现了那个时代的社会道德对女性的规训与无视，其中的露西与德法日太太成为女性群像中代表至善与极恶的两端。相较于同时期法国作家雨果、司汤达等作品中的女性，《双城记》中的女性带有维多利亚时代妇女观的鲜明特征。我们可以从女性主义视域细读文本，以现象学还原的精神追溯人物原型、解剖社会偏见，探讨露西和德法日太太两位女性人物形象建构过程中的作家成见与时代局限，进而发现完美露西的虚幻与穷凶德法日太太的万劫不复。

第一节 《简·爱》《傲慢与偏见》：女性意识的文学发动与两种革命

在漫长的人类文明史中，男性占据着舞台中央，以性别、阶级简单固化社会分工，女性在经济与政治上被迫沦为从属者，同时，"他者"观念的自觉内化又促使女性温顺地居于"第二性"的角色框架里。因此，"Her"在"History"中，彻底成为历史叙述的失语者和被书写对象。西欧启蒙运动以来，在政治变革和思想启蒙的风起云涌中，资本力量的干涉无所不在，西方社会的转型也为性别关系的重构带来了重大契机。

18世纪法国新生资产阶级揭竿而起，将"自由、平等、博爱"的火种传递到整个欧洲大陆。在法国大革命的胜利狂欢中，同样流血牺牲的妇女们猛然惊觉"天赋人权"的光辉只属于男性，妇女领袖奥伦比写下启蒙读物《女性宣言》后英勇走上断头台。女性们反对性别不平等的声音尽管微弱却也绵长，传扬至与法国一衣带水的英国，先觉者玛丽·沃斯通克拉夫特（Mary Wollstonecraft，1759—1791）深受冲击，以文章《女权辩护》为先导，关注男女平等教育，举起女性平权的大旗，极大地影响了同时代人的思考方式。在随后的两个世纪里，各国的女权运动在一些先进理论的指导下如燎原之火接连兴起。挪威学者莫依（Toril Moi）在她的《性与文本的政治》中曾说，女性运动的最终目标的实现，要靠政治行为，而这种政治行为又必须以文学为媒介。女性作家具有独特的性别态度和写作风格，“第二性”迟来的到场填补了世界文学界的空白，文学史中被压制、剥夺的女性性别意识逐渐苏醒；而突出的女性意识应是女性作家的主体意识之一，① 经典女性文学文本在展现性别生存环境的同时，更积极呈现着现代女性意识，它与传统女性意识相对，包含性别意识、自我意识和生命意识，② 传递着身为女性的主体精神与价值。这场来自政治、文化领域的双向战斗，互为渠道：通过文学批评，提升读者群审美品格的同时，提高自我认知水平，以明确的价值判断为指引，积极投身妇女运动，冲破菲勒斯中心主义下的单边世界，重新达到两性和谐包容的新平衡。③

由于性别不平等带来的种种压制，女性文学传统似乎溯源难远，或者是因被有意忽视，或者是因被蔑视打压。直到19世纪，女性作家们与女权运动互为呼应，在“穿着长裙”的无数前辈铺就的鲜花小径上，不遗余力地扫除或显或隐的各种障碍，在接续或开创女性文学史的同时，为女性解放与自由以及两性的真正和谐，进行着“看不见硝烟”的斗争与启蒙。

一　经典女性的刻板印象与女性写作的逾矩先锋

长期以来，文学作品中贡献了一系列纯洁天真、温柔贤淑、除了对男性的爱以外无欲无求甚至甘愿默默牺牲奉献自身的“天使”女性形象。她们是但丁迷狂创作中的灵感缪斯贝阿特丽采，是诗人

---

① 任一鸣：《抗争与超越——中国女性文学与美学衍论》，九州出版社2004年版，第11页。

② 任一鸣：《抗争与超越——中国女性文学与美学衍论》，九州出版社2004年版，第13页。

③ ［挪威］陶丽·莫依：《性与文本的政治——女权主义文学理论》，林建法、赵拓译，时代文艺出版社1992年版，第29页。

歌德笔下象征忠贞爱情的温顺少女玛甘泪，是莎剧《奥赛罗》中组装了审美理想和生理欲望的完美模型苔丝狄梦娜，却唯独不是主体性显现或动态成长中的女性角色。女权作家伍尔夫曾说："千百年来，女人一直被当作镜子，它具有令人喜悦的魔力，可以把男人的镜中映像，比他本身放大两倍。"[①]"家庭天使"们以弱者的姿态安静地在家中等待丈夫、父亲的保护，沉默而坚忍，同时，宽阔的母性胸怀成为残酷现实中的避风港，由此人们对女性形成刻板的审美倾向。与此相对的是苏珊·格巴（Susan Gerba）和桑德拉·吉尔伯特（Sandra Gilbert）在系列文论中归纳的另一类女性原型——"妖妇"：她们具有令人恐惧和厌恶的反抗性，自私或淫荡，无论是杀子弃夫的美狄亚、迅速再嫁的乔特鲁德或权欲怪物麦克白夫人，她们的不安分、不妥协指向对男性权威的反叛，成为口诛笔伐的对象。但无论是"天使"还是"妖妇"，呈现的都是男性视角下的女性幻象，曲解了真实境遇中的女性。

发轫于18世纪60年代的英国工业革命，彻底改变了英国的经济结构，生产关系的变革也动摇了固有的社会文化风气和人类生活面貌。人口数量占一半的女性无可避免地被卷入社会变革的洪流中，各个阶级的女性命运也随之改变：财富的增加和工业化机器带来的闲暇使中产阶级女性荣升为"有闲"阶级，父亲、兄弟、丈夫的足够富裕免使女性外出工作，不必像工人阶级妇女一样受人差遣；妻女模仿悠闲有品的贵族妇女生活方式，相对地成了男性社会地位的象征。家中雇用仆人帮助主妇们料理家务也成为一种风尚，部分女性从生产劳动与家庭劳动中得到解放。[②] 另外，尽管男女孩的教育理念截然不同，针对女性所设置的教育课程虽不具备实用性，但由于

---

① ［英］弗吉尼亚·伍尔夫：《论小说与小说家》，瞿世镜译，上海译文出版社2009年版，第93页。

② 裔昭印：《西方妇女史》，商务印书馆2009年版，第329页。

社会风气的放开，对附庸风雅的追求也为女性在婚姻市场中赋予一定附加值，淑女们反而能够得到受教育的机会。同时，刘易斯在研究 1852 年女性小说家时指出："就所有文学类型而言，小说无论从本质抑或从处境来看，皆是女性最能适应的体裁。"① 尽管在 18 世纪末 19 世纪初的文学艺术圈内部小说仍然被认为是地位低下的文学体裁，但相较于精深艰涩、地位尊贵的诗歌，它却更适用于那时受教育程度有限的妇女；在创作环境中，它规避了严苛的时空条件，时间零碎的妇女可以在茶余饭后的任意场所里增减删改，创造了一个与日常经验生活无限贴近却又能隐匿自身的空间。法国思想家波伏娃在《第二性》中也点出了女性对周遭气氛极其敏锐的观察能力，这是她们的优点，也是社会地位边缘化带给女性的唯一一点天赐奖赏。她们在日常会客时没有过多发言权，能言善辩也并非理想的女性品质，于是她们安静潜藏在一隅中尽情窥视，久而久之，描绘气氛、揣摩人性成为女作家的优势。英国女性文学在世界文学史上得以独占鳌头，乃是双元革命时代的产物。② 伍尔夫曾说杀死一个"家庭天使"需要一笔钱和一间屋子，而经济迅猛发展、新旧阶级动荡交替的维多利亚时期，便为女性创作职业化创造了无限可能。

从自娱自乐创作的孤独贵妇人，到半是闲暇半是挣取稿费以赢得经济独立的普通中产阶级妇女，群体经验的累积在 19 世纪终于冲破历史的地表。女性作家以独有的女性意识和女性特征，勇敢冲击传统上男性在文学领域的垄断地位，体现了早期女性作家在"适度"范围内对异化自我的父权制文化的反抗，是对"文学——不是妇女的事业，也不应该是妇女的事业"的骚塞式批评的无声挑衅。她们

① 王琼：《19 世纪英国女性小说研究》，安徽文艺出版社 2014 年版，第 27 页。

② 近代史学家霍布斯鲍姆将 1789 年发生的法国大革命与同时期的英国工业革命称为"双元革命"，把 1789 年至 1848 年视为全欧性的革命时代。详见霍布斯鲍姆《革命的年代：1789—1848》，王章辉等译，国际文化出版公司 2006 年版，第 1 页。

以自身经历或周遭环境为基础，用细腻独到的笔触和温柔热情的情感，展现区别于男性期待视野下的更为可信的女性世界。同时，审视女性作品中建构的男性角色，可与传统男性文学形成极有意义的对位式视角。女性手中握住了笔，从此掌握了属于女性自己的文学话语权，诉说女性真实的理想追求和语言背后的困境与束缚。边缘性别成为文本中备受瞩目的中心人物，创造出超脱于“天使”“妖妇”之外更立体、真实的存在。尽管因囿于家庭与婚姻的故事内核而遭到文学界的非难，但新式女性对经济独立的呼唤、对平等爱情的追求与对自身价值的再思考，却是罗曼司外壳包裹下的新锐武器。女性读者在情节中收获的欢愉，是无边的幻想搭建出的抵抗残酷现实的防空洞。女性作家以坚定之声召唤姐妹觉醒，为所有隐忍不发的女子而战，在阅读体验中她们共同完成了一次次隐形的结盟。

培育女性作家崛起的温室，同样也为女性读者的兴盛埋下了大量种子。尽管女性可活动范围似乎更宽广了，但公共事务和众多职业的大门依旧对女性紧闭，她们在一个又一个的客厅、花园中旋转，小说阅读是她们最称心如意的精神消遣。印刷技术的革新降低了书籍成本，提升了中产阶级妇女的图书占有率，在商业诱引下，庞大的女性读者群促使作家向她们的审美趣味靠拢；相对应地，书中寄寓的对女性多元价值的探索和独立意识的培育，无形中鼓励着读者逾越社会规约，以文学为灯塔永恒地引导着女性向两性平权而奋斗。更令人欣喜的是，如此盛况并没有如时人所猜测或贬斥的仅为一时之风，反而声势逐渐壮大，更多的女性手握“武器”加入创作大潮，完成从读者到作者的转变，女性作家执笔与男性作家共同书写辉煌多彩的维多利亚时代文学经典。

尽管时下离 19 世纪初已相当久远，文学批评家的审美趣味也几经流变，但数部女性文学作品的光辉并未随岁月而消弭，反而受到世界读者的追捧并走向经典化。深究其叙事中作为言说的女性主体，均能以女性眼光审视自我与外界，即使是聚光灯外的边缘性角色也勇敢追求个体生命质量，质询所处的不堪不公的男权社会，从而创造了新时代女性真善美的定义，展现了可贵的现代女性意识。其中以简·奥斯汀和夏洛蒂·勃朗特为个中翘楚，她们以或细致内敛或激情四溢的文学笔触赋予女性以平等追求爱情的权利，用不完美的女性角色破除形象窠臼，依靠主人公不断的成长和反思来超越客观的性别困境，留下了弥足珍贵的文学遗产。

二　《简·爱》：狂放的爱情宣言与失真的女性指南

《简·爱》是夏洛蒂·勃朗特最著名的代表作，简·爱悲与喜的一生，是她的造物者艰难人生的浓缩。叙述者以第一人称展开故事，使得作者与笔下人物的距离无限贴近，最大限度呈现了主人公的主观世界，读者也得以自由地进入这段苦涩而火热的人生之旅中，她炽热浓烈的情感——“我爱”“我恨”“我痛苦”，[①] 以及具有浪漫色彩的反抗精神引起了一代又一代读者的情感共鸣。

妇女文学评论家奥尔巴赫认为，《傲慢与偏见》是“一部等待的故事”[②]，伊丽莎白们永远只能在窗台望穿秋水等待男性的主动告白，方显淑女矜持风度。相比之下，当小女子简·爱钦慕坐拥桑菲尔德庄园、与自己地位悬殊的主人罗切斯特时，她不屑学自诩高贵的大家闺秀故作冷淡，或善用技巧欲拒还迎，而是勇敢打破娇羞的静默，以一大段燃烧着生命激情的爱情宣言向世俗等级制度宣战：“你以为，就因为我贫穷，低微，不美，矮小，我就既没有灵魂，也没有心吗？你想错了！我跟你一样有灵魂，也完全一样有一颗

① ［英］弗吉尼亚·伍尔夫：《论小说与小说家》，瞿世镜译，上海译文出版社2009年版，第31页。

② 朱虹：《简·奥斯丁和她的代表作〈傲慢与偏见〉》，载汪介之、杨丽馨主编《欧美文学评论选（19世纪）》，北京大学出版社2011年版，第32页。

心！……这是我的心灵在跟你的心灵说话，就仿佛我们都像已经离开了人世，两人一同站立在上帝的跟前，彼此平等——就像我们本来就是的那样！”① 绅士淑女携手建造社会规范的藩篱，她视如虚设，轻松跃过。

是什么让简·爱成为“异端”？在1968年的一次学术会议上，阿登纳和雪莉把女性表述为一个“失声的群体”（muted group）。长久以来，男性主导下的社会，丧失主体性的美丽花瓶不能自主表达她们的观点想法，她们的声音被强大的男性话语淹没了，无论从社会语言、日常生活甚至情感表达上，她们都丧失了传播思想的权利和机会。② 男性权力关系普遍存在于经济、文化、法律等各领域，性别压迫自然也把控着两性关系，在沉默的女性集体中，只有简·爱敢于冲破罗网夺取主动权，大胆求爱正是她对缄默的大环境发出的第一道充满反抗意味的嘶吼声。

“强调人应该满足于平静是没有用的，他们必须有行动”③，简·爱并非笼中鸟，她从不安于现状，拒绝沦为为父权制服务的附庸，去留都凭自由意志所决定。当她发觉圣洁的婚姻并不平等，昔日爱人罗切斯特渴望以爱的名义逼迫她放弃独立人格与尊严时，简·爱的抗争精神带着她走向了更远的风景；当牧师圣·约翰以上帝与信仰的旗号胁迫她献祭情感、本真与自尊时，她几乎要屈服于传统男权与宗教权威的双重枷锁下，但她最终还是没有妥协，迎来了又一次的新生——跟从内心的召唤，聆听理智与情感传达的使命，接受命运对爱情宣言的试炼。主动抗争打破外在的束缚，富有挑战性地向兼具地理意义和精神层面的未知禁地前行，拥有自身命运的

① ［英］夏洛蒂·勃朗特：《简·爱》，吴钧燮译，人民文学出版社2012年版，第300页。

② 刘蒙之：《从批判的理论到理论的批判——失声的群体理论研究四十年回顾》，《学术界》2009年第1期。

③ ［英］夏洛蒂·勃朗特：《简·爱》，吴钧燮译，人民文学出版社2012年版，第126页。

支配权和随时离开舒适圈的心灵自由，是简·爱或者更进一步说，是夏洛蒂·勃朗特超越时代的梦想。

维多利亚时代的英国有着现代文明的雏形，但男尊女卑仍然是延续已久的“常态”，以“教养”“呵护”之名甜蜜地剥夺了女性接受高等教育、学习高级技术和进入职场的机会，使之成为一无所长的“房间里的天使”，在经济上只能紧紧依附男性“主人”，被迫降为谦卑的奴才，靠天真造作的脾性和青春甜美的外貌谄媚于人。从此低人一等的观念内化成为女性的新基因，她们自觉矮化性别为男权应声，拒绝掌握自我塑造主体的权利。[①] 但简·爱一旦获得学习资源与机会，她便紧紧抓牢从不懈怠，从盖茨黑德府的花鸟图鉴，到洛伍德私塾的算数、地理、绘画、音乐、法语等技能，到桑菲尔德庄园不为女教师所展示的书架，再到沼地居德语、印度斯坦语的习得，成为求知若渴的女性励志典范。

尽管简·爱不屑于拥有工厂流水线下“家庭天使”所标配的技能——“做做布丁，织织袜子，弹弹钢琴，绣绣钱包”[②]，但 Robert Martin 在他 1966 年发表的书籍 *The Accents of Persuasion*：*Charlotte Bronte's Novels* 中认为《简·爱》不是一部女权主义小说，小说中女人不应该仅仅局限于做饭织补的观点只能是对女人性情本质的认识，而不能认为是要求分工上的平等。[③] 简·爱多次在与罗切斯特的谈话中，声明她绝不是天使，也绝不愿做天使，即使死或者成为无生命体的“东西”，也不能沦为被圈养的傀儡；甚至在婚前要求罗切斯特答应她唯一的条约：保留家庭教师的职业，以微薄的薪水负责自己婚后所有食宿开支。然而理想丰满，反抗有限，高呼保持独立人格

① 傅守祥：《恶评打压的〈简·爱〉与逾矩写作的先锋》，《汉语言文学研究》2019 年第 2 期。

② ［英］夏洛蒂·勃朗特：《简·爱》，吴钧燮译，人民文学出版社 2012 年版，第 127 页。

③ 徐巧维：《国内外〈简·爱〉研究综述对比》，《名作欣赏》2014 年第 27 期。

的简在结尾处，心满意足地宣布自己终于知道“为了他而生活是怎么回事……完完全全是他的骨中之骨、肉中之肉”①。简重新缩回夏娃的躯壳甘当缠绕高树的菟丝草，主体性沉沦而不自知，同时也将婚前保持一份职业的豪言壮语在悄然中抹杀了。

简·爱内心深处的自卑种子自小深埋，随着成年欲望渐生，怯懦、艳羡与愤懑盘根错节，半是示爱半是控诉的呐喊暴露了她在爱情角逐中最缺失的筹码——“一点美貌和大量财富”。外在条件的不足催生了强大的精神力量和近乎固执的自尊心，致使她在爱意的表达上浓烈却畸形。面对爱人，温柔的气氛与亲昵的行为都是简极力避免发生的，甚至热衷于用尖牙利嘴一次次地反驳、刺激罗切斯特，刻意将自己的“硬心肠”和“性格上带刺的地方”在婚前全力展现，实为内心自卑的简害怕婚后丈夫对一无所有的自己逐渐厌弃，反而用强硬态度与张牙舞爪的形象占得先机。

潮涌的爱意实际上掩盖了两人之间确切存在的社会歧视和精神隔阂，相处过程中，丛生的矛盾恰恰证明了二人内在精神世界实为不相通、不平等的。罗切斯特被双眼明亮、直言不讳的简所吸引，但他没有开诚布公真挚求爱，而是巧用连环计，先是假扮吉卜赛女巫以算命为借口套出简的真心，后将假婚事宣扬得人尽皆知并假意要将简·爱解雇，送到远不可见的他乡，激得简·爱率先告白。简对代表男性权力的罗切斯特的种种质询，致使隐瞒阁楼妻子的他倍感恐慌，但仍设法蒙混过关，可见他并未尊重伴侣的内心情感，也从未以诚待人。他对娇小可爱的简·爱有无数的爱称——“百合花、爱宠、小精灵、羊羔”，却自称为“牧人”，一个极富宗教与父权意义的称谓，甚至笑称要将倔强的简“拴在一条链子上”以更好地占有妻子。这些生灵迷人却不具有完整的人格，物化的名号使简心中的不安倍增，即将成婚的

① ［英］夏洛蒂·勃朗特：《简·爱》，吴钧燮译，人民文学出版社1990年版，第492页。

丈夫的满足微笑在简看来却十分刺眼，她称其为“苏丹的国王”，却将自己比作“刚慷慨赠以金银财宝的奴隶”，[①] 变换的称谓暗藏着最真实的心理状态与双方的等级地位。真爱和幸福的花园建立在平等真诚的土壤上，平等的人格和思想催生两性间友爱情谊的花蕊，而埋藏在主客体关系中的阴谋诡计只会使其衰败。

翻看简·爱所书写的女性指南，字里行间却隐藏着充满矛盾的女性意识。一方面简·爱逃脱了天使与魔女的陷阱，有着夏洛蒂·勃朗特对理想女性的所有设想：作为妻子，在男权社会中公开追求灵魂平等的婚姻，坚守有别于传统的爱情宣言；作为女性，强权与不公无法让她屈服，反而激发了她自尊自爱的独立人格，女性主义锋芒微露。但另一方面，性别意识的模糊导致她无意中将“女”与“人”分裂开来，作者有意在外貌与性格上掩盖了女性气质，简激进刚强，拒绝一切美丽的装饰，不自觉地企图以削弱两性生理差异、消除性别差异界限来建立理想性别观念和性别秩序，实为对男性标准的再次推崇。

《简·爱》中不够纯粹的现代女性意识正指向了时代下女性灵魂深处涌动的叛逆与无奈，简对男权社会的激烈反抗也暗示了她将选择的婚姻策略，即冲破一切、颠覆二元对立。女性崛起不易，但左右摇摆的主体价值观也正预示着女性即将走向确立自我身份的天路历程。

三 《傲慢与偏见》：两性互悦的才情对等与精神相契

“饶有资产的单身男子必定想要娶妻室，这是举世公认的真情实理。”[②] 前维多利亚时代的小说《傲慢与偏见》以如此经典的喜剧式

① ［英］夏洛蒂·勃朗特：《简·爱》，吴钧燮译，人民文学出版社1990年版，第345页。
② ［英］简·奥斯汀：《傲慢与偏见》，张玲、张扬译，人民文学出版社2008年版，第1页。

反讽为开场白，足以窥见贯穿全文的幽默与讽刺的艺术风格，简·奥斯汀最拿手的题材——择偶与婚姻也在这句话中得到了暗示。尽管批评者认为简·奥斯汀的作品局限于“茶杯”中的男女情爱、谈婚论嫁，经几番追逐后终归俗套的大圆满结局，但简·奥斯汀式的小说早已超出了言情小说的社会范围，它细腻地展示了英国习俗、维多利亚时代中产阶级的社会情态、社交礼仪，以及时下流行的婚姻法、继承法等，探讨了女性对世界与自我的认识、女性意识的觉醒等话题，肯定了新女性的理性、知性等美德，是带着写实主义烙印的社会世态小说，也是活泼生动的时代风俗万花筒。

18 世纪的女权主义先驱者玛丽·沃斯通克拉夫特经历坎坷，阅尽社会不平的她不满于生活中在女性身上发生的各种不公现象，以缜密的理性思辨和热情洋溢的感性修辞，撰写了大胆而前卫的小册子——《女权辩护》。全书的核心论点在于社会及女性群体自身应重视教育和自我修养的提高，她相信男性与女性同样对此应承担起责任。她勇于挑战父权制框定的女性行为规范，批判种种深入人心的“女性特质”实则是造成女性软弱无用的糖衣炮弹。曾经盛行于世的卢梭的女性教育观，过分强调性别差异，推崇的教育目标华而不实，恰恰阻碍了女性培养理性思维和独立能力。

小说中伊丽莎白敏锐的观察力来源于她的造物主简·奥斯汀，作者身处在妇女被支配被统治的社会中，却借角色之口充分肯定女性追求知识的热忱，注重以理智教育引导女性重新评价自我。在一场对何为“多才多艺”的讨论上，几位青年男女各执一词。宾利先生以男性旁观者视角惊奇地发现小姐们全都会“彩绘台桌，张挂屏幔，编织钱包”[①]，而妹妹宾利小姐以捍卫才女之名为己任，鼓吹女

① ［英］简·奥斯汀：《傲慢与偏见》，张玲、张扬译，人民文学出版社 2008 年版，第 32 页。

子非有以下才能，否则算不上多才多艺：“在音乐鉴赏、唱歌、绘画、舞蹈和现代语言各方面，都必须精通谙熟……除了这些，步态风度、声腔语调、谈吐表情，样样都得地道。”① 为了获得“长期饭票”所提供的优渥生活环境，女性只好削足适履，按照“家庭天使”的范本打造自己，以容貌姿态和才艺换取男人的青睐，在婚姻市场中为自己“加码”，而如此苛刻的标准不仅深受社会主流推广，更可悲的是它更来自女性自身的认同与追捧。在现实经济的逼迫下，女性只好温顺地走入男性为她们打造的精致樊笼，最终她们为自己天生只适合待在这样金碧辉煌的宫殿中沾沾自喜，甚至蔑视、压迫不愿受缚的同类。饶有意味的是通常保持缄默的达西却加上了自己的要求，“必须博览群书，增长见识”②，将“何为有才艺的女性”的话题引向新的方向。

按照上述“完美淑女”（the proper lady）的标准，伊丽莎白无疑只能被驱逐出列，她所展示的弹唱水平不过尔尔，其他才艺更未曾提起。但伊丽莎白本身喜好读书，广泛的阅读和深刻的思考必然在她目击现实的不幸之后，悄然唤醒了她的女性意识和独立意识，正是不同寻常的现代女性光芒使她在庸碌者中脱颖而出。而来自伦敦美丽而高傲的情敌宾利小姐，在达西写书信时，使出浑身解数想让心上人分出一点注意力：夸达西字写得工整又平直，不断要求信的内容必须提及她，或在客厅中兜圈子展示自己步行的姿态。但正如玛丽在书中所设想的场景：“当一个比较有教养的女人竭力转向理性交谈时，那些漂亮女人就会发现，即使是她们含情脉脉的双眸和轻浮淫荡的卖弄风情，也不会在整个夜晚一直引起男人注意。愚蠢的

① ［英］简·奥斯汀：《傲慢与偏见》，张玲、张扬译，人民文学出版社 2008 年版，第 32 页。

② ［英］简·奥斯汀：《傲慢与偏见》，张玲、张扬译，人民文学出版社 2008 年版，第 33 页。

女人用各种各样的挑逗手段——一个描写这种花招的意味深长的词语——来打断一段富有理性的谈话，正是这样的谈话让男人忘记了她们是美丽的女人。”① 而伊丽莎白和达西的对话虽语带机锋，但因才情对等而势均力敌，在“短兵相接”中二人惺惺相惜又暗生情愫。

以 18 世纪保守陈旧的目光衡量伊丽莎白，她能说会道和活泼直率的言行举止可以说是相当出格。伊丽莎白挂心家姐病情，又爱好散步，欣赏大自然风光，于是决定走个三里路，徒步蹚过泥泞，直到“脚踝酸软，袜子上满是泥浆，已经走得浑身发热，满脸通红”②。伊丽莎白一转身离开，淑女们立马谴责她毫无礼数、缺乏风度、举止粗野，“差不多真像个疯子”③。尽管两性终须面对生理差异，但女性普遍较弱小的体力并非不能成为被压迫、受歧视的正当理由，自身更不该因沦为客体而自鸣得意，女性完全可以通过锻炼增强体力。伊丽莎白不曾因女子的柔弱纤细而忸怩作态，也不曾因男子的高大健壮而自卑，渴望得到平等尊重的心灵是不屑于祈求宠爱的，她关注的是超越性的精神追求，伊丽莎白身上体现出时代进步下对新女性的要求。相对地，达西并没有如常人投之以恶评，反而“对她步行之后的容光焕发心生爱慕”④，认为运动之后的伊丽莎白眼睛更加明亮了，达西钦慕的也正是相互依靠而非过分依赖、随声附和的伴侣。真正自信宽厚的男性并不会因女性见识、体能上的不足而倍增优越感，更何况女性的不足是从小缺少系统完整的训练

---

① ［英］玛丽·沃斯通克拉夫特：《女权辩护》，陶鑫译，中国对外翻译出版有限公司 2011 年版，第 93 页。本书不同部分引用了《女权辩护》的不同译本，主要出于对具体译文准确性的考量。其他引用同一文献的不同译本皆出于行文准确需要，特此说明。

② ［英］简·奥斯汀：《傲慢与偏见》，张玲、张扬译，人民文学出版社 2008 年版，第 27 页。

③ ［英］简·奥斯汀：《傲慢与偏见》，张玲、张扬译，人民文学出版社 2008 年版，第 29 页。

④ ［英］简·奥斯汀：《傲慢与偏见》，张玲、张扬译，人民文学出版社 2008 年版，第 27 页。

与教育所致。

五个女儿的婚嫁乃班纳特一家的心头大事，奥斯汀深谙法律在经济财产上对女性的巨大限制，正因为只有男性才能继承财产，才使得妇女无可奈何地被家庭和社会规训为客体。但当能确保伊丽莎白衣食无忧的柯林斯表哥出现时，丽兹因其为人的愚昧可笑且对女性傲慢轻视，而果断拒绝了这桩“好生意”。一个思想独立成熟的女性不屑以依赖男性主体而生存，她有着强健的精神魄力足以坚定地承担生存和自由的代价，而不必以自我为待沽商品讨换世俗利益。奥斯汀在无言中教导女性需明智，是因为当具备一定的观察力和理解力后，女子才能看清所处的环境，在此基础上，拥有了理智和判断后才能反思与行动，思考妇女问题的根源，之后才能走向女性成长。因此如何在成长过程中建构女性主体，也是简·奥斯汀长期致力的主题，寄寓着她对年轻女士得以实现自我和追求自由的美好期望。一向聪慧机敏的伊丽莎白平生喜好凭借她敏锐的洞察力预先为他人下判断，再将笑料加工为生活谈资，以满足虚荣心，这也是她对荒诞不经的世间百态的抵抗，然而她缺少长姐的宽容和善，又自恃机敏，在小人的教唆挑拨下偏听谗言，失去引以为傲的理性判断，几近错过爱情。而达西凭借万贯家财和显赫家世，内心高傲自负，即使心悦丽兹仍不肯放弃施恩者的优越感，自认为求婚是对贫穷女子天大的荣耀，自恋使其将对方置放在两性情感不对等的天平上。达西不可自抑求爱之时，恰逢两人间的误解达到最深，伊丽莎白不卑不亢的反击促使妄自尊大的达西第一次低下高贵的头颅反思缺陷，以此为情节转折点，两人都开始抛却感性和成见，互相启迪用理智审视自我的不足，共同克服缺点。

“傲慢”与“偏见”相处的迷人之处在于全知全能的男权形象的推倒，他们不再居于道德高地以怜悯之心救助或教导处于弱势地位的女性，男性与女性拥有同样的智力，也必然都会犯错，同样应担负责任使自我与对方成长为更具健全而独立人格的人。正是因为二人在内在精神气质和思想观念的追求上，有着超越浅薄皮相的灵魂和谐，因此即使外在条件悬殊，但价值观的绝对契合与才情素养的互悦，无形中将二人拉近，建立在精神平等而包容的基础上的婚姻，才最有可能为女性带来满足与幸福。这样的安排，正是简·奥斯汀对主流思想的叛逆。

四　女性主义平权的悖论：对抗的虚妄与和谐的实效

尽管《简·爱》中的女主人公以先驱姿态勇敢反抗男权社会而广受女性主义批评家关注，但其激烈的反抗方式与微弱的反抗效果之间形成深刻的悖逆，使得文化意义上的反抗降级为虚火旺盛的宣传口号，其在哲学、政治领域自我陶醉式的幻想更显得可笑。而来自桑菲尔德庄园的一场大火和未曾谋面的亲戚留下的一笔巨额遗产，直接颠覆了婚服掩盖下不平等的局势，斗士与她曾敌视的社会秩序做了暧昧的妥协。意外的来临摧毁了罗切斯特的生理优势，那双一旦紧紧握住简便使对方无法逃脱的“肌肉发达的手和强健的胳膊”断裂了，失明也剥夺了他凝视简的权利（在简婚后精心照料下才得以窥见光明），自此罗切斯特丧失的健康和自尊只能由简来补全。同时，外加飞来的五千英镑，使得简晋升为有产阶级，与财力上被削弱的罗切斯特势均力敌，从此她站到自己的对立面，成为她曾惧怕的施舍者。在作家夏洛蒂设计的完美结局中，简以绝对的女主人的身份甚至凌驾于男主人之上，成为象征权威的庄园的实际占有者。简充满隐喻性的婚姻如一场法国式革命，似一阵狂飙突进的飓风，“为了拯救一切的肃清”①，达成两性平权的崇高理想，以残忍决绝

① ［美］苏珊·邓恩：《姊妹革命——美国革命与法国革命启示录》，杨小刚译，上海文艺出版社2003年版，“为了拯救一切的肃清”为本书的章节名。

的手段消灭对手，却未曾动摇性别歧视及社会性别制度，激进的革命尚未获取胜利，又被下一波狂潮拍碎，无数个体的幸福牺牲于无尽的动荡起伏中。不顾一切、无差别地强调性别平等与地位对等，意味着简所代表的女性平等意识观只是建立在男女外在形式“均等”的空中楼阁之上，对理念的背叛反证了对抗的虚妄，成为实践意义上最大的悖逆。

Liberty（自由）这个词，在中世纪与 Privilege（特权）同义，即“自由”是指做某事的特权，[①] 建立在权利与义务的相互关系上，这也是文明社会主流的契约精神。在奥斯汀的笔下，男性并不是高大真理的化身，女性也可以握有追求爱情的权利。面对顽固保守派的化身凯瑟琳夫人的无理质问，伊丽莎白有礼有节地打破陈腐观念和世俗门第界限；而达西即使被拒婚，仍然为解决伊丽莎白的家庭困难而默默付出，二人也最终扫除障碍、缔结连理。

而在班纳特夫妇身上也可窥见，妻子是独立的个体，两人在家庭生活中应是平等互助的关系，两性都应该通过职责的公正履行来换取幸福的权益。如果妻子一味放弃教养责任，子女将走入迷途，丈夫也将庸庸碌碌；而丈夫未为家人考虑，失去其庇护后也可能会使其陷入经济困境。因此和谐平衡的婚姻生活、两性关系需要双方共同发挥积极作用，承担责任。而伊丽莎白身上所传递的女性意识又与温和改良的英国式革命不谋而合，英国的自由之战早在漫长的斗争与融合过程中成为传统，双方被彼此改造又得以保留本真，由此在传统和变革中产生一条通往和平、渐进的现代大道，[②] 而在此意义上，双方的冲突、融合都是有意义的，斗争与妥协能够超越困境，

---

① 钱乘旦、陈晓律：《在传统与变革之间——英国文化模式溯源》，浙江人民出版社 1996 年版，第 33 页。

② 钱乘旦、陈晓律：《在传统与变革之间——英国文化模式溯源》，浙江人民出版社 1996 年版，卷首语。

实现人类美好愿景。

从根本上讲，在男女平权方面，无论是改良还是革命，都是统治者与被统治者之间的互动，如果统治者的权力没有受到限制，被统治者的权利没有得到保障，都不算是成功的改良和革命；只有以一种新的自由的建立，而不是以专制告终，才是真正意义的革命。男性与女性共同缔造世界，女性以他者的存在确立自身的主体性，脱离了“魔鬼”与“天使”二元对立的窠臼后，是否还能避免两性之间无止境的战争？高大的罗切斯特是阻止简保有独立人格的假想敌，为此故事不惜借助大火打败强大的男性对手，没收其生而为人的自主权，最终二人均以失去了部分的自我为代价，换取幸福的幻象，双赢实为两败俱伤。正如美国著名文化人类学家理安·艾斯勒（Riane Eisler）在《圣杯与剑》中所相信的，两性战争终将只有一种文化选择，即选择和谐相处的“两性伙伴关系”，[①] 这也是19世纪著名哲学家、女性主义思想家约翰·穆勒（John Stuart Mill，1806—1873）为保障女性权利和社会进步开出的一剂良方。而伊丽莎白在思想上拥有自己的“一间屋子”，追求精神独立与思想自由，她与达西均坚信女性的多元价值，共同承担责任，最终二人在互补包容中拥有双重视域，成长为相互尊重与平等共处的和谐伴侣关系。女性作家们笔下混合着现实和理想的美好造物，尽管隐隐透露出苦闷与踌躇的气味，但她们勇敢打破男性附庸的枷锁，对女性价值重新定义，使作品不仅成为时代典范，更以此为媒介在现实人生层面有了一定的指导意义。

在“他者”观念的内化下，男女生而平等的权利曾长期被遮蔽，是19世纪以来的女权主义先锋的大力争取和社会文明的进步，使如今的女性在政治、经济、法律、教育等方面取得了基本的平等保障。

① 任一鸣：《抗争与超越——中国女性文学与美学衍论》，九州出版社2004年版，第30页。

在当今时代，女性主义思想日渐走向多元化，其中，关注男女社会平权背后的实践细节与文化积淀就是一个热点。客观地说，两性间最大的差异在于性别，男女具有自身独特的生理、心理特征，建立在差异上的平等才是具有实效性的平等，它最大限度地保有彼此的价值和特性，是对人类来自根源上的最大的尊重。决绝而激烈的对抗中没有真正的赢家，男性与女性不是对立的性别，而是互相需要的整体，以对方的存在为生存的前提，“一切都是手段，对话才是目的……两个声音才是生命的最低条件，生存的最低条件”①。在充斥着男性话语的世界中，女性经过长久的压抑、被遣责、自我怀疑到互相认同，世界开始交织着两种声音，从此对话形成，你我的价值观在追逐中交汇融合。男性与女性的共同属性是“人”，因此他们都具有“人”所共有的权利，② 女权的目标并不是获得与男性同样的权利，更不该是消灭另一性并最终取代它的位置，而是确立作为人的女性的权利，唯有肯定本质上的平等即价值平等，才是从根源上寻求两性平权的解决方法。后现代女性主义试图融合差异与平等，倡导两性相互包容的同时保持充满活力的差异性，证明女性主义从来不是死水一潭，相反内涵孕育着无限可能性，与时代环境同步更新、相互促进，不断产生新的方法论和思考视角，以更好地指导女性平权运动，发挥其实效性。

第二节 《简·爱》的争议：恶评打压的道德与逾矩写作的先锋

在人类文明演进的历史长河中，世界文学经典作为一种“群落

① ［苏］巴赫金：《诗学与访谈》，白春仁、顾亚铃等译，河北教育出版社1998年版，第340页。

② 周金华、覃愿愿：《女权主义在中国：理论与实践困境》，《湖北经济学院学报》2017年第4期。

性”的文化存在，既有可能遭遇天才式的批评家穿透历史尘封的慧眼发掘（如20世纪著名诗人兼批评家T. S. 艾略特对17世纪玄学派诗歌的发掘以及对其前辈诗人但丁和波德莱尔的重评等），也有可能遭遇偏见逞凶式的恶评打压（如维多利亚时代的《简·爱》《名利场》等）；既有可能遭遇性别权力转移带来的文明自觉（那些赤裸裸歧视与压迫女性的昔日文学经典如劳伦斯、米勒的小说被逐出经典殿堂），也有可能遭遇政权更迭产生的政治蛊惑（如当代俄罗斯对苏联时期“红色经典”与“历史事实”的反动等），以及文艺创作思潮与受众审美趣味的时尚变迁（如19世纪中后期欧洲文学对浪漫主义思潮的持续反正、20世纪后期至今世界范围的“解构”“颠覆”“戏仿”与“大话”风潮等），这些复杂因素的文化博弈都可能在世界文学经典的生成、演变与传播中起着关键性的“催化剂”效果，从而影响并决定文学经典在某一时间阶段、某一地域族群的命运或价值，完成对于已有文学经典的“去经典化”“反经典化”抑或“再经典化”。当然，也存在着文明湮灭的考古重现，① 譬如欧洲文艺复兴中的古希腊文明复现、古埃及《亡灵书》与中国“郭店楚简”的考古发现等情况。

英国的维多利亚时代，是一个颇为传奇的历史时期，人们既崇尚道德修养、谦虚礼貌又信仰科学进步，对于工业革命充满乐观和信心，是英国工业革命的顶点时期、英国经济文化的鼎盛时期，其经济总量占全球的70%，土地占世界的1/4，号称“日不落帝国”。同时，这又是一个“很美的黑暗时代”——表面辉煌，像个理性、克制的绅士社会，背地里却是上层人士藏污纳垢、社会底层一片混乱、中产阶级利欲熏心。尽管这一时期还形成了男女平等和

① 《读点经典》编委会：《读点经典：震撼考古》世界卷，凤凰出版社2012年版，见“目录”。

种族平等的进步观念，但转型过程极度艰难而痛苦。这一时期英国小说《简·爱》的批评遭遇正好反映了这种刻骨的阵痛和观念的冒险，特别是对女性作家本人的精神伤害至深。宋人范仲淹在《岳阳楼记》中曾说："忧谗畏讥，满目萧然，感极而悲者矣。"身处恶意攻击和长期诋毁洪流中的夏洛蒂·勃朗特应该是"心有戚戚焉"。

一　恶评偏见的粗俗与自我觉醒的简·爱

英国维多利亚时代的女作家夏洛蒂·勃朗特的代表作《简·爱》（*Jane Eyre*，1847）是读者耳熟能详的英国文学经典。它出版时轰动伦敦，人们纷纷猜测匿名作者的真实身份。尽管它曾令作家如萨克雷"着魔"、乔治·爱略特（George Eliot，1819—1880）"深为《简·爱》陶醉"、乔治·亨利·路易斯（George Henry Lewes）盛赞它是"灵魂与灵魂的对话"等，但总的来说不为时人所接受，甚至被英国主流社会斥为"不道德""不良书籍"，遭到许多恶意攻击，作品及作家本人遭遇长期的诋毁和非议。在所有恶评中，措辞最严厉、批评最猛烈的，要数1848年底《评论季刊》上发表的一篇署名伊丽莎白·里格比的评论文章①。此文分三节，先评《名利场》，次谈《简·爱》，最后总论家庭女教师的状况。

伊丽莎白·里格比（Elizabeth Rigby）是定期为《评论季刊》供稿的首位女撰稿人，是一位出身名门的才女。她美貌聪颖，受过良好教育，精通多门语言，谙熟艺术史，曾翻译多部德语艺术著作，而且擅长绘画，现今位于伦敦的泰特艺术馆仍收藏着她的60件作品。1849年，她嫁给后来成为国家美术馆馆长的查尔斯·伊斯特莱

① Elizabeth Rigby, "Vanity Fair and Jane Eyre", *Quarterly Review* 2, December, 1848, pp. 82-99.

克勋爵，遂以伊斯特莱克夫人（Lady Eastlake，以下简称伊夫人）之名闻达于社交界，其影响力非同一般。在这位伊夫人的笔下，夏洛蒂的小说一无是处：语言粗俗，结构松散，趣味低级，前后矛盾。女主人公“除了自夸如何禀赋聪明，如何富有洞察力，我们从她那里听不到任何别的东西，而她说的每一个字都在冒犯我们，从中我们看不到她自夸的品质，只看到完全相反的品格：卖弄学问，愚昧无知，俗不可耐的粗鄙”①。她反复使用“coarse”一词来描述她所谓的、小说反映出的可怕的“趣味”，有时用来形容男主人公罗切斯特，有时指小说的语言和作者的旨趣。事实上，她也承认《简·爱》是一部“真正有力量的杰作”，但她同时认为恰恰在这股力量中，蕴含了一些新兴的、危险的、具有极大威胁的元素。伊夫人在其文章的第三节对家庭教师表现出深切的同情，她说：“工人可以反抗，商人可以联合，不至于使其劳动报酬和福利降到一定水平以下。但是，女教师没有可倚靠的避难所——没有后路。她有身份，可是窘迫，而她的服务如此可贵，不好明码标价，因此，她们命运的乖蹇就要看雇主的仁慈与否了。”② 然而，让这位伊夫人放下架子，真正以平等心对待，她却一百个不情愿。理由很隐晦，“英国人特有的情感、风俗和成见”③ 必然要使雇主同女教师们保持距离。其实，这正是根深蒂固的等级观念的托词而已。这位伊夫人可以同情女教师，也可以帮助其改善境遇，但自己比她高一个等级，这是无可改变、毋庸置疑的事实。《简·爱》在这一点上，恰好触犯了以伊夫人为代表的上流社会的禁忌。

---

① 周颖：《〈简·爱〉触动了谁?》，爱思想网，http://www.aisixiang.com/data/88459.html，2015年5月29日。

② 周颖：《〈简·爱〉触动了谁?》，爱思想网，http://www.aisixiang.com/data/88459.html，2015年5月29日。

③ 周颖：《〈简·爱〉触动了谁?》，爱思想网，http://www.aisixiang.com/data/88459.html，2015年5月29日。

贫寒女子嫁富家少爷，英国小说史上不是没有成例，最有影响力的当数塞缪尔·理查逊（Samuel Richardson，1689—1761）撰写的书信体小说《帕梅拉》。小说洋洋洒洒一千多页，讲述贵族家庭的一名女仆如何抗拒东家少爷的威逼利诱，誓死捍卫贞洁，最后使得对方真情感动、突破陈规，与之结为连理的故事。伊夫人认为，帕梅拉同简·爱既像又不像。据她说来，两人都是地位低下的女子，都攀高枝入了豪门。可是，帕梅拉虽然落了个“不合礼俗”的名声，在理查逊写作的时代仍然“情有可原”，但《简·爱》的粗鄙和低俗则在“我们这个时代完全不可原谅”。[①] 首先，帕梅拉虽无门第与财富，却仍有美貌、教养和温柔。她是老夫人一手调教出来的，知书达理、温文尔雅，一副贵族小姐的做派。其次，她不仅恪守门第之别，也完全认同传统的妇德观念，依凭贤淑端庄、洁身自好、温柔可人等品质才得到富家公子的青睐。简·爱则不同，她不但贫穷、低微、矮小，还蔑视权贵、深信自己的价值、反对将财产和地位作为缔结姻缘的基础，宣扬爱情的基石应当建立在“共同的志趣和平等的精神”[②] 上。正因为相信有共同的志趣和平等的精神，在简·爱的心目中，贵族罗切斯特和她成了同一类人。

《简·爱》无疑刻画了一个崭新的、英国文学史上从未有过的女性形象，威胁到了温良谦卑的妇女操守和严格的等级秩序。从她身上体现的现代自我意识，让等级观念森严、性别观念保守的伊夫人深感不安。这位伊夫人甚至认为，简·爱比《名利场》里的丽贝卡还危险。丽贝卡聪明伶俐，才貌出众，虽然利欲熏心，有点不知廉

① 周颖：《〈简·爱〉触动了谁?》，爱思想网，http：//www.aisixiang.com/data/88459.html，2015 年 5 月 29 日。

② 周颖：《〈简·爱〉触动了谁?》，爱思想网，http：//www.aisixiang.com/data/88459.html，2015 年 5 月 29 日。

耻，却“从来没有一个人物像她这样，如此充分地满足了我们关于女性邪恶的想象，而又丝毫不冒犯我们的情感和礼俗”①。对于简·爱，伊夫人不得不承认：“不错，简·爱没有做错什么，还显示出强大的道德力量。”② 但她傲慢——无可容忍的傲慢。伊夫人所谓的“傲慢”，在今天看来则是维多利亚时代的女性身上极为罕见的自我肯定意识。这种自我肯定，既是浪漫主义的余音缭绕，也是在经济迅猛发展、商业极速繁荣的背景下个人主义不断得到拓展的一种表现。

英国在这个时期出现了一个奇怪的现象：一方面是个人主义在商业领域愈演愈烈，在政治和经济领域衍变为冷漠无情的放任自由主义（laissez faire）；另一方面则是对女子的约束日益严苛，温顺、服从、谦卑等妇德被反复灌输。卑屈（humility）同谦逊（modesty）不是一回事。玛丽·沃斯通克拉夫特在《女权辩护》里曾着意区分了这两个词：谦逊（modesty）“是指一种清醒的理智，它教导人不要把自己看得太高，超过恰如其分的程度，但应该与卑屈（humility）区别开，因为卑屈是自卑自贱”③。然而，能够区分卑屈与谦逊，毕竟是少数人的先知先觉。《圣经》有言：“敬畏耶和华，心存谦卑，就得财富、尊荣与生命”（箴言22：4）。由于女性自古地位低微，辅以宗教的催化作用，“卑屈/谦卑”历来被视为女子应有的美德。自18世纪以降，随着工场手工业的兴起和工业革命的推进，英国社会结构发生深刻变化，公共领域与私人领域（家庭与工作）逐渐分离，男子进一步稳固社会事务和公共领域的主宰地位，女子则

① 周颖：《〈简·爱〉触动了谁?》，爱思想网，http://www.aisixiang.com/data/88459.html，2015年5月29日。

② 周颖：《〈简·爱〉触动了谁?》，爱思想网，http://www.aisixiang.com/data/88459.html，2015年5月29日。

③ ［英］玛丽·沃斯通克拉夫特：《女权辩护　妇女的屈从地位》，王蓁译，商务印书馆1995年版，第155页。

退守家庭的私人空间。到勃朗特姊妹写作的年代，公/私分离更趋明显，性别区分更加强化，要求女子无条件顺从、无私奉献的呼声越来越高。当时标榜的女子德行中，“卑屈/谦卑”和“自我否定”乃最重要的品质。

一个令人意想不到的结果是，伊夫人的评论文章发表后，家庭教师一度成为街头巷尾、报纸新闻、小说虚构的热门话题，要求社会关注其生存、改良其处境的呼声也随之高涨。人们倡导开发女性的智力，强调实施教育的重要，对于女性应当履行的职责，也有合情合理的论述。一方面，她们关注女性的进步，希望妇女的状况有所改观；另一方面，卑屈/谦卑的妇德和等级观念这两副枷锁无影无形，却又深入骨髓。对比时境，才能了解《简·爱》的进步意义和超越性，才能理解观念的更新如何艰难与复杂。①

二　女性写作的逾矩与淑女品质的责任

实际上，将《简·爱》评定为“coarse”或曰“粗俗”，并不是伊夫人的一家之言。远在大西洋彼岸、美国费城的《格雷厄姆杂志》认为，《简·爱》一书“贯穿着男性的力量、广度与机敏，加上男性的刚硬、粗野和无所顾忌的表达方式。俚语很不少”②。1848年10月发表于《北美评论》的文章也对作者的性别感到困惑，最后认为它“是男子特有的思维”“具有坚定的男子气概”③。显然，这两篇评论相比伊夫人的文章，少了稍许火药味，多了一些赞赏之词，却仍然夹杂着苦涩的滋味：小说有吸引力，但它的种种优点——无论

① 周颖：《〈简·爱〉触动了谁?》，爱思想网，http://www.aisixiang.com/data/88459.html，2015年5月29日。

② 《基督教醒世报》：《评〈简·爱〉略》（1848），载杨静远编选《勃朗特姐妹研究》，中国社会科学出版社1983年版，第127页。

③ ［法］欧仁·福萨德：《〈简·爱〉，一部自传》（1848），载杨静远编选《勃朗特姐妹研究》，中国社会科学出版社1983年版，第132页。

是“力量、宽广和狡黠”，还是“清楚、明晰和果断”，甚至“自如的表达”——都是男子特有的。透过这些话，不难想见当时普遍存在于人们心中的性别偏见。“粗俗”是男子的专利，女子尤其是淑女（lady）万万不可染指；粗话和俚语、激情场面、人物的粗野和放荡等一切不合女德、有伤风化的内容，女子都该尽力避免。这些都是禁忌，是意识形态里的潜规则，以上两篇评论的立场与伊夫人完全一致。所以，伊夫人严厉指责《简·爱》的作者：她竟然敢让简·爱听了罗切斯特早年的放荡行径后还神色镇静，脸都不红一下；她竟然会让英格拉姆小姐“穿着一件天蓝色绉纱晨衣，头发上扎一条淡青色纱巾”[①] 跟罗切斯特先生打台球；“疯女人”伯莎纵火的那天晚上，她竟然让简·爱披上“罩衫”（frock）就去救火——稍懂礼节的人都知道，一个女士完全有适合这些场合的衣服。伊夫人抓住这些生活细节，继续穷追猛打，甚至近乎人身攻击。

勃朗特三姐妹的代表性作品《简·爱》《呼啸山庄》和《安格妮斯·格雷》发表时均使用笔名，她们希望把自己真实的性别身份隐藏起来。个中缘由，正如夏洛蒂所说：“因为我们有个模糊的印象：人们会怀着偏见来看待女作家；我们注意到，评论家们有时以人身攻击为武器来指责她们，以虚假的奉承来褒奖她们。”[②] 这番话不仅体现勃朗特姐妹的顾忌和担忧，也映照出维多利亚时期女性写作处境的艰难。应该写什么，怎样写，社会有期待和限制，稍微不合规范，就会招来指责和批评。正如美国著名女权主义学者伊莱娜·肖瓦尔特（Elaine Showaher，1941— ）在她那本富含洞见的研究论著《她们自己的文学》（*A Literature of Their Own*）里指出的：社会舆论对于女性作家要求苛刻，任何不合常规的语言，都会被冠以

---

① ［英］夏洛蒂·勃朗特：《简·爱》，吴钧燮译，人民文学出版社 1990 年版，第 238 页。

② ［英］夏洛蒂·勃朗特：《埃利斯·贝尔与阿克顿·贝尔生平纪略》（1850），载杨静远编选《勃朗特姐妹研究》，中国社会科学出版社 1983 年版，第 17 页。

“粗俗”之名。①

可见，“粗俗”原本是伪道德家们善用的武器，不必太把它当真的。然而，身处其境的女性作家们要做到超然洒脱并不容易。据当时的著名女作家盖斯凯尔夫人（Elizabeth Gaskell，1810—1865）讲，夏洛蒂访问伦敦时，有一位女作家同她打趣：“勃朗特小姐，你知道吗，你和我都写了不规矩的小说。”② 女作家用的是“naughty”这个词，形容人的行为时，有“不合规矩，不道德”的意思，甚至令人联想到“淫秽”和“邪恶”。若按当时的女性行为准则论，简·爱确实是“逾矩”了，夏洛蒂听了这句话后深感不安。盖斯凯尔夫人在《夏洛蒂·勃朗特传》（1857）里这样写道：“她老是想着这句话；而且，好像这件事沉重地压在心头似的，她找机会问了史密斯太太，《简·爱》中是否有这样严重的问题。如果她不是自幼失去母亲的话，她会这样问她的母亲。”③ 言下之意，自幼丧母的夏洛蒂没有机会被教导如何做一名淑女，她的“逾矩”是无意识使然，因为她根本不懂得这些规矩。换言之，夏洛蒂原非主动反叛习俗的急先锋，只不过在特殊的成长环境下，她的诗人天性不仅没有泯灭，反而滋养出那个时代在女性身上十分扎眼的自我意识。这也正是她屡受非议的缘由。盖斯凯尔夫人也是母亲早逝，一岁便由姨母收养，只不过她的娘家是有名的赫兰家族，与英国中部的维支吾兹、达尔文、透纳等富裕的中产阶级家庭相互通婚，所以她的教育环境要比夏洛蒂优越得多，也更多地接受了淑女的那一套规范。事实上，盖斯凯尔夫人在写《夏洛蒂·勃朗特传》时，想努力根除的正是那样

---

① Elaine Showalter, *A Literature of Their Own: British Women Novelists from Brontë to Lessing*, Princeton, N. J.: Princeton University Press, 2004.

② ［英］盖斯凯尔夫人：《夏洛蒂·勃朗特传》，张淑荣等译，团结出版社2000年版，第167页。

③ ［英］盖斯凯尔夫人：《夏洛蒂·勃朗特传》，张淑荣等译，团结出版社2000年版，第167页。

一种屡屡为批评家诟病的“粗俗”形象。因此，她不惜笔墨刻画夏洛蒂对家庭责任的重视，详细罗列勃朗特姐妹们每天必须承担的家务，着意描述她如何悉心照料病父，如何为减轻家庭的经济负担，鼓足勇气从事令她厌恶的家庭教师的工作。除了这些细节，盖斯凯尔夫人还大量援引夏洛蒂的书信，以丰富的第一手资料向读者呈现了一位值得尊敬的、具有强烈责任感的中产阶级淑女形象。什么才是真正的“淑女”？风度优雅、仪态端庄，只关乎外表？相形之下，内在品质更为重要。盖斯凯尔夫人“以彼之矛攻彼之盾”的反击手法果然奏效。传记于夏洛蒂辞世后两年出版，一经问世便风行一时，继《简·爱》之后再度掀起文坛风暴。此书不仅被公认为英国文学史上伟大的传记之一，而且彻底改变了夏洛蒂在读者心目中的形象，甚至使评论界纷纷转变口风。

照顾家人和管理家庭，是那个时代的女子必须承担的首要责任，也是唯一的责任。“男主外，女主内”的观念早已深入人心，到了维多利亚时代更成为天经地义、无可更改的家庭格局。所以，美国著名历史学家彼特·盖伊（Peter Gay，1923—2015）讲，这个时期的女子，“她们的专属领域是家，那是她们唯一可以实现太太和母亲天职的地方。即便有些权威也承认女性拥有某些天赋，但这些天赋完全局限在感情的领域：审美的感性、母性智慧和优雅的社交天分”①。英国女权主义先驱玛丽·沃斯通克拉夫特在《女权辩护》中替女性拓宽视野、开阔胸怀、健全理性寻找理由时，反复陈述的也是这种品质对于管理家庭和教育子女的必要性。因此，盖斯凯尔夫人为夏洛蒂洗脱“粗俗”的恶名，也要刻意突出她顾家的这一面。

《简·爱》多处表现了简·爱对于家庭生活的热爱和管理家庭的

---

① ［美］彼特·盖伊：《施尼兹勒的世纪：中产阶级文化的形成，1815—1914》，梁永安译，北京大学出版社2006年版，第178页。

才干。当她意外收获两万镑的遗产，圣约翰问她“现在究竟有什么生活目标，什么意图和雄心”[①]，她回答说，“第一个目标就是彻底清扫荒原庄”，要让家具闪闪发光，屋子收拾得妥妥当当，炉火生得旺旺的，还要烹调出各式各样、丰富美味的食品来。她拼命地干活，“欢欢喜喜地在闹得天翻地覆的屋子里忙个不停”，在“这一片混乱中建立起秩序”[②]，最后心满意足地看着这个家在自己手上变成干净整洁、温暖舒适的典范，跟屋外荒凉寂寞的冬景形成鲜明的对照。毕竟在这里，女子重建秩序的努力仍然只局限于家庭。简·爱为获得独立付出了艰辛的努力，迈出了艰难的一步。不论是当家庭教师，还是教乡村女孩，她都兢兢业业，恪尽职守。然而，在她内心深处，最终的幸福和归宿还在家庭。尽管简·爱追求的绝不只是优越的生活条件，而是精神、思想和灵魂上的平等，可是她并没有意识到，争取独立的经济和社会地位是女性获得真正平等的必然途径。小说依然沿袭那个时代的老套路，用从天而降的遗产来帮助女主人公摆脱困境，与她心爱的人喜结良缘。这既是作者视野的局限使然，也是女性作家与社会习俗之间既抵制又依赖的复杂局面的反映。女作家要承担的责任既有家庭的，又有社会的，比男作家面临更大的挑战和压力。《简·爱》的成功，使夏洛蒂于家庭责任之外，又添一份社会责任——原来她只要做一名女人，现在既要做女人，又要当作家。这两个角色并不矛盾，可要调和得完美，也不是一件容易的事。[③]

三　女性觉醒的圣经与志同道合的宣言

《简·爱》中，简与罗切斯特的这段对话特别令人动容：“你以

① ［英］夏洛蒂·勃朗特：《简·爱》，宋兆霖译，上海文艺出版社2007年版，第424页。

② ［英］夏洛蒂·勃朗特：《简·爱》，宋兆霖译，上海文艺出版社2007年版，第424页。

③ 周颖：《〈简·爱〉触动了谁?》，爱思想网，http：//www.aisixiang.com/data/88459.html，2015年5月29日。

为因为我穷、低微、不美、矮小，我就没有灵魂，没有心么？——你想错了！——我跟你一样有灵魂，——也完全一样有一颗心！要是上帝赐给了我一点美貌和大量财富，我也会让你感到难以离开我，就像我现在难以离开你一样。我现在不是凭着习俗、常规，甚至也不是凭着肉体凡胎跟你说话，而是我的心灵在跟你的心灵说话，就好像我们都已离开了人世，两人平等地一同站在上帝跟前——因为我们本来就是平等的！”① 一般来说，女性往往容易在爱情生活中沉溺而失去最基本的清醒，这段话可谓是女性觉醒与追求“精神平等”的宣言，既令人感动又令人敬佩。常言道“书籍是人类进步的阶梯”，天性的倔强再加上不断地读书与思考，才使她与罗切斯特在不知不觉间迅速拉近了距离，进而可以做到精神上的对等，这是当时绝大多数女性难以做到的。

整部小说《简·爱》都在讲述简·爱自尊与自强的艰难历程并最终实现了自立。每一个女性都需要这样一个过程，进而塑造自己的强大内心，以期待真正发自内心的觉醒，使她自信而独立地面对生活，只有这样，女性才能获得最终的圆满与解放。坚强的简·爱不贪恋财富、社会地位和宗教的威仪，在她眼里，真正的幸福，在于美好的精神世界和高尚纯洁的心灵。② 简幼时对“恶亲/恶人”的反抗，到长大后自我充实以及追求独立，都是她不断自强的过程。尽管自强、独立的过程艰难，但简始终没有放弃，在坚强与自尊的基础上实现了自立的不断升级。简的“自立”在现在看来或许没有做到真正的独立，譬如她在离开桑菲尔德府后对罗切斯特着魔般的日思夜想，就是一种情感上的“依赖”，但全书所倡导的女性自尊、自强与多层次的自立等思想在当时仍然是十分先进的。

---

① ［英］夏洛蒂·勃朗特：《简·爱》，宋兆霖译，上海文艺出版社2007年版，第270页。

② ［英］夏洛蒂·勃朗特：《简·爱》，宋兆霖译，上海文艺出版社2007年版，第437页。

《简·爱》之所以成为世界文学经典，主要是因为小说中先进的思想对世人的启蒙和对时代进步的推动。小说主人公简·爱是女性觉醒的先驱和最早尝试走向独立的实践者，小说的出版使当时的英国女性开始反思自己以往的生活方式，逐渐不再完全受男性权益信条的限制。同时，这也是一本女孩必读书，因为它记录了一个女孩的成长，以及必须学会的“选择”和“坚强”。《简·爱》既可以让人们了解170多年前英国女性觉醒的艰难历程，又能够激励人们直面生活中的逆境，以人生旅程必然经历挫折的开明心态，学会坚强、自尊与自立。同时，英国孤女简的信念和行动所展现出来的力量，也将使生活在“金钱万能”时代的人们的灵魂得到洗礼与净化。

第三节　克里斯蒂娜·罗塞蒂的诗意：信徒女性自制的清寒与热忱

克里丝蒂娜·乔治娜·罗塞蒂（Christina Georgina Rossetti，1830—1894）是英国文学史上最有才华的女诗人。20世纪英国著名女作家弗吉尼亚·伍尔夫曾说：“在英国女诗人中克里丝蒂娜·罗塞蒂名列第一位，她的歌唱得好像知更鸟，有时又像夜莺。”①

克里丝蒂娜是英国维多利亚时代著名女诗人，前拉斐尔派的一员。她的诗受其兄但丁·迦百列·罗塞蒂（Dante Gabriel Rossetti，1828—1882，画家兼诗人，前拉斐尔派的领袖）影响，兼有抒情性和神秘性，并带有悲哀的和象征的色彩。但与其兄相比又各有特色：兄的诗浓艳华丽而妹的诗清新哀婉，兄重感官而妹重虔信。尽管二人都带有中世纪色彩，但妹的中世纪色彩有较浓的宗教情绪，而兄

① 飞白：《克里斯蒂娜·罗塞蒂》，载飞白编译《英国维多利亚时代诗选》，湖南人民出版社1985年版，第204页。

的诗中的宗教材料只不过是一种艺术素材。妹怀着宗教幻想仰望着天，而即使是兄的《升天的少女》也从天上满怀深情地回望着大地。[①] 相比之下，克里丝蒂娜比哥哥更多宗教虔诚，更专心致志于诗艺，她的诗用词清纯、简练、情感真挚、平易近人，因此在英语诗歌史上经久不衰。

一　人生的界标：父亲大病与宗教虔信

克里丝蒂娜成长于书香门第。其父迦百列·罗塞蒂（Gabriel Rossetti）是意大利爱国者和诗人，因反抗奥地利统治，于1824年逃往英国定居，在伦敦大学的国王学院中任拉丁语及意大利文学教授。克里丝蒂娜的父母于1826年结婚，婚后接连生了四个孩子：老大玛丽亚·弗朗西丝卡（Maria Francesca）、老二但丁·迦百列、老三威廉·迈克尔（William Michael）和老小克里丝蒂娜·乔治娜。这个家庭热情、活泼，爱聊天，充满爱心：孩子们看戏看歌剧，有时也在家中置起舞台道具表演一些有趣的小故事，读书、画画、写作更是日常生活的必需。四个由古雅的书籍经卷及热烈的阳光笑语伴着长大的孩子，都是聪明、早熟、可爱：但丁·迦百列诗情难收、画兴更浓；威廉·迈克尔温柔敦厚，喜欢钻研古籍和理论；最受娇宠的克里丝蒂娜，从小就是家中的诗人。然而，经历了一场自1843年父亲突然病倒引起的家庭变故——父亲失业后母亲和姐姐做家庭教师维持生计的窘困与贫寒，曾经精力充沛的父亲被病魔一天天折磨的惨状，以及母亲和姐姐虔信英国国教（Anglo-Catholic）的影响，16岁时克里丝蒂娜的性格开始发生剧变：曼妙美丽的快乐童年造就的那个活泼、开朗、好表现自己、爱讨人喜欢的小姑娘完全不见了，她变得阴郁、内向、矜持、缄默，

① Kathleen Jones, *Learning Not to be First: The Life of Christina Rossetti*, New York: St. Martin's Press, 1991, p. 2.

宗教渐渐成了她生命中最重要的一部分。她是兄长但丁·罗塞蒂画上的那位低垂着眉眼、美丽而沉默的少女时代的圣母玛丽亚，白色的百合纯洁无瑕，但这过分的纯真却让人觉得冰冷。快乐自足的童年已逝，青春仍在的克里丝蒂娜却宛如一枝清寒的百合，近在咫尺却遥不可及①。父亲的这场病一直拖到11年以后去世为止。

鲁迅先生在《呐喊·自序》里曾谈及“父亲的病”及“家庭变故”对自己人生发展的重大影响；天生体弱、敏感早慧的克里丝蒂娜无疑也因此而受到剧烈震撼，在她的人生历程上留下了最惨痛的印迹：她深深感到世界的无常和冷酷、人生的无奈和悲凉，尤其是她已然开始不相信人世间有什么纯粹的幸福和快乐，万能的上帝和来世的天堂才是唯一完美的归宿。当然，克里丝蒂娜的这种感受并不是一次性沉淀下来的，“父亲的病”坚定了她的宗教信仰，二者又共同引导她认识这个世界、感受维多利亚时代对女性的禁锢和限制。② 与克里丝蒂娜同时代及其后的许多人都不理解她的冰冷古板与宗教气息，关键是忽略了她人生发展的这一特殊界标。不关注克里丝蒂娜在“父亲的病”及“家庭变故”中的精神转向和个性变化，就像忽略了美国诗歌之父惠特曼在“新奥尔良之行”后神秘的历史性转变一样。可以说，克里丝蒂娜的人生转变直接影响了她的艺术风格，少年时单纯的欢快与向往消失了，意大利血统遗传的热烈激情深隐在虔诚、温和与幽默的吟咏之中，也许只有在传达爱情体验与美好企盼的抒情诗作中才偶尔冲溢而出。清寒的百合沉默而矜持，如血的罂粟难得一现；然而，清新哀婉的主调之中终有难舍的热切深情。

---

① Lona Mosk Packer, *Christina Rossetti*, Berkeley: University of California Press, 1963, pp. 13 – 17.

② Pieter Liebregts and Wim Tigges eds. , *Beauty and the Beast*: *Christina Rossetti*, Amsterdam; Atlanta, GA: Rodopi, 1996, p. 43.

二　莉姬的无望：两首长诗及其精神指向

克里丝蒂娜起初在《萌芽》（*The Germ*）上发表诗作，1862年正式出版的《小妖精的集市和其他的诗》（*Goblin Market and Other Poems*）是她最有名的诗集。克里丝蒂娜为人虔诚、热爱自然，并能在自然中感觉到象征的境界，这都在她的代表作《小妖精的集市》中得到了体现。长诗《小妖精的集市》是她成功地运用民歌格律写出的一首叙事童话诗，也是一则寓言。在这首诗的一开始，克里丝蒂娜奇妙的想象便将小妖们描绘得如动物一般：

> 这个长着一张猫脸，
> 那个摇着一根尾巴，
> 这个踏着老鼠步，
> 那个在学蜗牛爬；
> 这个笨头笨脑探头探脑，
> 像只树熊毛茸茸，
> 那个慌慌张张跌跌撞撞，
> 像只食蜜獾出了洞。①

小妖们带着满篮的水果，在森林中不停地叫卖：

> 快来买，快来买：
> 葡萄刚从藤上来，
> 石榴圆鼓真可爱，

① ［英］克里斯蒂娜·罗塞蒂：《小妖精的集市》，飞白译，载飞白编译《英国维多利亚时代诗选》，湖南人民出版社1985年版，第211页。

枣子外加无花果，
先来尝过再来买。
……①

有一天，莉姬和萝拉两姐妹在森林中遇到小妖们叫卖，莉姬惊慌逃走，因为她知道：

我们不可以看小妖精，
他们的水果也不可以买，
谁知道它的根吸什么养分，
谁知道它在什么泥土上栽？②

萝拉最终没有抵制住他们的诱惑，“用一卷金发”换来了小妖们的果子，一气吃了个够；她却不知道这果子的魔力，吃了它们以后，她将时时渴望着它们。然而，这世界上只有因渴望这些果子而死去的人，却没有人能第二次尝到它们，因为在吃过一次以后，她将永远听不到小妖们的叫卖声，再也没有机会用金发换取它们。萝拉因心中的渴望而日渐消瘦衰竭，她的金发“变灰变淡”，她“流着泪”，“梦想着果子”；于是，莉姬回到森林中，寻到了小妖们，乞求他们卖给她一些鲜果，她能带回去给妹妹吃。小妖们逼她先尝，才肯卖给她，她拒绝了，一动不动地站在那儿：

好像水流中一枝百合花；

① ［英］克里斯蒂娜·罗塞蒂：《小妖精的集市》，飞白译，载飞白编译《英国维多利亚时代诗选》，湖南人民出版社 1985 年版，第 209 页。

② ［英］克里斯蒂娜·罗塞蒂：《小妖精的集市》，飞白译，载飞白编译《英国维多利亚时代诗选》，湖南人民出版社 1985 年版，第 209—210 页。

像一块岩石，带着青色的纹理，
遭到喧哗的潮水冲击；
……
像一座庄严的处女城，
高扬起镀金的尖塔和圆顶。①

小妖们见无法诱惑她，便设法折磨她，还把果汁抹在她脸上，莉姬紧咬着牙齿，硬是不吃。小妖们玩厌了，哄然离去。莉姬带着满脸的果酱和果露，急奔回家，让萝拉吮吸她面颊与双唇上的汁液，"吃我，喝我，疼爱我，/萝拉呀，一点都不要浪费我；"② 当萝拉"如饥似渴地吻着"姐姐的时候，她发觉"果汁在她舌头上发苦，/这宴席使她厌恶。/她像中了邪似地扭曲，又跳又唱……"③ 最后她晕倒了。当她醒来时，她又恢复为当初的、女孩身的自己："她的金发里再不见一丝灰，/她的呼吸像五月一样甜美。"后来她俩都成为幸福的妻子和母亲，常用卖鲜果的小妖商（fruit-merchant goblin men）警醒自己的女儿们，萝拉向孩子们讲述往事：

讲她姐姐为她的缘故，
如何冒死相救，挺身而出，
……
"因为不论是风雨还是天晴，
什么也比不上姐妹之情：

① ［英］克里斯蒂娜·罗塞蒂：《小妖精的集市》，飞白译，载飞白编译《英国维多利亚时代诗选》，湖南人民出版社 1985 年版，第 225 页。

② ［英］克里斯蒂娜·罗塞蒂：《小妖精的集市》，飞白译，载飞白编译《英国维多利亚时代诗选》，湖南人民出版社 1985 年版，第 228 页。

③ ［英］克里斯蒂娜·罗塞蒂：《小妖精的集市》，飞白译，载飞白编译《英国维多利亚时代诗选》，湖南人民出版社 1985 年版，第 229 页。

在苦闷的途中她鼓励，
在迷路之时她接引，
你若跌倒了她扶起，
支持你永远站稳脚跟。”①

显然，在基督教传统和维多利亚社会风俗影响下，这首诗有意无意地讽喻了情欲的诱惑，表现了把尘世之乐视作“禁果”的宗教情绪。恶人送给萝拉声色乐园中的“禁果”（the forbidden fruit），换取的是姑娘通常最谨慎珍存的东西；然而，一旦失去了它，她就丧失了自身价值，因而也就不值得进一步诱惑了。萝拉的欲望与堕落，无疑令人想到人类始祖因夏娃偷食禁果而被逐的故事；萝拉由此成为维多利亚时代的文学中常见的堕落形象，面目丑恶。同时，正如基督降世，用自己的身躯和鲜血充当献祭的面包与酒水而赎救人类的灵魂一样，萝拉的好姐妹莉姬，像一位女救世主，与小妖们谈判（如基督与撒旦一样）；正如基督将人类从原罪中赎救出来，为夏娃的子孙后代恢复了天堂的希望一样，莉姬挽救了萝拉，使她从迷途中回返，恢复为处女身的新娘，并且引导她进入纯真无瑕的天地中来。作为维多利亚文学中的理想女性，莉姬身上既有坚贞清纯的品性，又有危难之时挺身而出的热血浓情，并成为克里丝蒂娜自我操守的代言人。

当然，作为一首引起过轰动、为人珍爱的名诗，从现代阐释学理论出发，还有其他解法：有人说它赞扬了姐妹间的情谊；有人则读出了情欲的萌动；也有人说它表现了自然的诱惑力及其象征境界；女权主义者则关注诗作对女性的描述，发掘社会、传统及男性对女性的压迫与不公正。②

---

① ［英］克里斯蒂娜·罗塞蒂：《小妖精的集市》，飞白译，载飞白编译《英国维多利亚时代诗选》，湖南人民出版社1985年版，第231—232页。

② Harold Bloom ed., *The Pre-raphaelite Poets* (*Modern Critical Views*), New York: Chelsea House Publishers, 1986, pp. 97 – 132.

克里丝蒂娜的诗给人们带来一种新鲜感，有一种全新而独特的声音，一种清晰、纯粹的曲调。后来，弗吉尼亚·伍尔夫曾这样赞扬她："你的直觉是那么清晰、直接、强烈，这种直觉写出的诗篇，如同音乐唱在人的耳中——像是莫扎特的旋律，或是格里格的曲调。"[①]

克里丝蒂娜的第二本诗集《王子的历程及其他》（*The Prince's Progress and Other Poems*）出版于四年以后。《王子的历程》同样是首叙事长诗，但与神秘古怪的《小妖精的集市》相比，诗意则要明显得多——爱已是太迟，快乐亦已太晚。许多人说，这首诗是但丁·罗塞蒂与爱人伊丽莎白·西德尔浪漫故事的重叙与哀挽。

那位英俊但意志软弱的王子显然像克里丝蒂娜的兄长，"他黑色的胡须如缎子一样"。巫婆的咒语锁住了公主，她无法动弹，在森林深处的白色木屋中，等待王子前来为她解除咒语，"等到所有甜蜜的树胶及汁液流动，等到所有盛开的花瓣吹拂"[②]，像西德尔等待着婚期一样的等待、一样的无望。诗中花的意象翻涌，百合花、玫瑰花尚未开放，围绕着公主，象征着她仍未识风情。此外还有罂粟花：红罂粟似血，是生命；白罂粟如雪，是死亡。王子优柔寡断，终于决定上路了，然而在行程中又必然受到诱惑，绿眼睛的牛奶女郎，炼金术士的国度，无数谜一样的女孩。虽然王子的耳中有一声声的呼唤，然而结果却是一次次的延误，等到他到达公主身边，白罂粟已堆满了公主的床，一切都为时太晚……对于误了公主性命的王子，克里丝蒂娜没有太多责怪。也许因为她那颗自抑而冰冷的心，早已否定了女人会有幸福；也许因为这是事实，在那个时代的男女关系中，女人只能是被动地等待，唯一显示权力的机会只是等待之后对等待结果的拒绝。[③] 就

---

① ［英］弗吉尼亚·伍尔夫：《一间自己的屋子》，王还译，生活·读书·新知三联书店1992年版，第107页。

② Christina Rossetti, *The Complete Poems*, Penguin Books, 2001, p. 74.

③ Constance W. Hassett, *Christina Rossetti: The Patience of Style*, Charlottesville: University of Virginia Press, 2005, p. 15.

如克里丝蒂娜拒绝了一次科林逊（James Collinson），又拒绝了一次卡莱（Charles Cayley）一样。这首诗风格哀婉悲凉，在爱情无奈的咏叹中隐藏着些许神秘的气息。

《小妖精的集市》中的理想女性莉姬凭借坚贞清纯成为幸福的妻子和母亲，然而《王子的历程》中的纯洁公主却爱无着落，在无尽的期待和孤寂中死去，成为彻底无望的莉姬。在这两首长诗中，克里丝蒂娜用她理想的女性形象显示了她的精神指向与艺术主调：前者通过“大团圆”结局显示诗人对人世间仍抱有些许希望（如亲密的姐妹之情等），后者则通过彻底的悲剧结局显示诗人对女性在人世间享受幸福的可能性的彻底否定。同时，《小妖精的集市》所形成的自抑克制的美学风格在《王子的历程》中强化为哀婉悲凉的艺术倾向，虽然清新朴素依旧。

三　难舍的心痛：爱情诗中的生命热忱

克里丝蒂娜的诗才是很广的。除了两部长诗，克里丝蒂娜还有大量的抒情短诗（short lyrics），这也是她文学声誉的主要来源。这些诗有继续宗教虔信、受难与自制主题的，有抒发生活感想的，更多的则是些爱情诗。这些抒情短诗很好地体现了她的艺术风格：朴实、纤巧、清新、哀婉。读她的抒情诗，很容易让人联想到我国古代最杰出的女诗人李清照哀婉清新的词作。

克里丝蒂娜性格文静内向，可也有点鬼精灵的怪念头。关于灵魂与上帝神交的向往很早就支配着她。表面上看，克里丝蒂娜一生64年是在伦敦的哈莱姆等地度过的，实际上她的灵魂一直寄居在天国，接受着上帝的判决。伍尔夫曾指出：克里丝蒂娜的宗教信仰制约着她生活中最小的细节，干预着她内心深处最重大的问题，比如她的爱情。克里丝蒂娜对人有很高的品赏能力，能一眼看出人之个性，她爱情生活的不幸似乎与此不无关系。在她心目中，也许除了上帝之外世上再没有第二个男子能承受得了她的爱。伍尔夫说，宗教是克里丝蒂娜生命中的核瘤，是她一生不幸的根源；克里丝蒂娜一生中的一切事情，都是由这个痛苦而紧张的核瘤生发出来的。[①]

克里丝蒂娜有过两次恋爱，但都因宗教信仰上的分歧而失败，这在她的诗中也留下了悲哀的印记。据说她的名作《记着我》就是表达她对科林逊的爱情的。16 年后，她虽然又拒绝了学者查尔斯·卡莱（Charles Cayley），但她还是动了真情的。她死后，她的二哥威廉（William Michael Rossetti，1829—1919）在她的抽屉深处发现一叠密藏的诗稿，[②] 这些诗大多作于 1862—1868 年她与卡莱交往的日子里，大部分是爱情诗。

在克里丝蒂娜的爱情诗里，第一类当属“爱的渴望与喜悦”，如《在那儿，要么在别处》：

在那儿，要么在别处，一定有
一张脸我不曾见过，一种声音我不曾听到，
一颗心还不曾——从来不曾（呵，可怜我！）
——回答我的话语。

在那儿，要么在别处，或近或远，
山那边，海那边，目力以外的所在，
甚至远于徘徊的月球以及
夜夜追随她的星辰。

在那儿，要么在别处，或远或近，

① 陆扬等：《伍尔夫是怎样读书写作的》，长江文艺出版社 2000 年版，第 153 页。

② Kathleen Jones, *Learning Not to be First: The Life of Christina Rossetti*, New York: St. Martin's Press, 1991, p. 49.

相隔一堵墙，一道篱笆，
或者一年里最后的几片黄叶
飘落到已经泛青的草坪里。①

在那儿，要么在别处，茫茫人海之中，总有一个前世约好的爱人在等你来相会；然而，这前世的约会，却忘了在何时在何地。渴望爱的纤细的心总难免带着几分沉痛与忧伤。又如《生日》：

我的心像一只欢唱的鸟，
窝儿在雨润露滋的嫩芽间；
我的心如同一棵苹果树，
累累的果子把树枝儿挂弯；
我的心好似斑斓的海螺，
浮游在波浪不兴的水面上；
我的心比所有这些都欢畅，
因为我的恋人来到了我身边。
备好我锦缎羽绒的高座，
用毛皮和紫料子把它装点；
刻上带着百翎斑的孔雀，
刻上野鸽子和石榴的图案；
再做上镀金嵌银的葡萄，
做上叶瓣和纯银的百合花；
我的生活也有了个生日，
因为，我的心上人儿来啦。②

① 黄杲炘译著：《英美爱情诗萃》，上海译文出版社 1992 年版，第 103 页。
② 黄杲炘译著：《英美爱情诗萃》，上海译文出版社 1992 年版，第 130 页。

任何的欢乐、任何的收获、任何的斑斓都不如爱人的到来有力度，这才是她最欢畅的心事；因此她的“生活”也有了个“生日”，这才是人生的最大界标。克里丝蒂娜的诗也不都是忧郁、哀伤的，如这首《生日》就表达了爱的喜悦，透出一种难以自抑的欢乐情绪，诗风清新、轻快。

克里丝蒂娜爱情诗中数量最多而且最有影响、最令人感动的是第二类“爱的磨难与追忆”，如《五月》《古风》《歌》《记着我》等，以及下面这首《我并不寻求》：

我并不寻求美如梦幻的情爱——
我只求找到保持平静的勇气；
只要有忍受悲痛的不屈的意志；
在我萎靡时，表情上不露出来。
让地球去转；让大阳仍放光彩；
让风去吹拂，山顶上的棕榈
在孩子们的眼里把天空触及；
让百川注满万世无穷的大海。
在初春和盛夏全部已经过尽，
任秋天和寒冬再次降临人间，
任我身躯入土，灵魂备受煎熬
而终于离开这片悠久的凡尘，
我的唇间也决不会吐出怨言——
这天之后没人能把我当笑柄。①

爱情幻灭了，诗人辩解说“我并不寻求美如梦幻的情爱”，这是

① 黄杲炘译著：《英美爱情诗萃》，上海译文出版社 1992 年版，第 136—137 页。

她的真实想法吗？还是一种无奈、悲伤的掩饰，以便“保持平静”“忍受悲痛”？爱之愈切，失之愈痛。由此可见，“决不会吐出怨言”的情爱，才是无怨无悔的真情真爱。此诗在朴实清新中浸透着哀婉悲凉。然而，同样是“爱的追忆”，下面这首《回声》却是另一种格调：

来吧，趁着万籁俱寂的夜晚，
来吧，驾着梦中无声的寂静，
来吧，带着温柔的圆圆的脸蛋，
闪着明澈如溪的眼睛；
在泪水中归来吧，
哦，回忆，希望，逝去的岁月中的爱情。

哦，梦啊，是多么甜蜜，痛苦的甜蜜，
醒时，一定正好呆在天堂，
在那儿，满盛爱情的心灵等候相会，
用渴望、祈求的双眼
急切地注视
慢慢启开的、准进不准出的门扇。

在梦中归来吧；尽管死一般寒冷，
但我愿把过去的日子再过一次；
在梦中归来吧，我愿与你
脉搏对着脉搏，呼吸对着呼吸，
低声地说话，低低地偎依，
就像以前，我的爱人，那很久以前的日子。[①]

① 飞白主编：《世界诗库》第2卷，花城出版社1994年版，第503页。

谁说克里丝蒂娜是一个不问世事、不涉世间感情、一心仰望天堂的“准修女”？这首诗深情中带着热切，甜蜜中夹杂一丝忧伤，追忆往事犹如重新坠入熊熊燃烧的爱情之火：“脉搏对着脉搏，呼吸对着呼吸，/低声地说话，低低地偎依”，以及“我愿把过去的日子再过一次”的表白比任何的海誓山盟都有震撼力。生命的热忱在爱情中得到激发，两颗满盛爱情的心灵相会在一起是她永远期待的“回声”。同样热烈深情的诗作还有下面这首《逗留》：

用鲜花和绿叶他们使室内芬芳，
馥郁的花香撒满我的卧床；
我的灵魂追随着爱的踪迹，四处飘荡。
我从不闻屋檐下鸟儿细语呢喃，
也不闻谷堆边收割人谈笑风生；
唯只有我的灵魂每日在守望，
我饥渴的灵魂把别离的人儿盼望：——
我想，也许他爱我，怀念我，为我悲伤。
终于从阶梯上传来了脚步声响，
门把上又重见那以往熟悉的手：
顿时我的心灵仿佛感到天堂的气息
在空中荡漾；那迟缓的流沙——
时光也闪现金光；我感到一轮光晕
在我发间辉耀，我的灵魂升华。①

一位将死的女郎，灵魂徘徊着不忍离去，只为等待远方爱人的

① 孙梁译著：《英美名诗选》，中国对外翻译出版公司1987年版，第91页。

到来，这是她弥留之际的最后愿望。人间情爱使时间停滞、更是使她灵魂升华的真正动力。

羸弱的体质，虔诚的宗教信仰，对爱情过于完美的追求，以及老姑娘敏感脆弱的神经，都使克里丝蒂娜更适合生活在想象的诗情世界中，不允许现实世界的侵入，哪怕是她芳心期许已久的爱情生活。爱情的挫折与幻灭，加重了她对现实人生的疏离；难舍的心痛，对失去的爱的暗示，是她与人世间的唯一联系。哀婉的诗情，难消爱的温热；貌似平静的吟咏中，涌动着情感的激流。克里丝蒂娜的爱情诗清寒中时现热切，宗教虔敬里难舍生命的热忱，耐人琢磨。

克里丝蒂娜懂事成人以后，虔诚克己，一心侍奉父母，默默地帮助着别人，只有在诗歌创作中才将自己对生命的深切感悟完整地表达出来。[①] 她的诗作具有双重张力：虔信宗教下的爱情企盼，清寒自制里的热切奔放。这种看似矛盾其实又统一的诗意境界才是她真实的精神与艺术风貌。在诗歌创作中，克里丝蒂娜以 17 世纪的玄学派诗人乔治·赫伯特（George Herbert，1593—1633）为师，又融入了前拉斐尔派唯美、忧郁与细腻的艺术风格。她十分善于将思维变成情感，使理性的概念变成诗歌中的感情体验，并且喜欢用大量比喻来表达它们。当然，她在使用比喻方面比较偏向于自然平易的风格，常以花鸟虫鱼之类日常景物入诗。作为虔诚的国教徒，克里丝蒂娜的诗显示出一种虔诚、温和和幽默，但在这种安详的外表下隐藏着深刻的精神矛盾：宗教信仰与世俗感受的矛盾，尤其是爱情企盼的冲击。这种矛盾构成了一种内在的紧张，使她的诗歌表面朴素而蕴义丰富、哀婉中存有一股热切。20 世纪的批评家尤其欣赏她诗歌的用词清纯简练、情感真挚。

---

① 恺蒂：《冬日里的女子》，《读书》1995 年第 3 期。

多少年以来，人们大多以为克里丝蒂娜是一个不问世事、不涉世间感情、一心仰望天堂的“准修女”；又加上两次拒婚，中年以后疾病缠身的她脾气越发古怪，成为“古板的清教徒”。而且，外表总是那么冰冷孤傲难以接近，更加重了她身上的宗教气息和神秘性。[①] 克里丝蒂娜一生为宗教所困，诗作中的忧伤情调确切无疑地来源于她的宗教情感，它破坏了作品的和谐与美。当她眼见美好事物刚觉喜不自胜时，那个满脸无情的上帝就会告诉她：美是空虚，美要消逝。[②] 死亡、忘却、安息，用它们黑色的波浪将诗牢牢围住，从而使她的诗像戴着镣铐跳舞的舞伎，摇摇晃晃、站立不稳。克里丝蒂娜中年之后出版的几本诗文集，影响都不如前期诗作。她优秀的诗作，生命的热忱能够冲决宗教的围困，屹立在世界诗歌之林；然而常常又束手被擒，天堂的圣念湮灭了人世火热的生活。

克里丝蒂娜的人生经历与创作风格，很容易让人联想到与她同年出生的美国最杰出的女诗人埃米莉·狄金森（Emily Dickinson，1830—1886）：她也是出身名门，家中的宗教气氛浓厚，因爱情受挫而终生未嫁；深居简出，平时除操持家务外，以写诗自娱。其诗用词清新丰富，诗风独特。她们俩人在诗中都对宗教、上帝、永生的信仰以及爱情、死亡、自然等题材做过深入的探索，尤其是在通过对爱情的细腻体验来感悟生命、感悟存在方面具有惊人的相似性。如果总结一下二人的异同，可以说：克里丝蒂娜是指向传统的埃米莉，埃米莉则是指向现代的克里丝蒂娜。她们二人都有相似的艺术感觉力和表现力，但是在思想的穿透性方面埃米莉比克里丝蒂娜现代得多。宗教束缚了克里丝蒂娜的思想和生活，使她局限在宗教给

---

① Kathleen Jones, *Learning Not to be First*: *The Life of Christina Rossetti*, New York: St. Martin's Press, 1991, p. 54.

② Constance W. Hassett, *Christina Rossetti*: *The Patience of Style*, Charlottesville: University of Virginia Press, 2005, p. 15.

定的狭小世界里，跃不出传统的固有疆界；而埃米莉却不为所羁。传统与现代，成为她们两人最大的分界线。

理解人是为了更好地理解她的诗，尤其像克里丝蒂娜这样不同一般的人。毕竟她不总是生活“在那寒冷的冬天”，因为她有过充满“热烈的阳光笑语”的童年，她血液中依然深蕴着地中海边特有的热情和温暖，也许正是此才支撑她度过孤独寂寞的后半个人生。对天堂的期待与渴望，不仅蕴含了对美满生活的向往，也许还深藏着她复活美好童年的心愿。

第四节 《名利场》中的利蓓加：双性气质的性别魅力与现代困境

“双性同体”（androgyny）最直接的意义，就是同一身体上具备雌雄两性的特征。“双性同体”来源于原始神话，[①] 是人类文化的产物，具有悠久的历史渊源，广泛存在于世界文化的主题中。在伴随人类追求性别意识真理性和理想人格模式的过程中，“双性同体”的蕴涵也不断发展变化。

一般认为，男性的主要特征有支配、自主、侵犯性、表现欲、成就、忍耐性等；女性的主要特征有谦卑、服从、求助、教养、依附等。这是一种典型的西方传统的二元论思想，是把男人与女人截然分开、区别对待的二元思维。然而，从性别的角度看，世界上任何人都是男性特征和女性特征的结合体，世界上不存在绝对纯粹的

---

① 在许多民族的创世神话中，天和地被赋予了人的形态和感情，生育了神话中的神。在希腊、埃及、新西兰、中国等神话中，天和地本是联合为双性同体的，他们永恒地结合在一起，直到后来才相互分离，并且成为单一性别的一对。犹太法典（希伯来人的传说）也说，亚当被造成一个阴阳人，神使他入睡，然后从他各部位中取走了一些东西，用它们造出了普通的男人和女人。神把亚当分成不同性别的两部分，从亚当身上抽出一根肋骨，用它造了夏娃。“双性同体”这一意象在先民原始思维中流露，并在神话中形成跨文化的神话原型。

男性或女性。“双性同体”有其人类学和心理学基础，① 并摒弃了生物学意义，引申到人际关系、政治统治及事物的本质之中。即一切对立面友好相处、结合一体，以此象征理想的心理和社会模式，得以消除人类处境的对立面两极：阴与阳、男与女、乾与坤、肉体与灵魂、公与私、社会与家庭、感性与理性、混沌与区别等二元的对立与分离，从而结束男女两性的对立不平衡关系，代之以相互补充的伙伴关系和可变换的、非恒定化的文化性别。只有这样，两性之间才有可能形成一种真正的协调，达到真正的理解，因为人真正能理解的其实只是和自己同类的事物。

在20世纪，“双性同体”成了女性主义借用的一个重要概念。几乎所有的评论家都认为英国作家和女性主义理论家弗吉尼亚·伍尔夫最先提出将“双性同体”作为女性主义的价值观和人的全面、自由发展的人格追求。她在女性主义名篇《一间自己的屋子》中提出：“我们每个人，都受两种力量制约，一种是男性的，一种是女性的；在男性的头脑中，男人支配女人，在女性的头脑中，女人支配男人。正常的和适意的存在状态是，两人情意相投，和睦地生活在一起。如果你是男人，头脑中女性的一面应当发挥作用；而如果你是女性，也应与头脑中男性的一面交流。柯勒律治说，睿智的头脑是雌雄同体的，他说的也许就是这个意思。在此番交融完成后，头脑才能充分汲取营养，发挥它的所有功能。”② 伍尔夫希望，两性之间能够合作，并且认为其

---

① 弗洛伊德提出了“潜意识双性化”的概念；现代心理学大师荣格则认为“每个人都天生具有异性的某些特质”，“通过千万年来的共同生活和相互交往，男人和女人都获得了异性的特征。这种异性特征保证了两性之间的协调和理解”。“要想使人格和谐平衡，就必须允许男性人格中的女性方面和女性人格中的男性方面在个人的意识和行为中得到展现。”（参见霍尔《荣格心理学入门》，生活·读书·新知三联书店1987年版，第53—54页。）基于上述思想，荣格提出了男性的“阿尼玛”原型和女性的“阿尼姆斯”原型理论，即现代心理学中常用的“男性的女性气质”和“女性的男性气质”理论。

② ［英］弗吉尼亚·伍尔夫：《一间自己的房间》，贾辉丰译，人民文学出版社2003年版，第85页。

合作程度就是社会文明的程度。只要个人学会培养大脑的阳刚（masculinity）与阴柔（femininity）的两个方面，他/她就会越来越接近整体性（wholeness）。随着女性主义的发展以及人们对伍尔夫女性主义思想认识的加深，她的这一观点成为国际学术界的长久论题，[①] 也引起了不少争议，[②] 对西方女性主义的发展产生了很大的影响。不同的作家和女性主义者都曾从不同角度，用不同的术语来阐述它，并在不同程度上肯定它，发展它。英国女作家凯萨林·曼斯费尔德（Katherine Mansfield）称其为男女两性的“结合体”[③]；法国女性主义

① 许多中外作家和女性主义者都曾探讨过伍尔夫“双性同体”概念，而且，他们的表述也不尽相同。概括地说，以英美法为主的西方学者，大多以女性主义立场，从宏观的角度出发，主要在肯定伍尔夫“双性同体”观（也有少数学者持否定态度）的基础上，或对英语文学史中“双性同体”的女作家进行宏观考察，如卡罗琳·赫尔布伦（Carolyn Heilbrun）的《走向雌雄同体》（*Towards Androgyny: Aspects of Male and Female in Literature*, 1973）；或从伍尔夫的性格和特殊经历出发研究她提出此观点的原因，如南希·贝茨（Nancy Bazin）的《弗吉尼亚·伍尔夫与雌雄同体幻想》（*Virginia Woolf and the Androgynous Vision*, 1973）、艾利斯·凡·克立（Alice van Kelly）的《弗吉尼亚·伍尔夫的小说：事实与幻想》（*The Novels of Virginia Woolf: Fact and Vision*, 1973）以及简·诺瓦克（Jane Novak）的《平衡的刀刃》（*The Raz or Edge of Balance: A Study of Virginia Woolf*, 1974）、林顿·戈登（Lyndall Gordon）的《弗吉尼亚·伍尔夫的作家生涯》（*Virginia Woolf: A Writer's Life*, 1984）等；或结合其他理论来解读这一观点，如托利·莫伊（Toril Moi）的《性/文本政治》（*Sexual/Textual Politics*, 1985）、马吉科·米诺－品可奈（Makiko Minow-Pinkney）的《弗吉尼亚·伍尔夫与主体问题》（*Virginia Woolf and the Problem of the Subject*, 1987）等都借用了解构主义的观点对“双性同体”观进行了分析。

② 其中，以莫伊与肖瓦尔特（Elaine Showalter）的“争论”最为著名。虽然肖瓦尔特的著作《她们自己的文学》（*A Literature of Their Own: British Novelists from Bronte to Lessing*, 1978）仅从题目一看便知，她套用了伍尔夫的《一间自己的屋子》，暗示自己对这位前辈的女性主义思想的继承，内容更是沿着伍尔夫关于女性缺席于英国历史与文学史的观点而进行的“补缺”工程。但是，肖瓦尔特并不赞同伍尔夫的“双性同体”观，她在书中辟专章批判了这一观点，认为伍尔夫是在去性别化（desexuation），是在逃避性特征（sexual designation），与其说这一概念是富有成效的极致与完善，不如说是一个无性与不育的隐喻。伍尔夫是出于害怕而逃避固定性别身份才提出这个概念的，她陷入了超性别的整体论中。莫伊的《性/文本的政治》针对肖瓦尔特的批评进行批驳，她借用解构主义的观点，提出了完全相反的看法，认为伍尔夫的“双性同体”观是对性别身份认同以及男性气质/女性气质二重性的解构。

③ 曼斯费尔德在1921年的日记中说：“我们既非男性也非女性，我们是这两者的结合体。我选择会在我身上发展和扩大男性特征的男子，他选择我，是为了使他身上的女性特征得以增强。”参见瞿世镜《意识流小说家伍尔夫》，上海文艺出版社1989年版，第380页。

者克里斯蒂娃（Julia Kristeva）叫它“双性性”[①]；美国女性主义者玛丽·雅可布斯（Mary Jacobus）视其为“协调姿态”，是欲望与压抑的同时行动；卡罗琳·赫尔布伦（Carolyn Heilbum）把它当作“两性间调和”[②]；法国另一著名女性主义者西苏（Helene Cixous）将这一概念称为“他者双性性”（other bisexuality）[③]，她在《突围》（*Sorties*：*Out and Out*：*Attacks/Ways Out/ Forays*，1975）中强调说，“他者双性性”已经超出了单一的男性欲望或女性欲望，它“是关于完整人的想象……不是由两个性别，而是两个半个部分组成，因而是整体性的幻想，是一统二，而非两个整体”[④]。也就是说，男女两个性别出现在同一个人身上，因个体不同，其表现的特征和强弱程度也不一样，既不排除差异，也不排除其中一性。这样一来，“双性性”还能超越所谓的男性气质和女性气质之二元对立的限制，因为它引入了一个不可还原于单一男性或女性但又能超出二者的“第三性”（the third sex）。

在此基础上，“双性气质”这一概念逐渐成为一个统指意义上的概念，取代以上的个人性命名，并被女性主义者赋予了新的主观性：解除压抑、释放被否定被压制的部分，实现人的全面自由的发展；

---

① 克里斯蒂娃认为，性别差异，不是作为固定的男女二元对立，而是作为见证真正伟大的文学成就的区别过程。一切言说主体自身都有某种程度的“双性性”，这种“双性性”是可能探索意义的各种资源，在增殖、摧毁或颠覆意义的同时，还确定意义。

② 赫尔布伦认为，伍尔夫的“双性同体寻求把个人从生理性别桎梏中解放出来，它表示两性间的调和，也表示更多的经历向个人敞开，女人可以具有侵略性，男人也可以温柔。”参见 Heilbrum，Towards Androgyny：Aspects of Male and Female in Literature，London：Victor Gollancz Ltd.，1973，p. x。

③ 西苏在《美杜萨的笑声》中说，“我提出他者双性性。……在这种双性同体上，一切未被禁锢在菲勒斯中心主义表现论的虚假戏剧中的主体都建立了他和她的性爱世界。双性即：每个人在自身中找到两性的存在，这种存在依据男女个人，其明显与坚决的程度是多种多样的，既不排除差别也不排除其中一性。”参见张京媛《当代女性主义文学批评》，北京大学出版社1992年版，第198—199页。

④ 潘建：《弗吉尼亚·伍尔夫的“雌雄同体”观与文学创作》，《湖南大学学报》（社会科学版）2008年第3期。

对立因素和对立文化和平共处，互补互利，消弭等级和不平等关系。“双性气质”是“两性间水乳交融的精神，它指的是一个宽广的个人经验的范畴，允许女人具有侵略性，也允许男人温柔，使得人类可以不顾风俗礼仪来选择它们的定点”①。性别的双性化，绝非一般的带有否定和扭曲含义的所谓“不男不女”的同义语，而是指一个人同时具有较多的男性气质和较多的女性气质的人格（心理）特征。这是一种超越传统的性别分类、更具积极潜能的理想的人类范型。双性化者比所谓纯粹的男性气质和女性气质的人，有更好的社会适应能力和人际关系的协调能力，家庭婚姻更容易和谐，有更强的自尊心和更积极、肯定的自我评价。

小说《名利场》是19世纪英国作家萨克雷的代表作之一，以批判现实主义手法深刻鞭笞了当时资本主义社会金钱至上的观念和腐朽不堪的现状。故事主要讲述了两个性格迥异的女孩的不同命运，温柔善良却迂腐懦弱的爱米丽亚安于现状、逆来顺受，是典型的西方社会传统女性形象；而聪明伶俐、勇敢坚强的利蓓加则积极主动、八面玲珑，有明确的奋斗目标和进取精神，勇敢地反抗阶级社会和男权社会的压迫，争取自己想要的一切。她身上闪烁着积极向外扩张的男性气质，体现出一种特殊的人格特质——“双性气质”，以及由“双性气质”产生的性别魅力、人性活力与男性戾气，在一定程度上展现了“双性同体”的理想及其现代困境。

一 双性气质的“恶之花”：生存的艰辛与环境的异化

利蓓加天性要强，勇敢坚定，伶牙俐齿，从小就善于在各色人等间周旋，有巾帼不让须眉的气魄。她的这些与生俱来的先天禀赋，在后天环境的教育与刺激下顺畅开显，闪耀着“双性气质”的性别

① 海布伦：《迈向双性的认识》，台湾《中外文学》第15卷第4期。

魅力和生命活力。法国思想家波伏娃在《第二性》开篇谈到男女性别特征差异的形成时讲到，一个人之所以是男人或女人，“与其说是天生的，不如说是形成的。没有任何生理上、心理上或经济上的定命能决断女人在社会中的地位，而是人类文化之整体”①。换句话说，男女两性的心理—行为特征之所以呈现分离状态，社会文化的染浸和塑造是重要原因，社会期待心理对社会性别的形成具有重要作用。尽管许多人都具备或多或少的异性特质，但由于长期的西方父权中心传统文化所积淀形成的“男尊女卑”这一思想的桎梏，真正能把这种异性特质发展完善并敢于充分显露的又有几人？利蓓加天生的异性特质之所以没有受到抑制，反而得到长足发展，主要归因于她后天的成长环境。

家庭环境及父母在很大程度上影响孩子性格的形成，这种性格将直接影响其以后的处事态度。利蓓加出身于一个下层小资产阶级家庭，父亲是画家，穷困潦倒而嗜酒如命；母亲是流浪歌女，在生下女儿不久便离她而去。利蓓加从小饱尝了生活的艰辛，自幼跟着父亲过着到处赊账的日子，从 8 岁起就开始替父亲处理事情。为了维持生计，她常常需要和各种各样的人打交道，这就使她学会了甜言蜜语的本领，能哄得追债的人回心转意，能说服生意人赊她一顿饭吃。在这种环境中长大的利蓓加，从小就精明聪慧、敏捷锐利，如同她的名字 Becky Sharp 一样。为了生存，她必须不断磨炼使自己更加坚韧、机警，必须承受周遭的白眼和生活的坎坷。她父亲还常常带她一起坐着听他那些粗野的朋友聊天，这些都使得她少年老成，按照她自己的话说就是“自己从来没有做过孩子，从八岁起就是成年妇人了”②。“贫穷的生活已经使她养成阴沉沉的脾气，比同年的

① ［法］西蒙娜·德·波伏娃：《第二性》，陶铁柱译，中国书籍出版社 1998 年版，第 23 页。

② ［英］萨克雷：《名利场》，杨必译，译林出版社 1994 年版，第 16 页。

孩子懂事得多。”① 父亲死后，利蓓加便寄宿在平克顿女子学校。这是一个半似修道院半似监狱的地方，利蓓加无依无靠，在学校半工半读。尽管她有着卓越的口才和音乐天赋，能说一口纯正的法语，却因为贫穷卑微而无人理睬，备受歧视和怠慢。而同学爱米丽亚·赛特笠因出身富贵、家庭富裕而备受校长的青睐和礼遇。小小年纪就看透了世态炎凉、人间冷暖的利蓓加深知人与人之间的悬殊是由金钱和地位决定的。被冷眼、被折磨和被虐待的经历在她心中形成了扭曲的记忆，屈辱的生活使她的人格产生了严重异化，她在怨恨中形成了冷酷、嫉妒、自私的性格。她痛恨那个社会的势利，认为自己在才貌上一点不比有钱人家的小姐差，于是“她打定主意要把自己从牢笼里解放出来，便着手行动，开始为自己的前途通盘计算”②。随着阅历的增加和人格的成熟，利蓓加性格中叛逆的一面也得以充分发展。当利蓓加离开学校，乘坐爱米丽亚的马车来到勒赛尔广场，她的新生活也正式开始。她需要食物、衣服和住处，否则难以在这个充斥着名与利的陌生城市中存活下去。现实就摆在眼前，有钱人会得到人们的尊重，得到好的名声。像她父亲那样穷困潦倒的人，只会落魄一生；像她母亲那样没有身份的人，只会被上流社会所排挤。既然不幸的家庭不能带给她良好的出身、高贵的身价、令人眩目的排场，那一切就得靠自己打拼。利蓓加深深地意识到这一点，并付诸积极的行动，着手改变自己的境遇。从此以后，利蓓加使尽浑身解数，一步步往上流社会迈进，幻想成为众多男子追求的对象和贵族圈的焦点。

利蓓加生活的19世纪前期的英国社会是个充满尔虞我诈、争名夺利、腐化堕落、投机取巧的时代，利蓓加作为那个时代的人，

① ［英］萨克雷:《名利场》，杨必译，译林出版社1994年版，第16页。
② ［英］萨克雷:《名利场》，杨必译，译林出版社1994年版，第18页。

不可能超脱她所处的社会环境。当时的英国国力强盛，资本主义正处于加速发展的阶段，讲究放任和自由竞争，导致社会贫富悬殊。上流社会门禁森严，并把持着国家的重要机构。新兴资产阶级依靠金钱，渐渐接近贵族的边缘，一些人利用各种契机，努力挤进上流社会。同时，因为社会的蓬勃发展，广大出身寒微的平民阶级，有了更多受教育的机会，继而有了知识和思想，在政治上、经济上有了变革的强烈愿望。而在19世纪初的英国，妇女主要是作为家庭角色而不是职业角色出现在社会中，虽然平民民主的呼声不断高涨，但多个世纪以来形成的人们对妇女的歧视和偏见并未引起社会的实质性的关注，她们的社会功能有很大的局限性。总体上说，那个时代的妇女只是男人的附庸，她们在社会上难以争得应有的权利。正是在这种恶劣的社会环境下，贫穷的利蓓加要想过上富裕的生活，最切实可行的途径就是嫁个有钱的男人，通过婚姻这座桥梁，一跃成为“某某夫人”，一劳永逸地改变穷困的生活。但那个时候的英国，即使是婚姻市场，也被金钱与势力操纵着。家道殷实或是血统高贵的单身男人，需要同样出身的女人与之相配。利蓓加这个孤儿，根本没有资格站在单身贵族的未婚妻队伍里。现实环境的严苛与她对自己的奋斗期待形成了尖锐矛盾，情势逼使她以非常规的方式来实现自己出人头地的人生抱负。所以她必须主动出击，去接近任何她认为合适的绅士，通过施展情色魅力，使他们坠入情网，从而借助他们来获取自己想要的一切。在当时金钱万能的英国社会，追名趋利的社会氛围必然会造就出利蓓加式的奉行“丛林法则”的社会男女，这类人凭借自己的精明与算计，损人利己地打拼出属于自己的一片天地。而整个社会就是一个追逐名利、互相倾轧的投机场所，利蓓加只不过是“名利场”中的一个小人物而已，她自以为只有变得更加工于心计、世故精明才可以去适应弱肉强食的社会环境，孰料却将原本美好的女性（特别是母性）优势埋没甚至慢慢抹杀。当堕落的人性成为主流时，利蓓加的人格异化和人性迷失也就见怪不怪了——她憎恨别人拥有的一切，并把一切人当成“对手”。

利蓓加的聪明机警、果敢好强的天性与她的生存环境相互激发相互促进，定格了她坚强果敢、独立勇敢、自信乐观而又坚忍不拔的主导性格，为她八面玲珑、如鱼得水般自由穿梭于社会“名利场”奠定了坚实的基础。同时，一味崇奉恶劣的“男性游戏规则”使其“双性同体”之躯散发出“恶臭之气”，而利蓓加的人性迷失开放出的“恶之花”，给她本人也带来了深切的精神伤害。

二 男性化的“进取女性”与女性化的“家庭天使”

相比于好朋友爱米丽亚，小说女主角利蓓加有着明确的奋斗目标和进取精神，坚强勇敢、独立自主、胆识过人、才干超群、坚忍不拔，积极乐观地不断向外进行扩张，一步步向目标迈进。她不是逆来顺受、俯首帖耳的传统女性，她自己也明确地表示过“我可不是天使”①。利蓓加不囿于个人狭窄的天地里，也没有停留于仅仅感慨自己的悲苦命运，她敢于直面自己卑微的地位，积极适应当时社会环境流行的功利主义和丛林法则，敢于反抗来自上层阶级和男权社会的双重压迫。

而爱米丽亚正好与利蓓加相反，她性格温柔可人、天真和气、待人谦逊，她代表的是维多利亚时期传统的贤妻良母的形象，是一位地道的“家庭天使”（the angel in the house）②——漂亮、优雅、温驯和顺、安分守己，极富同情心，崇拜并忠于丈夫，从来没有自

① ［英］萨克雷：《名利场》，杨必译，译林出版社 1994 年版，第 14 页。

② 又译作“房中天使”。伍尔夫声称对女人写作的指责之一就是她们杀死了房中的天使。房中的天使，意指男人女人几百年来经营的女人形象，一个牺牲隐忍沉默的女性。“房中天使”之所以成为女性男性共同推崇的对象，是因为它在使女人成为男人的附庸的同时，也帮助她们逃避面临人存在的真实深渊。

己的意愿或心计，富有自我牺牲精神。她是一个集淑女、模范妻子和慈爱母亲于一体的理想的女性化身。

利蓓加有明确的奋斗目标和进取精神，从不轻易低头认输。在19世纪上半叶的英国社会中，按财富划分社会等级的趋势已经形成，金钱成了衡量人的主要标准。在这样一个金钱当道、道德沦丧、趋炎附势、唯利是图的阶级社会里，出身卑微、无依无靠的利蓓加该如何得到别人的尊重，如何实现自己所追求的目标呢？在平克顿女子学校，利蓓加在相貌和才智上一点也不比上层阶级的女孩子差，但因出身卑微而得不到同龄人应有的生活、尊重和宠爱。她不能选择自己的家庭就选择了自我奋斗。她的反抗在女子学校就初露锋芒：在与颐指气使的平克顿小姐交锋时，利蓓加总是以一种骄傲又不失体面的方式回敬这个平时恃强凌弱、无比势利的校长，维护自己的尊严。当校长让她教低年级学生钢琴的时候，她说："我的责任是给小孩儿说法文，不是教她们音乐给你省钱的。给我钱，我就教。"① 离开平克顿女校时，校长的妹妹偷偷把一本象征着平克顿骄傲的约翰生字典送给利蓓加，她竟然毫不客气地当面把字典扔在花园里。② 这样的举动对于女性来说，在当时的社会是很难想象的，这种勇敢坚强也被认为是男人应该具备的性格和品质。这是利蓓加向权威的挑战，向阶级压迫的反抗，也表明她准备好了以更大的勇气迈入这个强横霸道的阶级社会，依靠自己的力量去赢得社会对她的认可。

利蓓加离开学校后雄心勃勃地踏入了社会，在所生活的名利场上，顺应时势，巧妙地周旋于险恶复杂的环境之中，不断地反抗着社会的压迫和束缚。多才多艺的她以自己的聪明才智逐步赢得了上流社会对她的承认，以女性的优势来取悦以男性为中心的世界，进

① ［英］萨克雷：《名利场》，杨必译，译林出版社1994年版，第18页。
② ［英］萨克雷：《名利场》，杨必译，译林出版社1994年版，第12页。

行曲线的反抗。她利用自己特有的姿色、闪烁的绿眼睛、美丽的鬈发、动听的歌喉、俏皮的谈吐来获得男性的爱怜，以她的聪明、美丽、乖巧来笼络男人以达到支配对方的目的。她对富家公子罗登采取了欲擒故纵的手段，在他面前装成一个既端庄又有教养的姑娘，致使罗登不顾一切地爱上了她；虽然因此而失去了继承权，罗登还是认为自己从来没有这么幸福过。她认识了斯丹恩勋爵后，装出天真烂漫、小鸟依人的模样，利用勋爵对她的迷恋，要求他提携自己、帮助自己还债，再给她丈夫安排一个理想的职位。后来，她精心地服侍乔斯是为了得到他的财产，而这一切最终都实现了。但是，她与众多男性的交往决不是淫荡的，她并没有乱施性爱，她总是把女性优势限定在一个范围内，只是用它来作一个诱饵。所以被她诱惑的男人也不得不说她是聪明的、清白的，就算是她钓的大鱼斯丹恩勋爵最后也因为没有得到她的身体而大呼上当。她不是依附男人，而是以特殊的方式向男性中心世界进攻，而她的行为也得到了来自男性世界的支持，几乎没有男人谴责她。虽然她为达到自己的目标使用了不光彩的手段，但我们不能否定她的奋斗和进取精神。

相反，从小过着衣食无忧生活的爱米丽亚没有明确的人生理想，只是慢慢地接受着男权社会为她安排好的人生角色。她一旦陷入爱情中，恋爱就成了她的宗教，结婚就是她的唯一目标，除了这个目标外，她对什么都视而不见，她把自己完全交付于男权社会，心甘情愿地接受被占有、被支配的地位。爱米丽亚的温柔可人赢得了男性的爱慕，同时也让她失去了把握幸福、命运的机会。最初她崇拜轻浮的奥斯本“是天下最好最了不起的人”①，婚后，她把爱情与命运的赌注全押在丈夫奥斯本身上，把他当作英雄，作为生活的唯一目的。“她把她的未来交给一个拥有一切价值的人来掌握，这样她便

---

① ［英］萨克雷：《名利场》，杨必译，译林出版社1994年版，第228页。

放弃了她的超越，让这种超越依附于身为主要者的那个人的超越，让她成为他的附庸和奴隶。”[①] 她逐渐失去自我，把自己的命运寄托在丈夫奥斯本——一个爱慕虚荣、移情别恋、根本不可能带给她幸福的纨绔子弟——的恩施之上。花心的奥斯本疏远了她之后，她却把所有的痛苦都留给自己，不敢主动争取自己的爱情，只是被动地等待着爱情的消失破灭。正如波伏娃在《第二性》中所说：“要是在爱情中她无法吸引他，无法使他感到幸福，无法满足他时，她只会反抗自己而不会对他反抗，带着一种负罪感和对自己的羞辱和怨恨成了爱情的受害者，发疯般地折磨自我，那无法使情人完全满足的自我。此时的她已经成为名副其实的受虐狂。”[②] 丈夫上战场以后，爱米丽亚痛苦欲绝并对未来产生强烈的担忧。极具讽刺意味的是，奥斯本阵亡后爱米丽亚认为自己失去了一切，整整十五年没有勇气面对新的生活、新的爱情。爱米丽亚面对生活中的苦难与不幸，只知忍受与屈从，被动地接受着生活，没有意识到自己实际上已沦为了男权社会中的一个玩偶。

相比之下，利蓓加以出众的胆识和个人的自尊来获得成功的机会。在毕脱爵士家担任家庭教师时，她表现得端庄大方，以超群的才干和加倍的辛劳游刃有余地处理庄园内部的各种家务，担当起教师、文秘、管家、会计等各种角色，展现出与生俱来的驾驭事物的能力，很快赢得了爵士父子的好感。利蓓加在见识、勇气和自立方面不比任何男人差，在她的家里，她才是真正的家长。罗登平庸懦弱，好吃懒做，是个只懂吃喝玩乐的纨绔子弟。被克劳莱姑妈剥夺了继承权后，他灰心丧气，无力与命运抗争。而利蓓加则毫不气馁，积极地面对生活，勇敢地承担起养家糊口的重担。他们家的社会地

① 《马克思恩格斯选集》第4卷，人民出版社1994年版，第736页。

② ［法］西蒙娜·德·波伏娃：《第二性》，陶铁柱译，中国书籍出版社1998年版，第257页。

位需要利蓓加来获得，她也真的实现了她的诺言。利蓓加情绪稳定，遇到挫折善于调节和安慰自己，保持着乐观的心态和旺盛的生命力。在与克劳莱小姐和好的计划失败后，她丈夫罗登垂头丧气，她却"觉得这笑话儿妙不可言"，"忍不住哈哈大笑"。[①] 在滑铁卢战役打响之际，"她静静地睡了一觉，睡得精神饱满。那天全城的人都是心事重重，愁眉苦脸的样子，只有她那红粉粉笑眯眯的脸蛋儿叫人看着心里舒服"[②]。上流社会的太太小姐们瞧不起她，她丈夫心里又气又闷，十分难受，而她反倒看得开，安慰他道："亲爱的，一个人活着就有希望……"[③] 在战争年代里，她不依赖丈夫，利用战乱发财；只身去伦敦为丈夫清理债权；争取机会朝见国王，提高全家的社会地位。她还处处呵护着名誉上的家长，关心他的地位，他的财产，他的前途。她不惧怕失败，也不会满足，她总是乐观地向下一个目标前进，展现出向外扩张的迫切愿望和卓越才干。在名利场中她是一个出色的人。

为了实现目标，利蓓加坚韧不拔有恒心，甚至甘愿忍辱负重。在 19 世纪英国的小资产阶级知识女性中，做到这一点并不是容易的举动。[④] 利蓓加有着强烈的自尊心，在女子学校她从不忍受，而且还不断地挑衅，锋芒毕露地反抗。但是在走出校门以后她改变了反抗的方式。为讨好克劳莱小姐，她在病房里耗了两个星期，"神经仿佛是铁打的"。"工作虽然又忙又烦，她倒仍旧不动声色"[⑤]，终于征服了财产丰厚的克劳莱小姐。曾经最使平克顿女校校长头痛的利蓓加

① ［英］萨克雷：《名利场》，杨必译，译林出版社 1994 年版，第 298 页。

② ［英］萨克雷：《名利场》，杨必译，译林出版社 1994 年版，第 353 页。

③ ［英］萨克雷：《名利场》，杨必译，译林出版社 1994 年版，第 438 页。

④ 简·爱就因为不肯变换方式反抗社会而受尽了折磨，虽然她讨回了自尊，但斗争的手段实际上是被动的。

⑤ ［英］萨克雷：《名利场》，杨必译，译林出版社 1994 年版，第 160 页。

成为“心地老实，待人殷勤，性情又和顺，随你怎么样都不生气”①的温顺的小姐。当然，利蓓加斗争方式的改变是为了实现她的远大目标，讨太太的欢心来巩固自己的地位；讨老小姐的欢心，让她接受自己成为财产的继承人之一。同样，在利益面前，以她对社会的深刻认识，明知克劳莱小姐把她当一个用人，可是为了不菲的财产，她表现得温柔善良……在她与斯坦恩勋爵的关系被丈夫罗登发现后，她遭到了社会的指责和鄙视，虽然到处碰壁，却仍旧不屈服，努力为自己树立好名声。她“把别人说她的坏话压下去”，“经常上教堂，赞美诗比谁都唱得响亮”，“为淹死的渔夫的家眷办福利”，“做了手工，画了图画，捐给扩喜布传教团”，“捐钱给教会，而且坚决不跳华尔兹舞”，“总之，她尽量做个规规矩矩的上等女人”② ……什么也不能动摇她成为上等人的决心。从利蓓加身上，我们看到这是对种种压迫的挣扎和反抗，是一种不轻易低头认输的积极进取的奋斗精神。

而同时代的爱米丽亚，在备受苦难的日子里，也不得生活之要领，任人欺负，毫无怨言。因为她心底纯真，她用心里一份爱去编织自己的生活，把自己封锁起来，不让任何人触动那根敏感的神经，她是可怜的也是幸福的。在丈夫死后，靠着爱她的都宾的财产生活，安之若素地享用别人的金钱，同利蓓加相比，她就是个寄生虫，又是一个受人摆布的洋娃娃。她把自己完全交付给男性中心社会，心甘情愿地受男人摆布，面对被压制、被支配的从属地位，她心安理得；面对生活中的苦难与不幸，她缺乏勇敢的抗争精神，只能无为地屈从、忍受，成为一枝“只有在结实的老橡树上才能抽芽”③ 的寄生藤。

利蓓加深知社会竞争的残酷，处事精明圆滑，审时度势，再加上巧舌如簧的口才，在社交场所八面玲珑、左右逢源，能在不同场合和

① ［英］萨克雷：《名利场》，杨必译，译林出版社 1994 年版，第 438 页。
② ［英］萨克雷：《名利场》，杨必译，译林出版社 1994 年版，第 751 页。
③ ［英］萨克雷：《名利场》，杨必译，译林出版社 1994 年版，第 669 页。

人物面前表现出变化多端的心灵与面目：在乔斯眼里，她温顺多情；在毕脱男爵眼里，她精明能干；在斯丹恩勋爵眼里则是谈吐脱俗、风趣不凡。她善于察言观色，能准确把握名利场中各种人物的心理，周旋于将军、王公贵族等各色男人之间，从容应付，得心应手。利蓓加不仅能抓住男人的心理弱点，使所用的男人愿意为她做出一切，而且她还能讨对她有利的女人的欢心。在克劳莱家做家庭教师时，男主人不在家时她几乎是宅子里的女主人，但她仍然对太太不失礼数，采用上下奉承的办法，在缝隙中站稳了脚跟，赢得了上上下下对她的喜爱和尊重。利蓓加展现出非凡的处理人际关系的能力。

优越的成长环境、母亲的呵护塑造出爱米丽亚温柔可人的品格，赋予她为爱无私奉献的纯情，但也使她成为男权社会中拥有“女性气质”的典范。“所谓具有女性气质，就是显得软弱、无用和温顺。”① 她温顺善良，不善思考，从离开平克顿女校到嫁给都宾，她过的一直都是顺从、隐忍的生活。她有着自己的三从四德：做姑娘的时候，听从父母的话，做个乖女儿；结了婚，便是温柔的好妻子；有了孩子，便是个温和、慈爱的母亲，一心为儿子着想。然而，在丈夫奥斯本眼里，她却是一个没有生命活力和主体意识的玩偶，了无情趣。婚后不久战争爆发，奥斯本赴前线时把关注点转移到了魅力四射的利蓓加身上。从这个意义上说，她的女性魅力不及利蓓加。

不同于传统的家庭妇女，利蓓加对丈夫既不柔顺也不依从，相反，她要做核心，要主宰男人、主宰一切，有意识地反抗男权社会。她的活动不是局限在家庭，而是游走于各种社交场所。为了进入上层社会，她与各种有钱有势的人周旋、暧昧，不顾忌丈夫的情感和面子。有了儿子小罗登，她完成了集妻子和母亲于一体的角色。但利蓓加生下小

① ［法］西蒙娜·德·波伏娃：《第二性》，陶铁柱译，中国书籍出版社 1998 年版，第 387 页。

罗登之后，便把他寄养在巴黎近郊的村子里，并不大高兴去看她的儿子，甚至弄不清孩子的年龄和头发颜色。与儿子共同生活以后，儿子在阁楼上啼哭，利蓓加和情人斯丹恩勋爵及其他客人却在楼下说笑，谈论歌剧。有时候利蓓加也上楼去看孩子，但打扮入时的她只是公主似的向孩子点点头。在孩子看来，她就是个神仙，只能望着她顶礼膜拜。这一点，成为利蓓加最受人诟病、遭人谴责的地方。

事实上，利蓓加并非完全没有母性没有爱心，如在对克劳莱家孩子的教育中，她认为没有什么教育法能比自学的效力更大，于是她“对学生不多给功课，随她们自由发展”，结果是学生既学到了知识，又“全心喜欢她”。[①] 她每晚与克劳莱先生及孩子们散步，显得那么平易近人，这些都体现了她对美好生活的向往，以及驾驭生活的能力。利蓓加虽然称不上伟大的母亲，但她的母亲角色正体现了她要在家庭和社会中争取平等地位的意识。利蓓加的母亲是一个绝非贤妻良母的流浪舞女，利蓓加从小几乎没有体会过母爱和家庭的温暖，而是孤身一人在社会上打拼。所以她头脑中根本没有母亲的印象，更不用说去做一个好母亲了。从这个角度分析，利蓓加对儿子的冷淡是情有可原的。而且，在名利场上，人的地位是用金钱来衡量的，但她的丈夫不可能给家庭带来任何财产，她不得不勇敢地代替了丈夫的角色。由于社会对女人权利的种种限制，作为一个社会的弱者，她要想争得在上流社会的一席之地，必然要投入数倍于常人的精力才可能得到男人们轻而易举得到的东西，为此她无暇操持家务和照顾儿子的日常生活，显得非女性化，没有母性，没有爱心。但是她毕竟是成功的社会实践者，不仅利用自己的优势使丈夫谋得一个令人羡慕的职务，提升了家庭的地位，还给孩子安排了一个提供良好教育的学校。而当这一切好处都被声称不能忍受侮辱的

① ［英］萨克雷：《名利场》，杨必译，译林出版社 1994 年版，第 103 页。

丈夫所接受后，她却因为丈夫的冷酷无情而流落他乡。罗登自始至终都是一个不劳而获、投机取巧、自私而无耻的小人。实际上，利蓓加只不过和丈夫交换了传统道德观念所规定的“男主外，女主内”的角色，因此为社会所不容。

爱米丽亚则是典型的贤妻良母。奥斯本死后，爱米丽亚忠于他的亡灵，不肯接受别人的求婚，把希望和爱都倾注于儿子的身上，像崇拜奥斯本那样崇拜自己的儿子，对儿子信口开河的吹嘘也感到骄傲。她把儿子的抄本、图画、作文等时常拿出来给亲友们看，仿佛这些全是大天才、超凡入圣的杰作。但她强烈、偏激、自私的母爱也使儿子失去了童年本应有的东西。作为母亲，爱米丽亚用孩子填充自己失意的爱情和婚姻，不懂得孩子不仅仅是填补人生空虚的物品而是一种责任，也意味着义务，他们应该被抚养长大成为一个幸福的人。她对儿子自私的爱更说明了她还是被动地生活在男权社会中，始终没有给自己的人生定位，依靠回忆和儿子空虚地生活着。

伍尔夫在《一间自己的屋子》中这样描述大家长和教授等男人：“他们有钱有势，但心中像揣着一只兀鹰，一只秃鹫，无时不刻不在撕扯着他们的心肝，啄食他们的肺腑——占有的本能、聚敛的冲动，驱使他们时刻觊觎他人的领地和财货；开拓疆土，炫耀武力；打造战舰，发明毒气；贡献自己的生命和儿女的生命。”① 这些典型的男性心理也在利蓓加灵魂深处蠢蠢欲动，使她身上的男性气质日益凸显，与当时男权社会对传统女性的期望和要求格格不入。虽然利蓓加主要是为了追求物质生活的享受，但不可否认她思想中暗含了追求女性解放、要求人格自由的个性觉醒因素。无论作为妻子还是母亲，利蓓加都没有被限制在世俗框架规定的处于从属地位的妻性和母性的角色之

① ［英］弗吉尼亚·伍尔夫：《一间自己的房间》，贾辉丰译，人民文学出版社 2003 年版，第 32 页。

中，而是摆脱了经济上对男人的依赖，向男权社会提出了挑战。同时，这也与她身上所具有的异性特质不无关系，或者说她在内心深处根本没有将自己定位为一个依附的、无才的“女人”，恰恰相反，她的才干和行为表明了她身上掩不住的“男性气质”。

在利蓓加所生活的名利场上，她顺应时世，巧妙地周旋于险恶的环境中，并能以自己的力量打开通向上流社会的大门，得到一纸证书，成为弄潮儿。我们不能肯定利蓓加进攻社会的方式，但我们也不能否定她的奋斗。萨克雷也说利蓓加是清白的，和所有人一样清白，也就是说她同名利场中的任何男人和女人一样。叔本华认为：“在每个人的内心都藏着一头野兽，只等待机会去咆哮狂怒，想把痛苦加在别人身上，或者说，如果别人对他有所妨碍的话，还要杀害别人。一切战争和战斗欲望，都是由此而来。”① 是社会和时代环境的外在刺激（商业社会以财富的积累和社会地位的贵贱来衡量人的成功与否）与生命的内驱力（童年经历）的相互作用造成了利蓓加的人格异化，使她渐渐迷失了自己，倚赖物质的满足来填补精神的空虚，失去了灵魂深处的本真，一定程度上影响了她的双性人格魅力。

三　男权意识的文化浸透与“双性气质”的现实困境

毫无疑问，与“女性化”的爱米丽亚相比，“进取型”“统治型”的利蓓加从内到外都散发着“双性气质”的魅力。“魅力就是一个天资深厚的个性身上男女两种因素相互作用激发出的光彩，有魅力的女人不失阳刚与严厉。有魅力的男人也有令人销魂的女性美之光。”② 从某种程度上来说，利蓓加身上所具有的“双性气质”正是20世纪风起云涌的女性主义者所追求的终极目标。“双性气质”可以说是女性

① ［德］叔本华：《叔本华人生哲学》，李成铭等译，九州出版社2003年版，第67页。

② 傅泽：《文化诗学：走向世界文学的文化阐释》，作家出版社2004年版，第396页。

主义者理想的人格形象，是男女两性人格之全面而自由发展的理想，同时也是她们用来反对阴阳两极化及性别本质永恒不变的一件有力武器。“双性同体”理论可以说是女性主义者解决妇女问题、两性关系和男性之人格困境的方法和答案，它使女性主义者从二元对立和中心/边缘之对抗的男性化思维模式中解脱出来，而不是陷入以女性中心代替男性中心的困境。

然而，小说末尾利蓓加众叛亲离的凄凉结局，不得不让我们想到，虽然“双性同体”蕴含了人类追求性别意识真理性和妇女解放运动的合理因素，但是把这一观念落实放到“男性中心社会”的现实环境中，还是映现出较多的理想成分。如果不考虑特定的社会环境，伍尔夫的“双性同体”观念，是无可指责的，特别是她不但提出了“女人的男性”，也提出了“男人的女性”，颇为公允。但这一观念一放到“男性中心社会”的现实语境中，一下子映现出那是一种纯粹的幻想，一个“神话”。在“男性中心社会”里，让男性“俯尊屈就”，接受女性气质的渗透，只是女性的一厢情愿，而对女性提出忘记自己的性别，则很自然地被看成是让女性对处于中心地位的男性进行模仿，并自愿接受男性特质的渗透，她的受支配地位并未改变。

《名利场》虽然不是女性文学作品，但恰好让我们从另外的角度，即男性的角度来看待女性的自主意识。身处19世纪英国资本主义男权社会中的萨克雷尽管没有创造出“奥兰多”① 那样的形象，但透过两位女主角的悲欢离合，可以发现萨克雷关注的是金钱至上、具有阶层意识的男权社会中女人的地位和角色。他对女性表现出极

① 伍尔夫发表于1928年的小说《奥兰多》中的同名主人公：奥兰多经历了文艺复兴到20世纪四百多年的历史，从一个仪表非凡的少年变成一个花容月貌的少妇，最后完成了从16世纪就开始创作的长诗，并生了一个儿子。主人公性别的变化一方面表现了性别的非恒定性，另一方面也体现了伍尔夫关于人格多元的思想。奥兰多是其“双性气质”思想和多元化观念的理想范本：人身上所具有的多元气质和品格，阴性的、阳性的，历史的、现实的，世俗的、诗意的等融会于一体，可以互相转化，并非由单一的品质恒定地构成。人不是绝对的一面体，而是全面的、完整的、一身融会了所有差异因而失去了一切界限的人。

大的关注并真实地描述了男权社会中女性的生存状况，对她们各自的性格特点也作出了价值判断。他肯定了利蓓加敢于向维多利亚习俗挑战这一行为，也肯定了她的自我意识、勇气和胆量、独立自主、沉着冷静以及身处逆境却不屈不挠的品格，同时否定了爱米丽亚的软弱、柔顺、无用和寄生。然而，作为一个传统的男性作家，由于自身的经历和价值观，萨克雷从某种意义上来说依然遵从固守着维多利亚的传统和习俗。这就是为什么他对利蓓加究竟无辜还是有罪这一关键问题模棱两可，同时却宽恕原谅毫无生气活力却懂得爱的爱米丽亚的原因。[①] 利蓓加和爱米丽亚代表着两个极端，但又是相互依存的不能单独存在的两个人物，所以可以看出她们的命运很大程度上取决于当时的社会意识形态。我们应该认清无论是爱米丽亚自我牺牲的认命还是利蓓加唯利是图的挣扎都是男性强加于女性头上的律法，都不符合女性的真正实质，都是男性对女性形象的幻想和扭曲，都是当时社会的产物。

法国文艺理论家丹纳（H. A. Taine）提出种族、环境和时代三个要素对精神文化的产生、发展有着不可低估的制约作用。[②] 其中种族

---

① 小说结尾，利蓓加虽然在某种程度上得到了她想要的生活，成为在经济上完全独立的女性，并热衷于宗教事业，却众叛亲离，得不到世人和家人的理解和爱，被社会抛弃；爱米丽亚则最终嫁给了都宾，过上了自己想要的幸福生活。

② 丹纳的三要素理论是有历史渊源的。早在 18 世纪初，法国启蒙运动思想家孟德斯鸠就认为一个国家的法律制度、政治文化不仅和居民的宗教、癖性、财富、人口、贸易、风俗习惯等有关，而且同气候、地理条件及农、猎、牧等各种生活方式也有极大关系。斯达尔夫人（法国 19 世纪浪漫主义作家）承袭了孟德斯鸠的这种观点，她在《从文学与社会制度的关系论文学》和《论德国》中将西欧分为南、北方，认为不同的自然环境决定了不同的精神风貌：南方的大自然优美丰饶，人们多体会到生活的乐趣，因而感情浪漫奔放，却不耐思考；北方土地贫瘠，气候阴冷潮湿，人们则易产生生命的忧郁感和哲学的沉思。不仅如此，宗教信仰、社会制度、风俗习惯也都不同程度地左右着文学艺术的发展。显然，斯达尔夫人的这种观点为丹纳的三元素说开辟了道路。除斯达尔夫人之外，对丹纳影响较大的还有黑格尔。黑格尔虽然是从“绝对理念”出发研究美和艺术，但他关于“环境”“冲突”“性格”以及古希腊神话的分析，都给予时代、环境、民族等因素以极大的重视。可以说，丹纳是把孟德斯鸠的地理说、斯达尔夫人的文学与社会关系的研究、黑格尔理念演化论和文化人类学的实证研究综合起来，提出种族、环境、时代三要素理论，不仅大大超越了前人，发展形成了一个较为严密、完整的学说，而且极深远地影响了后来的文学研究方法。

指的是一个民族天生遗传的那些倾向，有时外延扩大到民族性，是文学发展的“内部动力”；环境包括地理环境和社会环境，它是构成精神文化的一种巨大的“外部压力”；时代，丹纳统称为“精神的气候”，包括社会制度、精神意识等上层建筑，是“后天动力”，三种力量共同促进了精神文化的发展。① 在维多利亚时期，女人的角色早已被男权社会定位在家庭中，她们没有政治权利，没有资产，只能依靠婚姻和男人生活。在这个男性主宰的社会里，女性面临两个选择：不是温柔地遵守传统，严守妇道，为家庭牺牲自我，就是勇于做异端从而为男权社会所不容。萨克雷作为一个批判现实主义作家，在塑造爱米丽亚和利蓓加这两个角色时，有意无意地接受社会环境和时代背景的影响，她们两者无疑分别代表了当时男权社会中女性的两种选择。同时，丹纳关于文学艺术与社会环境的关系、人与社会环境的关系的认识，基本上是对达尔文进化论学说的一种套用。进化论的核心是生存竞争和适者生存，同种个体在一定的环境中竞争，适应最好的个体将有最大的生存机会和可能性；在每个时代的各种变异中，有利的变体会得到最佳发展，占据优势。利蓓加正是顺应了资本主义社会的功利主义和丛林法则，她身上极其强烈的奋斗进取精神和男性气质是社会环境和时代背景的产物。与此同时，由于精力的有限，她身上女人天性中的母性成分则被过分压制，让位于生存的本能。原本集男女性别优点于一身的利蓓加，受到时代背景和社会环境的异化，她身上的男性气质过于膨胀，时而表现出一种冷漠残忍、为争权夺利不惜剑走偏锋的戾气，一定程度上掩盖甚至取代了属于女性气质的善良慈爱，使她失去了女性原有的天真可爱和母性的牺牲奉献精神。

利蓓加的悲剧说明在男权意识长久与深远的控制之下，女性的

① ［法］丹纳：《艺术哲学》，傅雷译，安徽文艺出版社 1991 年版。

自我解放之路困难重重。“她被教导，她必须取悦别人，她必须将自己变成‘物’，人们才会喜欢；因此，她应该放弃自发性。人们对待她，像对待一具活娃娃，她得不到自由。”① 她们被不可抗拒的力量包围着，传统的教育、长期形成的社会风俗，都导致了传统女性的两难境地。社会各方面都限制妇女同男人一样成为独立自由的人，用各种方式证明女性不适于独立，只能从经济和精神上依附于男性。利蓓加的经历反映了当时出身低微的女孩跻身于上流社会、出人头地的真实写照。她的手段固然不光彩，但是她的暧昧处境不允许她为自己进行积极而正当的争取与努力。经济上对男性的依附，使女性为了生存必须取悦于男性，并因此将以男性为中心的父权制文化价值取向内化为自己的行为准则。

同时，在现代社会中，“双性同体”理想有许多需要解决的难点。首先，双性化是个较难实现的新人类模式，因为一个人很难具备男女两性心理行为的各种优点。美国著名的社会学家曼内斯曾经对双性化妇女无法协调的社会地位和角色冲突做过这样的评论：“没有人会反对妇女成为优秀的作家、雕塑家或遗传学家，假使她同时能够做个好妻子、好母亲，相貌好、脾气好、衣着好、修饰好，而且一点也不咄咄逼人的话。”② 双性化的女性一般都会感到严重的角色紧张或冲突，因为她们一方面要继续承担传统的“家庭角色”，即为人妻、为人母的角色；另一方面又要扮演新的“社会角色”，即在社会生活中做一个合格的职工、公民。她们肩上的担子不是减轻了，而是双倍地沉重了。其次，男女双性化所要求的许多特征有时似乎是相互抵触的。譬如，要具有男女双性化的气质，人们必须既要坚强，具有支配力（即所谓男性的特征），又必须具有羞涩、谈吐柔和

① ［德］叔本华：《叔本华人生哲学》，李成铭等译，九州出版社2003年版，第67页。

② ［法］西蒙娜·德·波伏娃：《女性的秘密》，晓宜、张亚莉译，中国广播出版社1998年版。

的特征（即所谓女性的特征）。很难看到在一个人身上同时体现这一切特征。最后，强调双性化也是以消除传统的男女两性的心理行为差异为目标的，[①] 但是，把男女两性塑造得都没有什么差异就是理想的目标吗？这也是值得质疑的。

所谓“双性人格”也许是人格完善的终极目标，但在当前现实环境中仍只不过是一种理想。女性的不同于男子的心理特征和社会角色尽管有着令人愤慨的历史因由，但既已形成，要在短期内完全消除并不现实。另外，这种十全十美的女性，实际上仍应合了一般人（特别是男人）对女人的期待。因此，有关“双性同体”的研究和文学作品是否显得过于理想化或概念化，值得我们思考。

第五节 《双城记》的对立女性：善恶分裂的天使与魔鬼

18 世纪以来的工业革命使资本主义得到长足发展，一方面展现了新兴资产阶级积极变革的思想力量，另一面也以惊人的速度践踏着人类的道德底线。在各种新旧思潮互相冲击之际，文坛上粗鄙暴露的文学风行一时。与狄更斯同时代的小说家 R. W. 雷诺兹（R. W. Reynolds）写的《伦敦的秘密》就在各大报刊长期连载，“几乎每隔一页都有暴力、色情和悬念”[②]，其畅销程度甚至超过狄更斯的作品。[③] 但时间的检验证明畅销并不等于入流，要想得到中产阶级主流读者的认可，传世之作是“绝不能叫年轻姑娘看了脸红”的。

① 按照伍尔夫的解释，即是“一个人一定得女人男性或是男人女性”。这种传统的“双性同体”主张，实际上是通过淡化性别意识，模糊性别差异的界线，而树立起性别平等的概念。这意味着一种更高境界的超越性别的角色认同，以及两性精神和心理上的文化认同。

② George H. Ford, *Dickens and His Readers*, Princeton, N. J.: Princeton University Press, 1955, p. 78.

③ 朱虹：《市场上的作家——另一个狄更斯》，《外国文学评论》1989 年第 4 期。

维多利亚时代，英国资产阶级为了维护自己的统治，把自16世纪以来的英国清教徒道德发展到了登峰造极的程度[①]——虽然他们实际遵守的道德又是另一码事。维多利亚主义在道德上表现出的深刻传统性，要求文学作品更多地强调其道德意蕴，并成为指导日常道德行为的“实用神学”。

一　俗约束缚下的“美”：传统道德与现世灵性

狄更斯作为天才敏锐的小说家自然深谙维多利亚时代的道德奥义，他的作品所提倡的“美”也都与当时社会提倡的道德理想有内在的一致性。曼彻斯特主教曾评价狄更斯说“数以千计的书稿中，没有一页是不能送到一个小孩子手中的”[②]，肯定其符合时宜的道德文学。为了在《双城记》中塑造出令主流价值观垂怜倾心的女神形象，狄更斯尽力避免一切有可能使她有玷污嫌疑的地方，对露西的外相和人物作用描写百般琢磨：男人们用沾满泥土和尘埃的真实的脸接触雾和雨的现实，另一些乡女农妇则以粗短臃肿和面色苍白的身体混迹在尘世间，而唯独露西有一头漂亮的金色长发和一双迷人的蓝色明眸，即使面对穷凶极恶的社会狂潮，她温柔的前额下却时时露出动人的表情。她以动人的特质疗愈了马内特医生十八年的魔怔，使“多余人”卡顿找到生命的价值，还源源不断地以爱和安慰支持着正义无辜的达奈。“健康、希望、信心、有教养和仁慈”是狄更斯呈现女神形象美德的重要内容。

然而，道德上过度考究的“完美”形象在艺术上难免存在瑕疵甚至失败。当抛开道德热忱，以理性的目光来考量露西在小说中的人物构架和生存逻辑时，这位完美女性就像维多利亚时代穿衣镜上

① 赵炎秋：《狄更斯长篇小说研究》，社会科学文献出版社1996年版，第65页。
② 赵炎秋：《狄更斯长篇小说研究》，社会科学文献出版社1996年版，第78页。

的一口哈气，“虚幻”地消失了。女性主义思想家波伏娃说，“一个人之为女人，与其说是‘天生’的，不如说是‘形成’的”。指出了社会环境对女性形象塑造的重要性。而狄更斯在《双城记》中却对露西的成长背景和逻辑形成进行了大面积的模糊和省略，露西十八年的“成长”一笔带过；十八年后，却突然以“天生”的天使形象“复活”了她的亲生父亲。小说的描写林林总总，但对露西的细节刻画却相当吝啬，既看不到她对父亲的“伺候”，也没有听到她有效的话语“启迪”，直到每次抵不住高压昏眩过去之前，才不断重复地说出“亲爱的，为我祈祷吧”和“你的开心也是我的开心，我爱你”之类的台词。露西自小无母，生父又不在身边，唯一“亲人”就是善良的女管家普洛丝——这个被弟弟骗去所有钱财的泼辣妇女，她对露西关怀备至，像一只永不离身的看门狗，是露西的防身盾。当时英国的《本特利杂录》《新月刊杂志》《笨拙画报》等许多喉舌杂志都曾对此类“财产水平尴尬”“生存状态处于社会边缘”的人物进行过翔实、生动的记录。[①] 他们大多像女管家普洛丝一样身居低位、行为笨拙、目光狭隘、职业卑微，总是出乖露丑，充满喜剧色彩；也有的像小杰里和老杰里一样，孩子随着父亲走上一条“老实的生意人”的道路。露西在“卑琐”人物和“边缘”环境中成长，却未沾染其陋习，反而“天生”如闺范妇德的典范，拥有最高尚的情感和最仁爱的悲悯，不合乎人物“生成”之“真”。狄更斯刻画露西太过程式化，抽象的妇德观念必然会给女性形象的生动塑造造成一定的损害，造成露西式“完美”的虚假与虚幻。

如果小说的省略能带给读者浪漫的想象或诗意的怀念，那固然是好的，但在维多利亚时代的省略中，我们看到的是虚幻的道德程式，在细节失忆、逻辑失真之后，随之而来的是真切的情感也失去

① 鲁迅：《中国小说史略》，《鲁迅全集》第9卷，人民文学出版社1981年版，第89页。

了灵性。其中，最鲜明的例子是“法庭再相会露西为爱晕倒，酒店又相聚卡顿为爱献身”的情节。在这个紧张的调包计实施前，狄更斯安排露西再次晕倒，设置她去乞求卡顿救出父亲，至少避开了三层妇德败坏的嫌疑：第一，引人牺牲之嫌；第二，有夫之妇乞求一个自己的爱慕者多少有性道德败坏的意味；第三，如果开口，那么激烈的言辞将破坏她温柔的形象，有伤闺范。于是，危难面前的晕倒，让我们看到在露西的仁爱中缺乏一种主动的人性。她只是待在原地，哪怕丈夫就要上断头台了，她也只是在女性规范的范围内活动，恪守妇道。“像露西这样只负责晕倒就能解决问题的这类女性形象在狄更斯的小说里为数众多，几乎每篇长篇小说都可见她们的踪影。她们的所作所为，实际上是缺乏温柔的结果。”[①] 当然，也是俗约束缚的结果。太多的避讳和失真封印了露西女性形象中人性的“美”。即便狄更斯在小说中连续设置了三个追求者，分别衬托露西的无辜、圣洁、妇德，但那高呼仁爱、为坚强而眩晕的情感，在小说戏剧化的言语中更像是套用了传统道德理想和现世价值标准对善和美要求的程式，难以使人共鸣。这种抒情之直白、刻画之粗粝，与狄更斯极力向人们展现的“心灵伟大”的女性形象背道而驰。朱虹评价《双城记》时说：“‘多余人’卡顿最后弄得哭哭啼啼，与其说是为爱情赴死，倒不如说是死在一汪人道主义的泪水中。”[②] 这侧面指出了道德情感的灵性丧失。

实际上，萨克雷在其《彭坦尼斯》序中也抱怨过小说家所受的限制，说“我们这些作家当中没有一个人能最充分地描写一个男人。我们不得不遮遮盖盖，赋予他以规范化的品格。我们的社会就是容不下艺术中的自然”[③]。虚伪道德波及语言习惯，甚至到了破坏作品

① 赵炎秋：《狄更斯长篇小说研究》，社会科学文献出版社 1996 年版，第 132 页。
② 朱虹：《英国小说的黄金时代》，中国社会科学出版社 1997 年版，第 73 页。
③ 朱虹：《英国小说的黄金时代》，中国社会科学出版社 1997 年版，第 113 页。

艺术性、灵性的程度，这在男性人物形象中存在，在女性人物形象中更为严重。《双城记》塑造的完美露西形象一直被道德传统和现世价值支配着，成为“夫道中心”的附庸物、妇德闺范的蜡像。狄更斯有计划地剥去露西身为女性的“真实”内核，用乡规俗约道德的“虚幻”来填充，以适应维多利亚时期资本主义主流读者的阅读取向。而在经过俗约标准的雕刻后，被剥去和省略的不再是浪漫，不再是对读者余韵想象和解读空间的尊重，相反，简单的二元对立、天使形象的平面夸大是对艺术思想价值的软化，是在经过明丽的包装后灌输给中产主流读者的一碗道德迷魂汤。

露西形象的典型之处在于，她是一个在长期的父权制度之下诞生的形象，她的“虚幻”来自长期的男性中心文化的压抑。在“他”的叙述威力之下，露西身处“被纯良”的妇女模具中，接受着虚伪道德的抛光打磨，成了市场和时代追随的教科书经典、仁爱样板。人人都乐意认可“她”无瑕的道德纯善，却没人记得起“她”被祛除了的“妇女”的存在逻辑和生存基础。中心话语权的笔杆刻意省略“她”的历史与精神，继而渐渐在时代中抹去“她”“女性”的真实生活与情感。完美露西形象的诞生意在满足传统道德理想与现世价值标准，让这一形象成就其“美”。而小说中讽刺的恰恰就是在“俗约之美”成功之时，中空而粗粝的幻美形象却阻碍了“她”在人性的花园里自由歌唱，剥去了“她”“真美”“真善”的权利，抽掉了“她”足以“不晕倒”的活力，使她虚幻无情得像她在《双城记》的小说结尾离开巴黎时的一个转身那样，面对“多余人”悉尼·卡顿的牺牲，头也不回地乘着马车消失了。

二　经验改造下的丑：家庭不幸与感性历史观

了解狄更斯的人都知道，狄更斯的家庭生活充满坎坷，而他本人却一直重视家庭的完整性。狄更斯的父亲是一名海军军需部职员，年薪超过200英镑，在当时足以算得上生活滋润的中产阶级。狄更斯在英国南部的查塔姆度过了5年最美好的童年时光（1817—1822），随后由于父亲喜欢挥霍，家庭开始常常陷入窘境。为了维持生计，他甚至在12岁的生日那天被母亲送去皮鞋油厂当了童工以贴补家用。这段经历对他造成的伤害很大。狄更斯的母亲对孩子漠不关心，作为家庭长子，他受到的关爱更是少之甚少。[①] 积于体内的"怒火"影响着他后来的婚姻与家庭。他好不容易能与一位年轻漂亮、温柔和顺又有一定社会地位的姑娘生活在一起，却渐渐发现妻子凯萨琳天资平庸，性格乖僻，对自己的创作事业也毫无助益，这使他对婚后的家庭生活一日比一日地感到阴郁、烦躁。后来他把这些不幸经历影射在他的自传性作品《大卫·科波菲尔》里。对现实的不满甚至让他在书中安排朵拉早夭，提前结束了一个夫妻之间不能彼此适应的悲剧。

童年的起落、婚姻的跌宕、追求幸福的坎坷、对现实生活体察的不断改观，这样的生活经验使他的作品中常常出现美好与梦魇的交织。他在婚后与凯萨琳分居多年，风流韵事间或有之，但直至1858年他在演出朋友考林斯的《冰天雪地》剧本时和一名共事的十八岁女伶爱林·特纳恩坠入爱河，才与凯萨琳彻底离异。这个聪明活泼、玲珑娇小的女演员的出现冲破了维多利亚时代的闺范妇德，使恋情中充满争辩、眼泪和感情上的种种痛苦，但让狄更斯了解到更为泼辣、更有个性的另一个类型的女性，使他有勇气做出与维多利亚时代英国习尚相悖的决定。这对他塑造最后几部作品中一些重要的女性形象，很有启发作用。[②] 其中的德法日太太，与美好的露西天使交相呼应，出演了一个血色革命中坚强暴力的鲜明角色。

① 李媛媛：《狄更斯的童年情结》，《山东外语教学》2005年第4期。

② 张玲：《英国伟大的小说家——狄更斯》，北京出版社1983年版，第130—144页。

在1859年问世的《双城记》中，他对幸福的希冀和他遭遇的家庭不幸都烙印在两位女主角的形象当中，完美的露西有多柔善，德法日太太的表现就有多“穷凶”。她犹如复仇女神一般，脸色苍白，全身墨黑，扭曲如毒蛇般的头发上插着一朵令人生畏的猩红玫瑰。她裸露着手臂，擎着浓烟滚滚的火把，领导“雅克”们掀起复仇狂潮，给男人们带来“一刀取侯爵心脏”的惬意的理想。她的号召裹挟着初民似的狂热，使男人们在高烧中失去了时空的观念，带着钦佩的眼光追随着她，“一个了不起的女人、坚强的女人、崇高得让人敬畏的女人”①。他极力渲染这个凭借自己的智慧创造出来的一个编织着符号和语言、一本扎实的索命簿的女性恐怖形象。神话中的复仇三女神也仅仅是主持正义，主持公道，对于心地善良端正的人从不冒犯，保佑他们平安和幸福；对于心肠狠毒的恶人则穷追不舍，直到像蛇一样的头发把他们绊倒才肯罢休。但狄更斯的笔下的德法日太太暴起熊熊大火，把维多利亚时代的妇德俗约烧得残灰不留。她的母性如残暴的母兽捍卫着死者的怨灵；缺乏温柔的女权本质破坏了家庭神圣的“夫道中心”思想；对待革命的态度更是决绝可憎，将怒火也烧到了无辜者的身上——任何人也不能凭借他的德行和功绩逃脱她严酷的审判。其“穷凶极恶”，比复仇三女神有过之而无不及。

塑造这样的恶煞形象当然不是狄更斯的目的，“穷凶”的形象是为了彰显“博爱”的主题。安德烈·莫洛亚认为：“狄更斯在他的小说中，总是在追索一个道德方面的问题。他要披露一样东西，他要谴责一种恶行。”② 也正如周作人评价阿Q时所说：“讽刺的憎恨，其方法或者是破坏的，但其精神却还在这些之上，可以说是爱的一种姿态，因了侮辱损害之道德意识的自然的反应。”在《双城记》

① ［英］查尔斯·狄更斯：《双城记》，石记礼、赵文娟译，人民文学出版社1996年版，第152页。

② ［法］安德烈·莫洛亚：《狄更斯评传》，陕西人民出版社1984年版，第106页。

中狄更斯延续了这个传统，将庄严肃穆的德法日太太送上了一场充满滑稽与讽刺的葬礼。当普洛丝与德法日太太交手时，德法日太太面对这个小人物变得荒唐可笑，连语言上也无计可施（因为他们彼此听不懂英语和法语），最后以扭打在一起不小心中枪身亡告终。德法日太太一以贯之的崇高和威严"砰"的一声消失了，"穷凶"的形象立刻急转直下，被踩入泥土。小说中言词的转换略显偏颇，实则有作家激进博爱思想的影响——选择用小人物普洛丝身上的爱与善打败了这个"穷凶"的女魔鬼——表现了"穷凶"女即使再过分的狠毒、再悲痛的身世、再聪明的智慧、再狂热的革命，也抵不住狄更斯想要帮助小人物建立美好社会的强烈倾向。乔治·奥威尔认为："狄更斯的激进主义非常含混不清，甚至他对自己攻击的这个社会的性质也没有明确的理解，他只是出于感性的概念，认为这个社会出了毛病。他最后只能说的是'为人行事要正派'。"① 这正是"穷凶"之"穷"，缺乏真正的历史知识之"穷"。

1858 年，婚姻对狄更斯最后的折磨促使他在《双城记》的创作期间全情投入对卡莱尔《法国大革命》的研究，他的历史观，很大程度上是受了卡莱尔的影响。写《双城记》时，他曾请求卡莱尔提出一些可供他参考的原始资料。"卡莱尔嘲弄地从伦敦图书馆挑选了足足两车的书派人送到他家里。他又是吃惊又是感激。然而当他一本一本地读这些书时，越发敬佩卡莱尔抓住了这些书中的要点，熔和成为他那部硝烟弥漫的杰作，'全书燃烧着战火的精髓'。"② 狄更斯把酝酿中的《双城记》人物命运糅合历史进程，并或多或少地借个人思想之诉求加以铺陈敷衍。乔治·吉辛（George Gissing，1857—1903）批评道："狄更斯没有什么真正的历史知

① 罗经国：《狄更斯评论集》，上海译文出版社 1981 年版，第 132 页。

② ［美］埃德加·约翰逊：《狄更斯——他的悲剧与胜利》，天津人民出版社 1992 年版，第 630 页。

识，也并不理解历史意味着什么。”[①] 虽然这一评论过于严苛，但狄更斯对“善恶”的思考与判断确实有很大程度是更倾向于感性的，在小说中表现出的系统性不够强、哲学的理论不够深刻，这也是事实。如对德法日太太率领雅克们进行城市暴动的描写，“狄更斯通篇将其比作海水、人的海洋、人声的波涛，像海水冲击堤岸……府邸着起了火，万家点燃了灯火，星星之火，顷刻燎原……这一切是那样的阴森可怕、野蛮凶残。”[②] 用词中充满了夸张象征的浪漫主义的叙事技巧，描述的德法日太太形象也流于浅表、过于艳丽，未能使人真切地感受到真实历史中掷地有声的悲。

但除却感性的批判，狄更斯对德法日太太复仇的疯狂也给予了理智的同情，没有盲目责备她的过激行为，这让德法日太太“穷凶”的形象又多了一层“缺乏凶到底”的意味——是“由于德法日太太自幼受到郁结的受害感和不共戴天的阶级仇恨的影响”[③] 才激起了她复仇的疯狂。达奈被捕之后，在天使露西与魔鬼德法日太太的相遇和对话中，狄更斯从怜悯的角度宽恕了她，给了她表达悲苦的机会：“‘妻子、母亲’我从我们和这个孩子一样小，甚至更小以来，就见惯了的，不是一直很少人为她们想想么？我们知道她们的丈夫和父亲被关在监狱，音信全无，不是够多的么？我们整个一生，不是看到我们的同姓姊妹和她们的孩子怎样受穷、无衣、饥渴、害病、悲惨、受尽一切压迫和轻蔑么？”[④] 一连串的反问包含浓烈的社会批判意味。她倾诉了下层人民的苦痛，控诉了贵族残酷的压榨和暴虐，同

---

① George Gissing, *Charles Dickens*: *A Critical Study*, Montana: Kessinger Publishing, 2010, p. 197.

② 傅守祥：《论〈双城记〉浪漫主义的仁爱精神》，《山东师范大学学报》（人文社会科学版）2004 年第 3 期。

③ ［英］查尔斯·狄更斯：《双城记》，石记礼、赵文娟译，人民文学出版社 1996 年版，第 298 页。

④ ［英］查尔斯·狄更斯：《双城记》，石记礼、赵文娟译，人民文学出版社 1996 年版，第 220 页。

时也从一定程度让读者感受到她满是伤痕的心，曾经被揉得破碎不堪如今却不得不坚硬无比的悲哀。铁面女也曾有无尽的悲悯，只是这悲悯转而为怒，腾空燃起革命反叛的火，发誓要烧得连悲悯也消失才好，这让人对她心存惊悚之意。其中又糅合了狄更斯早年的悲惨经历以及他对不幸者的深切同情，这就使“穷凶”的意蕴丰富起来。

三 女性形象建构中的作家成见与时代局限

在人物形象数量上看，狄更斯是创造人物的大师。根据米歇尔·斯莱特的统计，狄更斯十五部长篇小说共塑造了 621 个人物，其中男性 391 人，女性 230 人。[①] 如果一一筛选对应，那么他们所反映的生活面几乎可以涵盖基本的现实范围。他们当中有虚荣享乐的浪荡子、圣诞老人似的福星、在边缘社会挣扎的多余人；也有贵族、教师、医生、儿童、家庭主妇、生意人……对于狄更斯来说——他在《博兹随笔》中写道：“我宁愿让自己信笔直书，在更广阔的范围里来描绘英国的风云和人物。”[②] 因而我们可以看到这些人物生气洋溢、性格复杂、身形各异，既掺杂道德的因素，也涉及政治、阶级、经济等各种层次的问题。在早期小说中，他们多是比较单纯的好坏对立；随着中后期小说的成熟，人物描写的重点则更有渗透到人物的内心深处去的倾向。《双城记》作为狄更斯晚年长篇小说中首屈一指的杰作，两位女主人公的形象塑造相当程度地反映出作家思想逐渐成熟、深刻的过程，不乏优点。但不论是完美的露西还是穷凶的德法日太太，在本质上仍然未脱离“狄更斯式人物”的道德善恶论，好坏仍然是鲜明的。在塑造人物形象，尤其是女性人物形象道德层次外的个性浓厚方面，狄更斯比起巴尔扎克、托尔斯泰等作

---

① Michael Slater, *Dickens and Women*, Stanford, Calif. : Stanford University Press, 1983, p. 243.

② 谢天振编著：《深插底层的笔触：狄更斯传》，世界图书出版公司 1994 年版，第 25 页。

家确实要略逊一筹。

《双城记》一直被认为是狄更斯个人写作转型时期的重要转折点，它的问世，不仅承载着狄更斯与凯萨琳的破碎婚姻以及他阴郁的晚年生活，还暴露了他不幸的家庭遭遇以及极端的妇女观念，有着狄更斯个人史诗的价值。1859 年，狄更斯在谈到《双城记》的创作经历时说："我花了大量时间和精力来创作《双城记》，经过无数次的修改，总算感到满意。能够偿还我在创作中所付出的心血，绝不是金钱和其他任何东西，而是小说的主题意义和创作完成时的喜悦。"[①] 的确，狄更斯在《双城记》中精心设置了两座城市、两家银行、两个监狱和精致的小说环形结构，而且为凸显其博爱和宽恕的主题、人道主义精神，还塑造了两位鲜艳的女主人公形象，大善大恶，大美大丑，在紧凑的对比中，用他感性的笔尖激荡出人们心中一阵又一阵道德感上的精神紧张和刺激，无疑是狄更斯长篇的又一成功之作。在批评界中虽然早就有许多关注《双城记》的论文，但大部分倾向于从社会历史角度出发，要么对两位女主角搁置不论，要么将二者的形象归论为人道主义的天使和革命狂潮的化身，对于其中具体的特点分析却甚少。本论文在重读文学经典《双城记》时，发现了其中暗示的狄更斯的两极化妇女观念。两位女主人公的形象，一个被限定为把家庭收拾得井井有条、对男性温柔和顺、充当家庭护士职责的"家庭天使"；另一个就和阁楼上的疯女人一样，是一个又高又大的十足的"魔鬼"。小说中，对娇美人儿露西的刻画用极美丽和仁爱的渲染之词，好像她就是这俗约束缚之美最为正面的体现；而对复仇魔女德法日太太的描写则极尽恐怖和夸张的贬损之意，仿佛她跳进塞纳河也洗不清此世的罪孽。男

① John Forster, *The Life of Charles Dickens*, A. J. Hoppe ed., London: J. M. Dent, 1966, p. 282.

性人物对露西·马内特怜惜有过、宠爱有加，崇敬欣赏之情不可抑，把她当作心灵的避风港和精神的温柔乡；而对德法日太太敬畏三尺、恐避之不及，却又都唯她马首是瞻，生活在她恐怖的阴影之下。她们的诞生诉说着维多利亚时代的妇德闺范和作家个人的理想希冀、不幸遭遇，有着特殊的文学价值。她们形象的基调化、片面化、程式化，也体现出虚假道德和个人经验对女性的束缚与歪曲，有着潜在的深刻的批判意义。

第二章

自由女神的爱欲迷障与知性优雅的人间困顿

伟大文学作品的内在力量，来自它的世界性与普遍性价值，尽管这其中也有文明理念的“让渡”与“更新”。文学经典容易被解构或发生危机，一般是因为“意识形态和文化权利的变动”与“文学理论和批评的观念的变动”，这两项是文学经典发生变化的主要因素。事实上，我们说的“一个时代有一个时代的文学”，很大程度上，就是因为时代变了，文学社会文化语境变了，意识形态和文化权利变了，而且文学理论和批评的观念也变了，文学经典的标准和尺度也就发生了变化，对文学经典的认识也有了刷新。

一　性别政治的博弈与以“女性的眼睛”审视

简单地说，性别政治（gender politics）是指两性之间的关系属于一种支配与从属的关系，是一种政治关系。当今时代，人们在对革命、解放、平等、自由这些最为重大的政治概念的理解“失去归属感”的同时，必须重视一个极为重要的理论问题：妇女解放是否仅是从传统社会的文化桎梏中解脱出来，其自身却未获得某种先验的价值依托，并在政治层面为解放与自由找到最终的国家理由？答案显然是否定的。这种哲学上的缺失，或许恰恰是女性在现实生活中无法走得更远的深层原因。如果妇女解放只是从传统的社会、文化，特别是夫权（甚至包括子权）的桎梏中解脱出来（如出走的娜拉），而其自身并未获得某种先验的价值依托（天赋的、本能的、与生俱来的，或女性气质），再加上妇女解放以后也被纳入了与男性一样的民族革命、国家建设（自强）的洪流之中的话，那么所谓的妇女解放就只能走入一个死胡同之中。也许作为一个最为直观的事实性的也是理论性的前提，妇女解放就是要意识到身体并不是一个自然生理的存在，比自然需要多出来的身体权利，既联系着自然，又联系着精神；而就身体的存在而言，"女性原则"的存在，永远会显示出某种"伤口"的存在，所以要击毙人性的普遍性是不可能的，而"伤口"的存在又会永远向我们昭示出其不完备的一面。[①] 性别政治的博弈将自由国家与自由女人凝结成一体两面，"女性—公民"意味着一种自由的方向，同时期盼着"国家"的重生。

人们生活在这样一个男性旗帜高昂的世界中，很少质疑过创造了这个世界的法则和秩序，人们所做的不过是在各自的人生中懵懂地意识到自己作为女性的那种差别性遭遇与不公平的命运，发出一声"If I were a boy"的叹息，然后继续顺从地接受自己的未来，满足于世人目光下的那种有限的成就，随后转身走进那油烟四溅的厨房中继续为全家的晚餐和牛肉努力奋斗。大多数女人接受了这种命运，并开始渐渐将其内化为思想中根深蒂固、天经地义的存在，最后再将这样的思想传授给下一代。于是，男性话语书写下的关于女人的神话与历史就在这样的运作下得以一代代地延续下去。

以"女性的眼睛"审视这个世界（to observe this world with the girls' eyes），在传统的男权文化书写中，女性形象几乎都是按照男性的欲望创造出来的。从这个意义上说，文学同样是男性压迫女性的

① 陈家琪：《性别注册中的政治诉求》，载《性别政治与国家》，商务印书馆2014年版，序。

意识形态表现之一，而女权主义者创作的目的正是通过对人性欲望的书写，冲破传统男权意识支配之下女性创作的各种束缚。在这类作品中，女性常常是在两性权力较量中处于败者地位，这也正是她们所认为的最为真实的女性生存状态的反映，在现实中她们深刻地体会到男性还在试图为了自己而继续创造他们关于女性的神话。

他者境遇促使女性以写作发出自己的声音，而男性话语权力的笼罩又堵住了她们的喉咙。女性作家始终被捆绑在他者的境遇下从事写作，她们的思想、她们的呼喊也都是在不断挣扎与反抗下所发出的嘶哑而微弱的声音。因此，带有先天偏见的男性评论家便可轻蔑地拿出女性在关注宏观问题上的局限性来批评女性写作，从而再一次确认自己作为男性的优越的主体地位。而女性写作的出路在何方？是否如伍尔夫所设想的以一种雌雄同体的姿态去从事写作，又或是努力去表述游离于男性话语之外的那片荒地？这个问题或许又回到了前文所探讨的改变女性命运的唯一问题之上——他者命运。女性没有改变他者命运，没能走出封闭的家庭，没能拥有经济上的独立，没能具有超越性意义的生命实践，没能确立自己的主体地位，那么，她所从事的女性写作终将是被困在他者泥沼中所发出的那一声声微弱而嘶哑的呼喊。

二　女性自身的光芒与社会规约的绑缚

原创性是一切经典不可或缺的共性和第一品格，而“说不尽”则是文学经典的独特品格，因此需要后世读者的重读和重评以寻获更多的启示。西方现代解释学的许多成果和方法被大量运用和融汇于文学研究，形成了相对有效的文学解释学。借此形成的驳杂而充满张力的诠释谱系，对应了文学经典充满想象力的语义空间和精神世界。法国作家梅里美（Prosper Merimee，1803—1870）的小说《卡门》发表后便成为经典之作，法国作曲家比才（Georges Bizet，

1838—1875）则为《卡门》插上了音乐翅膀，使这部歌剧获得世界性声誉。诸种艺术呈现中的千面女神卡门，借其人生历险完成了对爱欲与死亡的永恒诠释与不同体验。

作为现代小说的奠基之作，福楼拜（Gustave Flaubert，1821—1880）的《包法利夫人》蕴藏着诸多人性寓言。但是，从人间常识与权利平等立场出发，检视其中的女主人公艾玛作为母亲的言行表现，她因母性意识的缺失及对母爱情感的拒斥成为不合格的母亲。这种母性意识的反常所包含的女性自由与性别抗争成分是有限和含混的，却与艾玛独具的个性气质及心理效应密切相关，与其母性意识生成环境的残缺及其心灵的浅陋有关，也与当时男权社会的特定情境密不可分。聚焦于“母性意识”的异化与存续，进而审视艾玛形象蕴含的复杂的女性问题，有助于我们更好地理解这一世界文学史上的经典形象。

跨媒介的艺术名作《戴珍珠耳环的少女》，始自17世纪荷兰著名风俗画画家杨·维梅尔（Jan Vermeer，1632—1675）的经典画作，中经美国女作家特蕾西·雪佛兰（Tracey Chevalier，1962— ）的流行小说，再到英国导演皮特·韦伯（Peter Webber）的成名电影，三位艺术家分别以颜料、文字和影像的不同艺术材质，以不同的时空艺术表现形式，生动展现了交织着青春、爱情、欲望、诱惑、退却与隐忍的人性故事。在光影交织的空间艺术画作里，戴珍珠耳环的青春少女，珍珠上流转着女性光芒；而小说文本与电影作品共同塑造的主人公葛丽叶，映现出女性追求人格独立的刚毅与保持个体尊严的自觉。

美国经典电影《穿普拉达的女王》是一部讲述职场素人安迪在超级城市纽约的顶级时尚杂志社中工作、通过其摸爬滚打的种种经历与经验来反映女性社会生存的影片，它以女性的视角讲述了处在高度竞争环境下的高端职场中的当代女性的自我认知、自我取舍与自我放逐。影片的艺术焦点落在安迪与米兰达这两类社会奋斗型的女性身上：安迪象征着初陷职场竞争旋涡由迷茫走向坚定的成长中的女性形象，米兰达则代表着社会上身居高位、盛极而危的女性形象。这两类女性在社会沉浮中随时面临的诸多困境，反映了在男权社会的压制下女性所必须面临的成长艰辛与两难抉择。

作为政治讽喻性小说，“反乌托邦三部曲”包含无数道“凝视的目光”，普通人均为“他者”身份并处于无权地位；其中的女性，更是被镜像化、物化、符号化甚至去性别化的存在，其身份的残缺注定其话语的无力，既没有为女性“发声”的权力，也没有塑造个性形象的能力。细读所谓“走在时代前列”的“反乌托邦三部曲”，它们仍然存在明显的思想死角，属于男性话语构造、以男性为主体“重构未来”的作品，女性依然是男性的附属、主体性缺位的存在。被扭曲的女性形象同时遭遇身份困境与发声困境，女性被“随意涂写”的窘迫中隐含着“她”性别消失以及爱、希望、想象力消亡等系列危机。在“反乌托邦”思潮渐趋理性的时代，理想主义的大话、完美主义的空话均不靠谱，而你死我活的两性缠斗与清算模式已然落伍，一种两性博弈相处又共情合作的公序良俗的建立，需要两性求同存异、包容互补式的清明、自律与努力。

第一节　《卡门》：自由不羁的卡门与经典演绎的流行

文学经典像自然科学、社会科学的经典一样，都具有原创性，这是一切经典不可或缺的共性，也是它们的第一品格。但是，文学经典还具有既不同于自然科学也不同于某些社会科学的独特品格。德国大文豪歌德的那句众所周知的名言“说不尽的莎士比亚”，其实不仅是莎士比亚，古往今来所有文学大家都“说不尽”。因此，“说不尽”既是文学经典的独特品格，也是国内外过去和现在的作家与批评家对它的一种共识。[1] 同时，正因为有了“说不尽”的伟大作家和不朽作品，才更加需要后世读者的“重读”和“重评”，借此寻获更多的启示。

一　常读常新的文学经典与千人千面的诠释体验

美国学者哈罗德·布鲁姆（Harold Bloom，1930—2019）曾提出一项测试经典的“屡试不爽”的古老方法——“不能让人重读的作品算不上经典”[2]。作为一位伟大的作家、天才的鉴赏家，意大利人卡尔维诺（Italo Calvino，1923—1985）对于经典作品提出过三个类似的定义：其一，一部经典作品每次重读都好像初读那样带来发现的书；其二，一部经典作品是一本即使我们初读也好像是在重温我们以前读过的东西的书；其三，一部经典作品永不会耗尽它要向读者说的一切东西[3]。换言之，中外文学经典之所以成为经典，是因为它们确有常读常新、散发永久魅力的一面，从来不会耗尽它所要诉说的东西，同时又深深扎根在滋润和养育我们的文化传统中，使我们觉得它们独特、新颖和意想不到。它们对读过并喜爱它们的人构成一种宝贵的经验，对那些等到享受它们的最佳状态来临时才阅读它们的人，它们也仍然是一种丰富的经验。因此，要“更好地理解”这些经典，既需要专业读者的系统诠释也需要普通读者的个体体验。

作为专业读者的系统诠释，西方解释学[4]经历了神学和法学解释

---

① 吴元迈：《也谈文学经典》，《文艺报》2010年4月19日。

② ［美］哈罗德·布鲁姆：《西方正典：伟大作家和不朽作品》，江宁康译，译林出版社2005年版，第21页。

③ ［意］伊塔洛·卡尔维诺：《为什么读经典》，黄灿然、李桂蜜译，译林出版社2006年版，第2—5页。

④ 解释学（国内学术界又译作“诠释学”“阐释学”和“释义学”）在西方来源于神学家对《圣经》的理解和解释，但作为一种理论和方法则诞生于西方近代。进入20世纪中期以后，以德国著名的美学家伽达默尔为代表的现代解释学异军突起，迅速成为西方当代美学和文艺理论批评的一个重要流派。

学、语文解释学和哲学解释学三个发展阶段，大体上分为独断型诠释学和探究型诠释学两种类型。独断型诠释学“认为作品的意义是永远固定不变和唯一的所谓客观主义的诠释学态度，按照这种态度，作品的意义只是作者的意图，我们解释作品的意义，只是发现作者的意图。作品的意义是一义性，因为作者的意图是固定不变的和唯一的。我们不断对作品进行解释，就是不断趋近作者的唯一意图”。其主要代表人物是施莱尔马赫（Friedrich Daniel Ernst Schleiermacher，1768—1834），理解和解释的方法就是重构或复制作者的意图，而理解的本质就是“更好理解（besserverstehen），因为我们不断地趋近作者的原意”。探究型诠释学“认为作品的意义只是构成物（gebilde）的所谓历史主义的诠释学态度，按照这种态度，作品的意义并不是作者的意图，而是作品所说的事情本身（sachenselbst），即它的真理内容，而这种真理内容随着不同时代和不同人的理解而不断进行改变。作品的真正意义并不存在于作品本身之中，而是存在于它的不断再现和解释中。我们理解作品的意义，光发现作品的意义是不够的，还需要发明。对作品意义的理解，或者说，作品的意义构成物，永远具有一种不断向未来开放的结构”。其主要代表人物是伽达默尔（Hans-Georg Gadamer，1900—2002），“理解和解释的方法是过去与现在的中介，或者说，作者视域与解释者视域的融合，理解的本质不是更好理解，而是‘不同理解’（andersverstehen）”①。

西方解释学中的“视域”，或可称为身处历史传统中的解释者的“前识”或“前理解”。海德格尔（Martin Heidegger，1889—1976）在讨论经典解释时指出：“把某某东西作为某某东西加以理解，这在本质上是通过先行具有的、先行视见与先行掌握来起作用的。解释从来

① 洪汉鼎：《编者引言：何谓诠释学》，载洪汉鼎主编《理解与解释——诠释学经典文选》，东方出版社2001年版，第18—19页。

不是对先行给定的东西所作的无前提的把握。准确的经典注疏可以拿来当作解释的一种特殊的具体化，它固然喜欢援引‘有典可稽’的东西，然而最先的‘有典可稽’的东西，原不过是解释者的不言而喻、无可争议的先入之见。任何解释工作之初必然有这种先入之见。”① 伽达默尔说：“一切诠释学条件中作为首要的条件总是前理解，这种前理解来自与同一的事情相关联的存在。正是这种前理解规定了什么可以作为统一的意义被实现，并从而规定了对完全性的先把握的应用。”② 海德格尔和伽达默尔的“前见”或“前理解”，是已形成的思维方式、知识结构和判断力。“实际上前见就是一种判断，它是在一切对于事物具有决定性作用的要素被最后考察之前被给予的。”③

按照西方解释学，理解与解释既不是文本意义的复制和再现，也不是解释者的自我理解。换言之，文本的意义固然重要，它规定了解释者理解和解释的向度，但它不是固定的、唯一的，理解与解释不完全取决于文本。而解释者的“前见”或“前理解”是理解和解释的前提，若没有这样一个前提，理解和解释就不会发生。但若过分凸显解释者“前见”和“前理解”的作用，认为任何理解与解释皆依赖“前见”和“前理解”，忽略了文本在解释中的意义，把解释仅仅局限于解释者的心理活动和创造行为，这种解释必然流于虚空。简言之，解释是解释者与文本、历史与现实、客观与主观视域的融合。伽达默尔指出：“每一时代都必须按照它自己的方式来理解历史留传下来的本文，因为这本文是属于整个传统的一部分，而每一时代则是对这整个传统有一种实际的兴趣，并试图在这传统中理解自身。当某个本文对解释者产生兴趣时，该文本的真实意义并

---

① ［德］海德格尔：《存在与时间》（修订译本），陈嘉映、王庆节译，生活·读书·新知三联书店2012年版，第176页。

② ［德］伽达默尔：《真理与方法》，洪汉鼎译，上海译文出版社2002年版，第378页。

③ ［德］伽达默尔：《真理与方法》，洪汉鼎译，上海译文出版社2002年版，第347页。

依赖于作者及其最初的读者所表现的偶然性。至少这种意义不完全从这里得到的。因为这种意义总是同时由解释者的历史处境所规定的，因而也是由整个客观的历史进程所规定的。"[①] 按照伽达默尔的解释，文本是客观的，也是历史留下的。而解释者的"前见"和"前理解"是现实的，却又是基于历史传统形成的。当解释发生时，历史与现实、主观与客观、解释者与文本相互交感，形成一种新的视域。"如果没有过去，现在的视域就根本不能形成。……理解其实总是这样一些被误认为是独自存在的视域的融合过程。……在传统支配下，这样一种融合过程是经常出现的，因为旧的东西和新的东西在这里总是不断地结合成某种更富有生气的有效的东西，而一般来说这两者彼此之间无需要有明确的突出关系。"[②]

如今，西方现代解释学的许多成果和方法被大量运用和融汇于文学研究，形成了相对有效的文学解释学。[③] 譬如基于文学解释学的"语境"说就在一定程度上弥合了文学解读与阐释中的"内部研究"和"外部研究"之间的分歧。文学的"内部研究"强调文学审美特性，"外部研究"重视文学文本中隐藏的意识形态，二者的对立可以说是审美性与意识形态的对立。要解决文学研究的"钟摆"现象，必须解决审美与意识形态之间的对立。文学语境的虚拟性使它自身得以与文学外部的文化语境相疏离，使它们之间产生一种奇特的距离感；文学语境的审美性使得它与文学内部研究保持本质性的联系。

---

① ［德］伽达默尔：《真理与方法》，洪汉鼎译，上海译文出版社 2002 年版，第 380 页。

② ［德］伽达默尔：《真理与方法》，洪汉鼎译，上海译文出版社 2002 年版，第 393 页。

③ 譬如，金元浦的专著《文学解释学》（东北师范大学出版社 1997 年版）不仅对西方阐释学及相关的现象学、交流理论、接受美学理解透彻，多有创见，而且尤为可贵的是，它还广泛调用中国古代文化与文论中与解释学思想相通的、可资利用的资源，并在此基础上融通中西，力图建构中国自己的文学解释学。该书对于文学解释学的一系列重大问题，如语言论转向问题、文学活动中的对话与交流问题、主体间性问题、阅读进入本体问题、文学作品的空白与未定性问题、阅读活动中的游移视点、接受度与视野变化问题等，都作了深入细致的、富有创见的分析阐述。

文学语境作为介于文学内部语境和文学外部文化语境之间的特殊场域，使得文学内外有机地衔接起来。[①] 当然，对于伽达默尔提出的“理解就不只是一种复制的行为，而始终是一种创造性的行为”[②] 的现代阐释学理论的最好现实回应，也许是所谓的“一千个观众，就有一千个哈姆雷特”的阅读史奇迹。对文学经典的任何诠释可能都属于一家之言，但只要这种诠释是圆融无碍、自圆其说的就有可取之处；驳杂而充满张力的诠释，也许正对应了文学经典充满想象力的语义空间和精神世界。

二 文学经典的卡门与自由不羁的“恶之花”

法国作家普罗斯佩·梅里美（1803—1870）的小说因为好看、刺激、独特而受到广大读者的青睐。他与雨果、巴尔扎克等是同时代人，在当时的文坛上齐名。不过，从作品的数量和深度来看，如果把雨果、巴尔扎克的著作比作“大型超市”的话，那么梅里美的小说就是“精品小屋”。梅里美的小说篇幅不长、数量不多，反映的社会深度和广度也远不及雨果、巴尔扎克、司汤达等，但因其人性深度、见识卓然而呈现出永恒的艺术魅力，成为“梅里美现象”。

梅里美的经典之作《卡门》（*Carmen*，又译作《嘉尔曼》），讲述了生性无拘无束的吉卜赛（又称波希米亚）女郎卡门走私冒险与情爱冒险的故事，这个桀骜不驯、热爱自由的女子以其强烈的感情飓风、独特的个性光彩和艺术魅力，成为超越时代历史和民族国境的艺术形象。故事发生在1830年的西班牙塞维尔城，性感美丽泼辣的卡门（15岁）爱上了已有未婚妻的龙骑兵班长唐·何塞。在卡门的诱惑下，唐·何塞坠入了情网，并被拉入走私集团。后来卡门又

① 徐杰：《文学内部和外部研究的“断裂”与“弥合”》，《殷都学刊》2011年第1期。

② ［德］伽达默尔：《真理与方法》，洪汉鼎译，上海译文出版社2002年版，第380页。

移情于斗牛士埃斯卡米洛，而对唐·何塞的劝告和恳求置若罔闻。唐·何塞妒火中烧，在卡门为埃斯卡米洛斗牛胜利欢呼时，将卡门杀死。1845 年，小说《卡门》出版后便成为经典之作；1874 年，法国著名作曲家乔治·比才（Georges Bizet，1838—1875）倾尽心血为《卡门》谱曲，将其搬上歌剧舞台，以热烈的旋律和出色的乐章，使这部同名歌剧成为世界歌剧中的经典；在后来的一百多年里，该小说又被话剧、舞剧、电影[①]等不同艺术媒介无数次地演绎，使“卡门”成为经典中的流行。

翻阅梅里美的作品，不由想起文学评论家勃兰兑斯的一段话，那是描述 19 世纪 30 年代法国浪漫派文学群体的点睛之笔——“别的作家身披华丽的铠甲，头戴镶金的头盔，矛头飘着燕尾旗，纵马驰入竞技场”，而梅里美呢，“他在壮观的浪漫派比武中是一名黑衣骑士”[②]。梅里美那种古典雅致的希腊化风格，以及冷酷的艺术才情，的确使之成为浪漫派潮流中的异数。梅里美小说给人的印象，大致可借用《卡门》中这样一段话来描述：

> 晚祷的钟声敲响前几分钟，一大群妇女聚集在河边高高的堤岸下。没有一个男人敢混进她们当中。晚祷钟声一响，说明天已经黑了。钟敲到最后一下，全体妇女便脱衣入水。于是一片欢声笑语，闹得不亦乐乎。男人眼睛睁得大大的，从堤岸高处欣赏这些浴女，却看不到什么。但暗蓝的河水上，影影绰绰的白色人形使有诗意的人浮想联翩，只要略微思索，就不难想象出狄安娜和仙女们沐浴的情景……[③]

① 譬如华人圈里有王家卫的电影《旺角卡门》等。

② ［丹麦］勃兰兑斯：《十九世纪文学主流》第 5 分册·法国的浪漫派，李宗杰译，人民文学出版社 1982 年版，第 325 页。

③ ［法］梅里美：《梅里美中短篇小说集》，张冠尧译，人民文学出版社 2003 年版，第 422 页。

这种印象，既不像看雨果的《悲惨世界》那样真切，也不像看巴尔扎克的《人间喜剧》那样清晰，而是朦朦胧胧，望见那白影幢幢的浴女，恍若狩猎女神和仙女们在沐浴。也可以说，就仿佛在异常的时间、异常的地点，如同神话一般，又不是神话，而是发生在人生的边缘。

梅里美小说的背景不是人们所熟悉的巴黎等大都市，也不是人群密集的场所，虽不能说与世隔绝却也是化外之地，是社会力量几乎辐射不到的边缘。梅里美偏爱原始的强力，他在《伊勒的维纳斯》中写道："强力，哪怕体现在邪恶的欲望中，也总能引起我们的惊叹和不由自主的欣赏。"不过，性格的原始动力，[①] 在现代文明社会中已不复存在，只有到社会的边缘、时空的边缘去寻觅。

梅里美往往选取和现代文明社会尽可能没有联系的题材。他不愿像巴尔扎克那样通过描述周围生活的边缘去寻觅稀有现象，寻找具有振聋发聩的冲击力、能使多愁善感的市民热血沸腾的奇人奇事。他舍弃规矩自成方圆，塑造了卡门这样一个神话般的女性形象。卡门的美带有一种邪性，她"笑的时候，谁都会神魂颠倒"[②]，美色和她的巫术、狡诈都是她的武器。她靠美色将唐·何塞拉下水，成为强盗和杀人犯；唐·何塞骂她是"妖精"，她也说自己是"魔鬼"——"不许我做什么我立刻就做"[③]。当她不再爱唐·何塞时，无论唐·何塞怎么哀求，甚至拔出刀来威胁也没用，她绝不改口或求饶，连中两刀，一声不吭地倒下了。卡门不择手段，蔑视和反抗来自社会和他人

---

① ［丹麦］勃兰兑斯：《十九世纪文学主流》第5分册·法国的浪漫派，李宗杰译，人民文学出版社1982年版，第297页。

② ［法］梅里美：《梅里美中短篇小说集》，张冠尧译，人民文学出版社2003年版，第450页。

③ ［法］梅里美：《梅里美中短篇小说集》，张冠尧译，人民文学出版社2003年版，第453页。

的任何束缚："自由就是一切，为了少坐一天牢，会把整个城市烧掉。"① 哪怕拼了性命，她也要维护个人的自由、保持自我的本色。

卡门是个黑美人，她的容貌的每一个缺点都是为了将她的美丽的优点衬托得更为动人。这个自由放纵的吉卜赛女郎好像一团火焰，世界上也许没有一个女人的个性比卡门更加灿烂夺目。她似乎不是普通女人，而是一位梅里美创造的女神，这位女神风情万种，集浪漫、邪恶、聪慧、神秘、忧郁、诡诈、忠贞、放浪、疯狂于一身，为了自由而宁死不屈。真正的浪漫主义是动人心魄的，主人公大多有极端的气质，现实的大地上无论如何也找不到这样非凡的女人，天生的尤物、天生的桀骜不驯，而创造这样的浪漫女神也是法国文学的传统，譬如在司汤达笔下的女人以及著名的曼侬·蕾斯戈身上都可以窥见卡门的影子。在梅里美冷静的笔下，一个女人的邪恶行为具有那样的美感，真可谓滴血成花。

从表面看，卡门卖弄风骚、打架斗殴、走私行骗甚至卖弄色相，鸡鸣狗盗的营生几乎无所不为；但实际上，她不过是罪恶土地上开出的一朵"恶之花"。小说集中体现了梅里美创作的基本特征，以一个有着强悍个性的人物与文明社会的道德规范之间所产生的激烈冲突，表达了作者对人类生活的自然状态的欣赏和对资本主义文明所持的一贯的否定态度。出于对七月王朝时代法国资产阶级平庸生活的不满，梅里美特别喜爱从较少受资本主义文明侵蚀、具有几分野性的人物身上，发掘某些不平凡的、动人的东西，以一种貌似冷静的态度和调侃的笔调来加以肯定和赞赏。小说家把这个粗犷任性的吉卜赛女郎的强悍个性与苍白、虚伪的上流社会对照起来，把她的非法活动、惊世骇俗的生活态度与社会法律、传统观念对立起来，

① ［法］梅里美：《梅里美中短篇小说集》，张冠尧译，人民文学出版社 2003 年版，第 436 页。

让她勇敢的、“忠于自己”的死来拒绝那个“循规蹈矩”的文明社会的召唤，塑造了一个极为鲜明突出的叛逆者形象。

卡门以“恶”的方式来反抗社会，她的一切价值准则和人生原则与普通人的观念有着那么深刻、鲜明的冲突。她粗犷放任、桀骜不驯，自觉地站在社会的对立面，对异己的“商人的国家”的道德规范表示公开的轻蔑，并以触犯它为乐趣。卡门独立不羁，不愿忍受社会的任何束缚，热爱自由和忠于自己，她想干啥就干啥、想爱谁就爱谁。她可以毫不犹豫地用切雪茄烟的刀划破女工的脸；她敢于参与走私和抢劫活动；当情人提出要与她一起逃走时，她却坚决地拒绝。为了自由和反抗社会，卡门具备了吉卜赛民族放肆、狡猾乃至邪恶的特点。

卡门的最大亮色就是“热爱自由”。“你杀了我吧，卡门永远是自由的!”① 骄傲得宁可死也不愿意听从他人。卡门热爱自由和忠于自己的精神体现在：当她爱上另一个人时，她在死亡面前始终不肯退让一步，并为此付出了整个生命。文艺经典中的吉卜赛女郎形象如卡门、普契尼的经典歌剧《波西米亚人》里的绣花女咪咪、雨果的《巴黎圣母院》里能歌善舞的艾丝美拉达、墨西哥经典影片《叶塞尼亚》中的叶塞尼亚以及印度电影《大篷车》里的小辣椒等，都因热爱自由、敢爱敢恨的迷人性格而大放异彩、摄人心魄。

梅里美笔下的人物，根本不负任何使命，与世人所诠释的命运无关。他们处于人事的边缘，游离于社会之外，犹如荒野的芜草、丛林的杂木，随生随灭。他们生也好，死也好，无所谓悲剧、无所谓逻辑、无所谓意义，不能以常人常理去判断。他们有的只是亡命的冲腾勃发，以及生命所呈现的炫目的光彩。梅里美的故事结尾都

① ［法］梅里美：《梅里美中短篇小说集》，张冠尧译，人民文学出版社 2003 年版，第 458 页。

是冷酷无情的毁灭、鲜血淋淋的场面，譬如《卡门》中就有许多人惨死。然而，梅里美并没有把这种悲剧题材写成悲剧，至少没有写成真正意义上的悲剧。

卡门不愿意改变自己的生活、不愿意失去自由是她的本能使然。她的死在作者的笔下显得非常突兀，仿佛不应该那么快地死去，却两刀就被砍死了，随意埋进了山林里，从此消逝。这样的结尾当然是作者的艺术技巧的高度表现，这样简单省略地处理她的死，可以使卡门的艺术形象增强整个复杂过程的紧张感，并与故事情节强烈照应。死亡的回响带着人们重又回到卡门的命运本身中去：这个神秘而复杂的女人为什么要完全屈从于命运的安排，而不做丝毫改变？自由和爱情对她而言为何是尖锐对立而完全不可调和的？死亡是一个句号，它的意义在于使整个故事的意义集中在卡门这个人物身上，她的性格、命运、爱情以及天性的自由，她将永远活在梅里美的小说文本里，与歌德的维特、托尔斯泰的安娜·卡列尼娜、易卜生的娜娜、小仲马的茶花女以及福楼拜的包法利夫人一样，与文学的生命同寿而永恒。

三　歌舞剧经典中的卡门与影视流传中的毒玫瑰

依据梅里美创作的吉卜赛女郎形象，法国作曲家乔治·比才把炽烈如火的卡门的故事谱写成音符，让歌剧舞台盛开一朵永不凋谢的“毒玫瑰”。世界歌剧史上鲜有歌剧能像《卡门》① 一样红遍全

---

① 四幕歌剧《卡门》，是根据法国剧作家和短篇小说大师梅里美的同名小说改编，由法国作曲家乔治·比才作曲、法国亨利·梅拉克和吕多维克·阿莱维作词。1875 年 3 月 3 日首演于巴黎喜歌剧院。比才卓越的音乐创作使《卡门》中的人物极为逼真地展现在听众眼前，这是比才最优秀的作品，也是他歌剧创作中的顶峰。歌剧《卡门》就像一部生动的音乐版小说，鲜明地刻画了不同的人物形象。从梅里美的小说到梅拉克和阿莱维的剧本，再到比才的歌剧，虽然载体不断变换，但卡门这朵魅力四射的“邪恶之花”总会引起当代人对于自身生活方式的再思考，从而得到某种启示。西方的歌剧不胜枚举，歌剧爱好者也口味各殊，不过，能使所有乐评家满意到了钦佩的地步的只有《卡门》。不论是骄傲的华格纳，还是挑剔的柴可夫斯基，都对《卡门》钦佩不已，它久已成为世界歌剧舞台上盛演不衰、脍炙人口的上演率最高的经典剧目。

球，它具有强烈的戏剧性和西班牙风范，其中三首最著名的曲子《爱情像一只自由鸟》（又叫《哈巴涅拉》）、《斗牛士之歌》、《卡门序曲》，早已通过各种途径传遍所有爱乐人的耳朵。剧中女主角卡门性感奔放的形象和摇曳魅惑的歌声早已家喻户晓，可以说，卡门的名字已成为爱情与自由的代名词。爱情是最能体现吉卜赛人自由观念的生活领域之一，这其中最让人注意的是他们对爱情的态度。比才在歌剧《卡门》中，全面阐释了吉卜赛民族的哲学和生活，写出了充斥在吉卜赛人生活观念中的自由以及他们心中的爱情。

天才作曲家比才把《卡门》上升到歌剧艺术，以华美曲调陶冶世人的情怀，其中的《卡门序曲》（又名《斗牛士进行曲》）获得人们的广泛认可和喜爱。它强烈的节奏，把人们引入西班牙的斗牛场面，张扬、热烈、欢快。激烈的场面，欢腾的人群，惊险的战局，无不引人入胜，斗牛士的步伐踩在重重的鼓点之上，有如敲在人们的心上。曲调反复重复加强，仿佛让人们看到了，英勇的斗牛士曲折迂回的身影在不停逗引着发怒的公牛，漂亮华丽的转身，优雅高傲的姿态，一切都那么充满挑战，其间的勇气把残酷与危险一同掩盖。卡门自己何尝不是一名爱情“斗牛士”？剧中这首人们心目中的歌——卡门的宣言——直抵底线：

爱情不过是一种普通的玩意一点也不稀奇
男人不过是一件消遣的东西有什么了不起
什么叫情什么叫意
还不是大家自己骗自己
什么叫痴什么叫迷
简直是男的女的在做戏
是男人我都喜欢
不管穷富和高低

是男人我都抛弃
不怕你再有魔力
你要是爱上了我
你就自己找晦气
我要是爱上了你
你就死在我手里①

它直抒胸臆又放肆无忌，既是挑衅又那么决绝，却触动了人类内心深处的隐秘和潜能，即原始本性中追求强力和渴望自由的欲望。这是一种气魄，一种迷离，要么逃离，要么死无葬身之地。剧情内外的生死差别，并不妨碍人们心里的向往和喜爱，这也是歌剧之于生活的升华和掀动。虽然剧中以卡门之死作结，但这位狂放不羁且反复无常的江湖女子如此令人着迷，卡门也因其性格的超凡魅力而被赋予了经典意义。

弗拉明戈舞剧版本的《卡门》是依据西班牙家喻户晓的故事和音乐精心创编的，用身体塑造了一个热情勇敢、风情万种、向往自由、放浪不羁、浑身充满野性美的吉卜赛女郎卡门。它没有任何的歌词和语言，舞者用舞动的身体向观众清晰地讲述一个经典故事，缠绵、愤怒、伤感……这些情感被弗拉明戈舞者们用舞蹈的肢体语言表现得淋漓尽致。舞剧《卡门》用西班牙舞蹈激情四溢的表演风范，完美地将古典艺术与现代浪漫结合起来；编导用弗拉明戈特有的语言融合其本人独有的方式，巧妙地运用舞者的身体，讲述着永恒的爱情主题。

在极简的舞台上，一幅幅西班牙风情的幕布带观众回到了 19 世纪

① 歌手张惠妹版歌曲《卡门》的歌词，作词李隽青；创意出自歌剧《卡门》著名片段《爱情像一只自由鸟》。

30年代。喧闹的安达卢西亚街头，在人声鼎沸的斗牛喝彩背后，演绎着一出令人惊叹的爱情悲剧。一袭红色长裙的卡门转身、撩裙、扭腰，手中的响板随着雨点般的舞步铿锵捻响；随着音乐节奏的加快，她的舞步也愈加繁缛复杂、充满了爆发力；一阵连续击踏动作之后，她的动作突然定格——颔首微笑的舞姿，长久的停顿，时间仿佛也为之凝固。没有男人可以克服她的诱惑，她制造一切，也摧毁一切，她始终忠于自己，为了自由可以丢弃生命和爱情。这个让人又爱又恨的女人在热烈的弗拉明戈舞曲中成为西班牙的"国宝"，像一枚罂粟似的浓艳而危险。

弗拉明戈舞（Flamenco Dance）是一种生活态度也是最女人的舞。弗拉明戈不仅是歌（cante）、舞（baile）和吉他音乐（toque）的三合一艺术，也代表着一种慷慨、狂热、豪放和不受拘束的生活方式，特指那类追求享乐、不事生产、放荡不羁并经常生活在法律边缘的人。吉卜赛人总爱说："弗拉明戈就在我们的血液里！"它是豪放的吉卜赛人表达自己内心喜怒哀乐的即兴乐舞形式，是那些黑发吉卜赛女郎身穿花色多褶裙、肩披带流苏的手织披肩、打着响指深情起舞。的确，在外族人眼里，弗拉明戈就是吉卜赛就是卡门，是那些来自遥远异乡的、美丽而桀骜不驯的灵魂。在所有舞蹈中，弗拉明戈舞中的女子是最富诱惑力的。她不似芭蕾舞女主角那样纯洁端庄，不似国标舞中的女伴那样热情高贵。她的出场，往往是一个人的，耸肩抬头，眼神落寞。在大多数双人舞中，她和男主角也是忽远忽近，若即若离。当她真的舞起来的时候，表情依然冷漠甚至说得上痛苦，肢体动作却充满了热情，手中的响板追随着她的舞步铿锵点点，似乎在代她述说沧桑的内心往事，那动人的体态瞬间凝成一幅最性感、最富有活力的油画。①

① 敏糊糊：《弗拉明戈和灵魂对舞》，《新民晚报》2004年11月30日。

经典舞剧《卡门》[①] 无疑是最具艺术魅力和生命张力的，因此有人说是弗拉明戈舞把卡门全面推向世界。弗拉明戈舞被称为当今世界最富感染力的流行舞种，是吉卜赛文化和西班牙的安达卢西亚民间文化的结合。其音乐极富激情，舞者身体和手臂大幅度弯曲、手指张平、转身快速、脚板的鼓点打击节奏；独舞霸气、群舞热烈，踢踏作响的鞋跟与忽高忽低的响板相呼应，舞者的每一次蹬踏都声声入耳，将全部的情感用力地表现在手上、脚上和脸上。因此，一般来说，弗拉明戈是最能享受音乐，将音乐掌握得最精确的舞蹈。在弗拉明戈舞蹈中，除了歌曲、吉他和响板的伴奏外，舞者时而配合节奏拍手，时而脚踩地加强韵律。随着音乐表现的变化，舞者的肢体表现也随之哀凄、欢愉，仿佛做着灵魂最深处的展现，与观众寻求一种心灵相通。

关于卡门，除了梅里美的小说、比才的歌剧、弗拉明戈舞剧之外，还常被改编为银幕作品，在整个20世纪有80多个改编版本，著名的有1910年的最早长片《卡门》、雅克·菲德尔（Jacques Feyder）1926年拍摄的《卡门》、奥托·普明哥（Otto Preminger）的《卡门·琼斯》（*Carmen Jones*，1954）、卡洛斯·绍拉执导的影片《卡门》（*Carmen*，1983）以及法国与塞内加尔合作拍摄的影片《卡门·吉》（*Karmen Gei*，2001）等。

不同于小说版和歌剧版的《卡门》，在西班牙著名导演卡洛斯·绍拉的爱情歌剧电影《卡门》中，戏里戏外的两个卡门，都是复杂矛盾又有着非凡魅力的角色，而独特的电影语言又赋予观众更多的

---

① 经典舞剧《卡门》有很多演出版本，大多遵循梅里美小说的风范。而西班牙传奇弗拉明戈“舞后”玛利亚·佩姬于2014年推出了全新舞作《我，卡门》。她拒绝接受人们对梅里美笔下“卡门”的表面印象，试图通过深邃的思索拨开迷雾，塑造一个更为柔软、坚定、真实的女性形象。在这个男性权力为主导的世界，她用舞蹈告诉人们，“卡门”生命中的自由不羁存在于每个女人身上，而每一位女性都应当拥有“卡门”所追求的生命欢愉、自由和爱情。此舞剧于2016年1月中旬在北京首演。

想象。戏里的卡门就像一个谜团，越接近的人就越发不想离开，她对于男人具有超凡的掌控力，她忽冷忽热的相处方式也让人变得零抵抗力，常常利用男人达到自己的目的；谜一样的卡门从人们的视线里消失后，却永远鲜活在观众的记忆中。这个火一样的神秘女人，如同那一抹不羁的红，成就了电影史上的又一经典。卡门，之所以被许多人喜爱，也许就是因为她身上的那种向往自由的情怀、不为世俗羁绊的爽朗、敢作敢为的洒脱，鲜明而随意、恣情而悲伤；她是终日奔波忙碌的都市人心中一个可望而不可即的梦——流浪、自由、放荡不羁、颓废……

戏里的卡门，精明、好斗、嬗变、魅惑……你既可以用龙舌兰来形容她的诱惑，也可以用大丽花来形容这个女人的狡黠，她从小就知道自己想要什么。一个在身体和思想上都完美无缺，并且熟练使用其中任意原始武器的女人是最让男人觉得胆战的，你玩不过她的情感和智商，你只会沉沦在她所给你描绘出的那种完美梦幻中无法自拔。“想要让我爱你，那么请马上杀了我，要不我绝对不会再爱你，永远不会。”[①] 所以，死亡也是对这个放荡女人的最好善终了。卡门，一朵妖艳的野玫瑰，无论是绽放还是凋零都带着自己的美，生时妖艳美丽，向往自由，死时不羁不受约束，也许这就是卡门的生活与命运。

卡门永远是自由的，无论是身体还是心灵，她都不可能只属于一个男人。卡门是天空中的飞鸟，除非你将其射落，否则，你永远无法捉住它。当匕首插入卡门的胸口，红色的鲜血渗了一地，人们仿佛看到卡门跳弗拉明戈舞时火红的身影，那么欢快却又那么凄艳。对于感情炙热的“自由的爱神”卡门来说，死亡既是无奈也是解脱。

① ［法］梅里美：《梅里美中短篇小说集》，张冠尧译，人民文学出版社 2003 年版，第 458 页。

这也许正印证了鲁迅在《爱之神》一文里所说的："你要是爱上谁，便没命地去爱他。你要是谁也不爱，也可以没命地去自己死掉。"[①]在诸种艺术呈现中被放大与特写了的"千面"女神卡门，用她短暂的、轰轰烈烈的、"这一生不羁放纵爱自由"[②]的人生历险完成了对爱欲与死亡的永恒诠释与不同体验。

第二节 《包法利夫人》中的艾玛：母性意识的缺失与女性自由的迷障

19世纪的法国文坛群星灿烂，著名文艺评论家李健吾曾说："司汤达深刻，巴尔扎克伟大，但是福楼拜，完美。"[③]小说家居斯塔夫·福楼拜的长篇小说《包法利夫人》被誉为"世界十大文学名著之一"[④]。尽管此书出版不久即被第二帝国司法当局以"有伤风化、诽谤宗教"[⑤]为由推上法庭，但审判过程中的文艺界介入与"宣判无罪"的结局以及一百五十多年经久不衰的历史都证明了其作为文学经典的价值。《包法利夫人》一直以来都是批评家们评论的热点：有的对福楼拜在艺术上进行的大胆尝试与探索表示肯定、欣赏，[⑥]有的对小说所蕴含的警世意义作了剖析与展示，[⑦]有的着重于

---

① 鲁迅：《集外集·爱之神》，《鲁迅全集》第7卷，人民文学出版社2005年版，第173页。

② 语出香港已故音乐人黄家驹的代表性歌曲《海阔天空》。

③ 李健吾：《福楼拜评传》，湖南人民出版社1980年版，第6页。

④ [法] 福楼拜：《包法利夫人》，许渊冲译，译林出版社2008年版，译序。

⑤ 冯寿农：《法国文坛对福楼拜的〈包法利夫人〉的批评管窥》，《法国研究》2006年第3期。

⑥ 如刘渊的《福楼拜的游戏：〈包法利夫人〉的叙事分析》（《外国文学研究》2006年第6期），《普鲁斯特随笔集》（马塞尔·普鲁斯特著，张小鲁译，海天出版社1993年版）一书中《论福楼拜的"风格"》等文。

⑦ 如汪火焰、田传茂的《镜子与影子——略论福楼拜和他的〈包法利夫人〉》（《外国文学研究》2001年第1期），萧相风的《小说的物质性和颠覆的困境——读〈包法利夫人〉》（《山花》2011年第21期）等。

探讨艾玛的爱情追求及悲剧结局,① 有的将艾玛与其他文学作品中的类似角色进行比较分析,② 更多的则是从女性主义的角度对之进行解读、评判。③

毫无疑问，自《包法利夫人》诞生以来，女主人公艾玛就是一个备受争议的角色，有人批判她的庸俗、浅薄，有人赞赏她的自我意识与女性抗争。翻检以艾玛为主要研究对象的诸多文献，我们可以看到截然相反的两种态度：一种认为艾玛这一形象体现了人性的弱点——她受物欲与肉欲的诱惑逐渐沉沦，耽于淫乐，最终变成一个毫无尊严与廉耻的荡妇，如文中称艾玛“有一个肮脏的灵魂”、是“一个生来就坏的妇人”④；另一种认为艾玛的要求“完全合理”⑤，因为“对浪漫、快乐的渴望是人性中永恒的一部分”⑥，她追求幸福的勇气与执着体现了女性自我意识的觉醒，是对男权社会及男性话语的大胆反抗。尽管关于艾玛的形象与命运众说纷纭，却少有文章就艾玛在家庭生活中扮演的母亲角色进行专门论述。本文将聚焦于“母性意识”的存续与异化，对艾玛形象重新审视。

---

① 如袁芳的《论〈包法利夫人〉中爱玛的爱情悲剧》（《大众文艺》2008年第9期），孙睿超、何江胜的《包法利夫人的爱情与悲剧原因解析》（《译林》2008年第2期），梁敏英的《追求理想爱情的悲歌——浅析〈包法利夫人〉中爱玛的爱情悲剧》（《现代语文（文学研究）》2007年第11期）等。

② 如梅丽华的《〈包法利夫人〉和〈查特莱夫人的情人〉中女主人公命运之比较》（《语文学刊》2010年第8期），崔大庆的《〈包法利夫人〉与〈安娜·卡列尼娜〉作品及人物比较》（《理论界》2005年第8期），王明丽的《不同时空中灵魂的悲剧——〈阿毛姑娘〉与〈包法利夫人〉比较》（《西北师大学报》2002年第4期）等。

③ 如黄海的《自我造型，角色反抗——女性主义视阈下的爱玛形象解读》（《名作欣赏》2011年第5期），杨雪的《从女性主义视角看〈包法利夫人〉》（《信阳农业高等专科学校学报》2007年第6期），陈立乾的《男权体制下的牺牲品——〈包法利夫人〉中艾玛人生悲剧解读》（《前沿》2011年第24期）等。

④ 汪火焰、田传茂：《镜子与影子——略论福楼拜和他的〈包法利夫人〉》，《外国文学研究》2001年第1期。

⑤ 王丽明：《艾玛——一个为情所困的女人》，《湖北教育学院学报》2006年第7期。

⑥ Robert Wooster Stallman, “Flaubert's Madame Bovary”, *College English*, Vol. 10, No. 4, 1949, p. 196.

一 不合格的母亲与母性意识的缺失

细读《包法利夫人》，多数读者都会承认，艾玛并不是一个传统意义上的“贤妻”，除却新婚燕尔和心血来潮时操持家务、打理琐事，她几乎从不关心丈夫的生活起居或情感需要，在夏尔最为消沉脆弱的时候，她也只想到他的庸碌无能、笨拙迟钝而越发感到厌烦、憎恶：“他身上的一切都惹她生气，他的脸孔，他的衣服，他没有说出来的话，他整个的人，总而言之，他的存在。”[①]同样，艾玛也算不上是个“良母”，她在对待女儿贝尔特时总是带着漫不经心的淡漠，一旦投入自己的浪漫梦想与爱情生活中去，就将孩子抛诸脑后，甚至将之视为追求自由道路上的累赘。解读艾玛在家庭生活中的表现以及对待孩子的态度，透析其独特的女性心理与母性意识缺失的复杂原因，我们发现尽管艾玛有追求爱情与自由的意愿与行为，与其他传统女性相比似乎更具“现代性”，但她始终受到当时男权社会下男性中心意识的影响和局限，她身为一名母亲的淡漠及其反复无常的举止都和整体环境有着紧密的关联。

怀孕初期，艾玛对于“母亲”身份显然没有明晰的概念，她“起先觉得非常惊奇，后来又急于分娩，想要知道做母亲是怎么回事”[②]——出于对未知事物的好奇，艾玛期待着新生命的到来。然而，当她不能随心所欲地按照自己的浪漫设想来为孩子布置准备时，便干脆撒手不管，于是“她的感情，从一开始，也许就缺了什么东西，就冲淡了”[③]。艾玛在潜意识里依旧扮演着那个任性的少女而非成熟的母亲，对于相应的职责自然也不假思虑。孩子终于降临到这

① ［法］福楼拜：《包法利夫人》，许渊冲译，译林出版社 2008 年版，第 164 页。
② ［法］福楼拜：《包法利夫人》，许渊冲译，译林出版社 2008 年版，第 78 页。
③ ［法］福楼拜：《包法利夫人》，许渊冲译，译林出版社 2008 年版，第 79 页。

个世界时，艾玛一听说“是个女儿”[①]，便“头一转，昏过去了”[②]，一直以来的期待再次落空，使得她难以体会到成为母亲的自豪与欣悦。不久之后，孩子被送到位于村子尽头的奶妈家中，艾玛只是偶尔想起前去探望一番。她衣着考究、打扮入时，却将贝尔特寄养在一户穷苦人家家中，生活在拥挤、肮脏、杂乱的环境里，连莱昂见了都“觉得不是滋味”[③]。由于距离的存在，此时的艾玛对尚未真正进入自己生活的贝尔特还说不上厌烦，把孩子接回家后，母女情感的疏离才更为明显地展现出来。

在小说第二部第六章中，艾玛在心烦意乱中将刚会走路的女儿推倒，“贝尔特摔倒在五斗柜脚下，碰在铜花饰上，划破了脸，血流出来了”[④]。面对年幼的孩子，艾玛丝毫没有体现出慈爱或温情，她沉浸在自己的情绪中，只知道一次次地重复表达厌倦与恼怒，也不管贝尔特是否能够理解。女儿对她而言是来自不愉快的现实世界的干扰与提示，而非带来宁静与慰藉的小天使。当艾玛因为这场意外暂时从恍惚、烦躁的自我空间回到现实中来时，正巧遇上了回家吃晚餐的夏尔，于是她“没事人似的对他说，‘小东西玩时不小心，在地上摔伤了’”[⑤]。由此可见，艾玛方才一时的慌乱及担忧并非出自内心对孩子真切的爱意，而是源于外界的潜在压力——社会与家庭对母亲的职责要求——这种要求埋藏在艾玛的意识深处，尽管她不曾以主动的态度去迎合，却也多少受其约束。待她冷静下来后，便觉得自己既愚蠢又善良，“为了刚才那么一点小事，居然会搅得心烦意乱”[⑥] ——孩子受伤对于极度自我中心主义的艾玛来说，实在是微

---

① ［法］福楼拜：《包法利夫人》，许渊冲译，译林出版社 2008 年版，第 79 页。
② ［法］福楼拜：《包法利夫人》，许渊冲译，译林出版社 2008 年版，第 80 页。
③ ［法］福楼拜：《包法利夫人》，许渊冲译，译林出版社 2008 年版，第 83 页。
④ ［法］福楼拜：《包法利夫人》，许渊冲译，译林出版社 2008 年版，第 103 页。
⑤ ［法］福楼拜：《包法利夫人》，许渊冲译，译林出版社 2008 年版，第 103 页。
⑥ ［法］福楼拜：《包法利夫人》，许渊冲译，译林出版社 2008 年版，第 103 页。

不足道、无须介怀。正如李健吾在《福楼拜评传》中写道："爱玛是一个纯粹的自私主义者。"[①] 她的情感集中于浪漫的自我臆想，以至于"有时便是母爱的本能、社会的义务，都遭遇她的白眼"[②]。因此，看着熟睡的贝尔特时，爱玛心中才会产生"这孩子怎么这样难看"[③] 的想法。

当艾玛逐渐在与莱昂、罗多夫的情感交往中发现愉悦与快乐时，她更是将丈夫、女儿、整个家庭都抛到了九霄云外。有一段时间，她强烈地渴望逃离平庸、乏味的现实生活，与罗多夫一起享受甜蜜、浪漫的美好爱情。艾玛提出私奔："'把我带走！'她叫起来。'抢走也行！……唉！我求你啦！'"罗多夫问道："你的女儿呢？""她考虑了几分钟，然后答道：'只好把她带走了，真倒霉！'"这番话令虚情假意的罗多夫都倍感惊诧："居然有这种女人！"[④] 过分的热忱使得艾玛耽于追求一种理想的幸福，"往往因为不耐烦，急于从现实解脱，一面之下，她就把将来整个许给对方"[⑤]，而贝尔特的存在只会将她从这种美梦中惊醒。她对罗多夫说："我在世上无牵无挂！你就是我的一切！"[⑥] 与莱昂约会时也说过类似的话："不要管别人，只管我们自己吧，爱我吧！"[⑦] 确切地说，梦幻的快乐才是艾玛的一切，丈夫、孩子等其余种种都只是尘世的负累与包袱罢了，她的心中没有容纳他们的位置。

还有两处细节形成了奇妙而有趣的对照，有助于我们更好地观察这对母女之间的关系。艾玛在对私奔满怀期待的时候接到了罗多

① 李健吾：《福楼拜评传》，湖南人民出版社 1980 年版，第 103 页。
② 李健吾：《福楼拜评传》，湖南人民出版社 1980 年版，第 103 页。
③ [法] 福楼拜：《包法利夫人》，许渊冲译，译林出版社 2008 年版，第 103 页。
④ [法] 福楼拜：《包法利夫人》，许渊冲译，译林出版社 2008 年版，第 172 页。
⑤ 李健吾：《福楼拜评传》，湖南人民出版社 1980 年版，第 104 页。
⑥ [法] 福楼拜：《包法利夫人》，许渊冲译，译林出版社 2008 年版，第 175 页。
⑦ [法] 福楼拜：《包法利夫人》，许渊冲译，译林出版社 2008 年版，第 254 页。

夫的告别信，深受刺激，禁不住晕厥过去，浑身抽搐。当夏尔呼唤着她，将女儿送到她面前时，“孩子伸出胳膊，要抱住母亲的脖子。但是艾玛转过头去，上气不接下气地说：‘不要，不要……一个人也不要！’”① 而在篇末，艾玛服毒后倒在床上，奄奄一息、万念皆空之际，忽然想要看看孩子：

> 她母亲瞧着她。
>
> “我怕！”孩子边说边往后缩。
>
> 艾玛拉住她的小手，要亲亲她，她却挣开了。②

两处场景相似，都是在艾玛健康受损的时候（区别在于第一次艾玛奇迹般地康复了，而第二次真的走到了生命的尽头），母亲与女儿的反应却正好调换过来。之前我们看到的是艾玛对女儿的拒斥，然而当她弥留之际想要最后感受一下母女温情时，却经历了与当初的贝尔特几乎一模一样的待遇。或许，这是福楼拜对这位不合格的母亲的惩罚。

相比之下，小说中其他的母亲（如奥默太太、包法利奶奶、莱昂的母亲）大多对孩子怀有真挚的爱意，至少对孩子们的生活投注了关怀与热情。就连夏尔、卢奥老爹、莱昂甚至费莉西对待贝尔特似乎都比艾玛更有爱心：夏尔想要努力“使她幸福；并且永远幸福”③；卢奥老爹“为她在花园里种了一棵李子树”，还“不许人碰它”，要等将来“给她做成蜜饯，放在橱子里，等她来吃”④；莱昂临去巴黎之前“吻她的小脖子，吻了一遍又一遍”⑤；费莉西则照顾

① ［法］福楼拜：《包法利夫人》，许渊冲译，译林出版社 2008 年版，第 185 页。
② ［法］福楼拜：《包法利夫人》，许渊冲译，译林出版社 2008 年版，第 287 页。
③ ［法］福楼拜：《包法利夫人》，许渊冲译，译林出版社 2008 年版，第 173 页。
④ ［法］福楼拜：《包法利夫人》，许渊冲译，译林出版社 2008 年版，第 153 页。
⑤ ［法］福楼拜：《包法利夫人》，许渊冲译，译林出版社 2008 年版，第 106 页。

着孩子日常的饮食起居。几乎没有人会像艾玛一样，只顾自己通宵玩乐，也不管孩子“没有妈妈不肯睡觉，呜呜咽咽，哭得胸脯时起时落”① 或是说谎时毫不犹豫地“用她女儿的头做保证”②。

那么，艾玛为何会缺少大多数母亲对待自己孩子时通常怀有的温情与爱意？她执着追求爱情幻影、逃避家庭责任的行为究竟是代表了女性自主意识的觉醒还是仅仅反映了一切普通女性都可能带有的人性弱点？她母性意识的缺失和社会、家庭环境又有着怎样的关系？

二　女性自由的迷障与男权意识的禁锢

一些从女性主义角度对艾玛进行研究的评论者认为，艾玛是资产阶级社会与男权社会中的牺牲品，③ 她对爱情与梦想的不懈追求体现了“女性意识的觉醒”④，其勇气与执着值得肯定。⑤ 李健吾也曾指出：“她的悲剧和全书的美丽就在她反抗的意识。”⑥ 然而，仅仅因为艾玛“不屑于妻子的角色，没有作为母亲的骄傲”⑦，就将她定性为“超越自我、崇尚自由”“追求个性解放”⑧ 的“现代女性”⑨ 尚待商榷。

诚然，艾玛不同于男性传统观念中的理想女性，她是一个不甘于拘囿在社会给定角色中的叛逆者。在男性话语占据主导地位的情

① ［法］福楼拜：《包法利夫人》，许渊冲译，译林出版社 2008 年版，第 248 页。

② ［法］福楼拜：《包法利夫人》，许渊冲译，译林出版社 2008 年版，第 241 页。

③ 袁芳：《论〈包法利夫人〉中爱玛的爱情悲剧》，《大众文艺》2008 年第 9 期。

④ 尚玉峰：《〈包法利夫人〉的女性主义解读》，《中华女子学院山东分院学报》2008 年第 5 期。

⑤ 吴金娉：《缺少爱情的婚姻是坟墓，缺少理智的爱情是毒品——解析包法利夫人的痛苦人生》，《东京文学》2008 年第 8 期。

⑥ 李健吾：《福楼拜评传》，湖南人民出版社 1980 年版，第 100 页。

⑦ 姜九红：《建立在金钱基础上的爱情废墟——〈包法利夫人〉之女性主义解读》，《科教文汇》2011 年第 8 期。

⑧ 王娜、尚玉峰：《生存窘境中的女性挣扎》，《青年文学家》2009 年第 6 期。

⑨ 丁世忠：《试论福楼拜的女性意识》，《长江师范学院学报》2007 年第 5 期。

境下，女性通常会被理想化或是扭曲化——所谓的“好女人”应当是温柔、美丽、顺从，贞洁、无知且无私的；而所谓的“坏女人”往往是愚蠢、自负、善妒、残酷、自私、贪婪等种种负面特征的集合体。对于女性来说，婚姻与家庭具有非比寻常的重大意义，同时也是衡量她们价值的主要参照对象。法国作家卢梭在《爱弥儿》中提出：“作为‘天然’的补足物，妇女是男人快感的对象和男人的母亲，而妇女只应记住什么是社会给予她的最‘适合’的角色。”① 在他看来，“孩子呈现出一种新的重要性”②，女性的一项重要职责即是作为母亲担负起孩子的抚养、教育工作。奥默太太被公认为是“诺曼底最好的妻子”，因为她“温顺得像绵羊，爱护她的子女、父母、亲戚，为别人的不幸而哭，却不管自己的家务，讨厌穿紧身衣”③ ——这是一个“圣徒式的”“自我牺牲”的“家庭天使”，④ 被限制在近乎极端的范式之中而不自觉。这些女性“为了她们的男人，依靠男人对她们的感觉而活，依靠男人对她们的美德所设定的价值而活”⑤。法国女性主义思想家波伏娃在《第二性》一书中提出：“女人的低等最初来自她局限于重复生命，而男人却创造出他认为比生存的人为性更本质的生活理由；把女人封闭在母性中，就是要延续这种处境。”⑥ 从这一点上来看，艾玛母性意识的缺失似乎暗示了她对传统社会观念加之于女性身上的“光辉枷锁”的漠视与厌恶。她不甘于被束缚在平庸、乏味的家庭日常生活中，不管周围的人们怎样看待自己，总是勇于表达自己炽热的情感，主动追求自己

① 柏棣主编：《西方女性主义文学理论》，广西师范大学出版社 2007 年版，第 119 页。

② 柏棣主编：《西方女性主义文学理论》，广西师范大学出版社 2007 年版，第 119 页。

③ ［法］福楼拜：《包法利夫人》，许渊冲译，译林出版社 2008 年版，第 85 页。

④ 柏棣主编：《西方女性主义文学理论》，广西师范大学出版社 2007 年版，第 122 页。

⑤ 杨雪：《从女性主义视角看〈包法利夫人〉》，《信阳农业高等专科学校学报》2007 年第 6 期。

⑥ ［法］西蒙娜·德·波伏瓦：《第二性》，郑克鲁译，上海译文出版社 2011 年版，第 356 页。

向往的浪漫爱情。李健吾认为“她自己就是一个近乎男性的女子。她有一个强烈的性格，再蹶再起，绝不屈服，她的失败和一切的强者一样，附带在她强烈的性格里面”[①]。艾玛大胆的行为、出格的举止以及对自我梦想的狂热追逐在当时的社会情境下无疑显得与众不同、特立独行，也使得她与其他众多女性形成了鲜明的对比。

成为一个像奥默太太一样令人们赞不绝口的贤妻良母永远不会是艾玛生活的最终目标或根本意义。她善于发现自己的女性魅力，与罗多夫第一次约会后，艾玛打量镜子中的映像，发觉“她的眼睛从来没有这么大，这么黑，这么深。一种神妙的东西渗透了她的全身，使她改头换面了”[②]。她乐于拥有并欣赏这种女性之美——她把更多的时间花费在购买各种消费品、打扮自己、约会享乐，而非相夫教子、操持家务等生活琐事上。她不愿意舍弃女性气质去换取一个由男性话语赐予的虚名——看似美妙，却是一个多么沉重的枷锁！正如奥默太太一般，“她行动迟缓，语言无味，相貌寻常，说话就那几句，虽然她三十岁而莱昂才二十，他们住在对门而且每天说话，但他从没想到她是一个女人，脱了裙子还有什么女人味”[③]。“家庭是奴役女性的场所”[④]，传统女性为家庭付出的代价是巨大的，她们游离在妻子、母亲、主妇等种种身份之间，唯独迷失了自我。艾玛尽管免不了也是个喜爱财富、名利的庸人，却在一定程度上挣脱了桎梏，仍保有一片独立的心灵空间。

然而，生活在以男性价值观为依据的父权社会中，艾玛的思想不可能超越当时特定的社会情境，获得真正的解放。她的灵魂深处仍然有着男权主义的印迹，因此并不是一个拥有真正自觉的现代女

① 李健吾：《福楼拜评传》，湖南人民出版社 1980 年版，第 101 页。
② ［法］福楼拜：《包法利夫人》，许渊冲译，译林出版社 2008 年版，第 145 页。
③ ［法］福楼拜：《包法利夫人》，许渊冲译，译林出版社 2008 年版，第 85 页。
④ 陈晓兰：《女性主义批评与文学诠释》，敦煌文艺出版社 1999 年版，第 11 页。

性意识的角色。首先，待产时的艾玛希望生一个“身体强壮，头发褐色”① 的儿子，因为“一个男人至少是自由的，可以尝遍喜怒哀乐，走遍东南西北，跨越面前的障碍，抓住遥远的幸福。可对一个女人却是困难重重。她既没有活动能力，又得听人摆布，她的肉体软弱，只能依靠法律保护。她的愿望就像用绳子系在帽子上的面纱，微风一起，它就蠢蠢欲动，总是受到七情六欲的引诱，却又总受到清规戒律的限制”②。艾玛已然意识到了两性间的不平等——她羡慕男性的优势，对女性天性中的弱点、所处的劣势地位、受到的诸多局限感到悲观、无奈。她抗拒女性身份带来的种种不便，却找不到通向自由与平等的道路与途径；她既没有达到境界的觉悟，也没有付诸实践的行动；她唯一能够指望的就是生个儿子，期待他逃离女性注定了的悲惨命运。波伏娃认为，许多女人想要生儿子是“由于女人给予男人的威望，也由于男人具体掌握的特权”③，有些女人甚至“感到她们的女性身份像一种绝对的诅咒”④。艾玛的想法与大多数女人一样，实质上在潜意识中承认了男性的优越。当她得知生下的是女儿时，失望之感可想而知。“母亲对生下一个女人感到气恼，带着这种模糊的诅咒接受女儿：‘你将是女人。’”⑤ 艾玛对待贝尔特的淡漠乃至厌恶的态度与这种心理上的性别否定有着重要的联系。

其次，艾玛曾几次三番试图抵制诱惑、回归家庭，做一个大众心目中的“好母亲”，以获得“自封‘贤妻良母’带来的喜悦”⑥，

① ［法］福楼拜：《包法利夫人》，许渊冲译，译林出版社 2008 年版，第 79 页。

② ［法］福楼拜：《包法利夫人》，许渊冲译，译林出版社 2008 年版，第 79 页。

③ ［法］西蒙娜·德·波伏瓦：《第二性》，郑克鲁译，上海译文出版社 2011 年版，第 347 页。

④ ［法］西蒙娜·德·波伏瓦：《第二性》，郑克鲁译，上海译文出版社 2011 年版，第 349 页。

⑤ ［法］西蒙娜·德·波伏瓦：《第二性》，郑克鲁译，上海译文出版社 2011 年版，第 349 页。

⑥ ［法］福楼拜：《包法利夫人》，许渊冲译，译林出版社 2008 年版，第 96 页。

这些时候她对小贝尔特忽然迸发的爱意往往令人颇觉意外。第一次是在她与莱昂之间情愫初生之际，当莱昂谈起奥默太太不修边幅时，艾玛反驳道："一个做母亲的人，哪里顾得上打扮自己！"[①] 她把贝尔特接回家，"说她爱孩子；孩子是她的安慰，她的乐趣，她的癖好。她一边抚摸她，一边抒发感情……"[②] 福楼拜紧接着写道："如果不是知道底细的荣镇人，恐怕要把她错当作《巴黎圣母院》里的好妈妈呢。"[③] 由此可见，艾玛此番的言行举止其实是为了掩盖自己内心的暧昧情愫，在刻意伪装的过程中享受一种看似贤惠、圣洁、崇高、持重的愉悦。第二次则是收到卢奥老爹的来信之后，艾玛回想起曾经纯真、幸福的岁月，心里忽然充满了莫名的温情，她向正在玩耍的孩子跑去，一面吻她一面反反复复地说爱她，称她为"我可怜的小宝贝"[④]，接着又叫人替她擦洗、换衣，"一遍又一遍地问她的身体怎么样，好像刚出门回来似的，最后还吻了她一次，这才流着眼泪，把她交还到保姆手里"[⑤]，这些一反常态的举动使得保姆也惊诧万分。艾玛是一个激情远远多于温情的女性，她的感情就好像一阵来去匆匆的风，这一次对女儿突然的过分关怀实际上源于她内心对往昔单纯生活的渴望。卢奥老爹的信唤起了被她遗忘已久的亲人之情，她悔恨自己的选择，梦想着重新找回家庭的温暖与爱。然而这个想法不过是冲动状态中的产物，很快就在现实的重击下破碎了。第三次是发生在艾玛大病初愈的时候，"她想教贝尔特认字，女儿哭也不要紧，她不再发脾气"[⑥]，还称孩子为"我的天使"[⑦]。但

① ［法］福楼拜：《包法利夫人》，许渊冲译，译林出版社 2008 年版，第 94 页。
② ［法］福楼拜：《包法利夫人》，许渊冲译，译林出版社 2008 年版，第 95 页。
③ ［法］福楼拜：《包法利夫人》，许渊冲译，译林出版社 2008 年版，第 95 页。
④ ［法］福楼拜：《包法利夫人》，许渊冲译，译林出版社 2008 年版，第 154 页。
⑤ ［法］福楼拜：《包法利夫人》，许渊冲译，译林出版社 2008 年版，第 154 页。
⑥ ［法］福楼拜：《包法利夫人》，许渊冲译，译林出版社 2008 年版，第 191 页。
⑦ ［法］福楼拜：《包法利夫人》，许渊冲译，译林出版社 2008 年版，第 191 页。

这次与前两次一样，并非出于真挚、纯粹的母爱，艾玛只是将自己的浪漫主义幻梦寄托在宗教信仰之上，借着表面看来慈善、崇高的言行举止安放自己无法实现的理想，在看似温柔、贤淑的外表之下，艾玛的心却是极度空虚的。

如此看来，尽管艾玛偶尔也表现得充满了一个“好母亲”所具有的光辉与爱意，但只要我们细加品味，便不难发觉这种种“温馨场景”背后实际上并无真正母性意识的支撑。她或是出于一种矫情的伪装，或是一时心血来潮，迫使自己接近、契合男性话语的要求，然而短暂的新鲜感带来的愉悦过后，她又回到自己的浪漫世界中，企盼着更好的生活。因此，艾玛这种“贤妻良母”的状态通常都不会维持很久。而她身上体现出的反叛与抗争精神更多是出于自身的个性要求，而非性别要求——在福楼拜的笔下，艾玛和其他人物一样都是浅薄庸俗之辈。至于她那些打破传统家庭桎梏、追求爱情自由等备受评论者们赞赏的行为,[①] 更多的是其自我中心主义的体现。

三　母性意识的生成与自由担责的母爱

在长期的传统男权社会里，从童年时期起，“人们就对女人一再说，她生来是为了生育的，对她歌唱母性的光辉”[②]，母亲对于孩子的责任被视作天经地义的。然而，法国女性主义思想家波伏娃却认为“不存在母性的‘本能’……母亲的态度是由她的整个处境和她承受的方式决定的”[③]，也就是说，母性意识与母爱情感都是后天生

---

① 参见丁世忠《试论福楼拜的女性意识》，《长江师范学院学报》2007 年第 5 期；杨雪《从女性主义视角看〈包法利夫人〉》，《信阳农业高等专科学校学报》2007 年第 6 期；孙睿超、何江胜《包法利夫人的爱情与悲剧原因解析》，《译林》2008 年第 2 期；富华《活在名著中的女性》，宁夏人民出版社 2004 年版等。

② ［法］西蒙娜·德·波伏瓦：《第二性》，郑克鲁译，上海译文出版社 2011 年版，第 312 页。

③ ［法］西蒙娜·德·波伏瓦：《第二性》，郑克鲁译，上海译文出版社 2011 年版，第 339 页。

成的；母亲与孩子之间的关系呈现出许多种可能，“夫妇关系，家庭生活，母性，构成一个任何时候都互相支配的整体”①。在现实生活中，“母性通常是一种自恋、利他、梦想、真诚、自欺、奉献、玩世不恭的奇怪混合”②。艾玛母性意识的缺失与对母爱情感的拒斥，与其成长、生活中的诸多因缘密切相关。

艾玛早年在修道院学习、生活时，失去了母亲，“头几天她哭得十分伤心”③，还“要求自己死后也葬在母亲的坟墓里”④。但这种哀伤并非真正出自对亲人的爱，而是一种“为浪漫而浪漫”⑤ 的表现：当父亲担心她的健康特意跑来看她时，她却“暗中得意，觉得自己居然一下就感到了人生的灰暗，而平凡的心灵却一辈子也难得进入这种理想的境界”⑥。母亲逝世带给她的悲伤情绪也并未持续多久，“她感到腻味了，但又不肯承认，先是哀伤成了习惯，后是为了面子，就一直哀伤下去，但是到了最后，说也奇怪，她居然觉得自己恢复平静了，心里没有忧伤，就像额头没有皱纹一样”⑦。相比于亲人之间发自内心的真情实感，艾玛显然更关注自己浪漫主义情绪的形式展现，无论作为女儿还是母亲，她都显得缺乏切实的情感体验，或者说爱他人的能力。就像李健吾在《福楼拜评传》中写道：“她爱任何事物，并非为了任何事物本身，而是为了任何事物在她心上引出欢悦的情绪。”⑧ 母亲的缺席对艾玛母性意识的缺失造成了不可小觑的影响，正如波伏娃所说：“女人和母亲的关系，保留着全部重

① ［法］西蒙娜·德·波伏瓦：《第二性》，郑克鲁译，上海译文出版社 2011 年版，第 357 页。

② ［法］西蒙娜·德·波伏瓦：《第二性》，郑克鲁译，上海译文出版社 2011 年版，第 342 页。

③ ［法］福楼拜：《包法利夫人》，许渊冲译，译林出版社 2008 年版，第 33—34 页。

④ ［法］福楼拜：《包法利夫人》，许渊冲译，译林出版社 2008 年版，第 33—34 页。

⑤ 萧相风：《小说的物质性和颠覆的困境——读〈包法利夫人〉》，《山花》2011 年第 21 期。

⑥ ［法］福楼拜：《包法利夫人》，许渊冲译，译林出版社 2008 年版，第 33 页。

⑦ ［法］福楼拜：《包法利夫人》，许渊冲译，译林出版社 2008 年版，第 33—34 页。

⑧ 李健吾：《福楼拜评传》，湖南人民出版社 1980 年版，第 103 页。

要性。”[①] 在整部小说中，福楼拜仅有两次提及艾玛的母亲[②]——她通过死亡出场，这几乎是其存在的全部意义。有评论者认为，“母亲角色的缺席成为艾玛道德、心理以及世俗范畴瓦解的起点”[③]，并且影响了艾玛与女儿贝尔特之间“扭曲的、缺少母爱的关系”[④]。艾玛的生活与母亲鲜有交集，她没有感受到充分的母爱，对于母亲所谓的责任与义务也不甚明了。在她成长的过程中，没有一位成年女性向她灌输家庭、婚姻的意义以及女性在其中扮演的角色，她也没有现成的例子可以模仿。因此，妻子与母亲的身份对艾玛而言并没有太大的约束力，她绝不会用“好母亲”的标准来要求自己，也断然不会为了贝尔特放弃自己追求梦想、自由生活的权利。

在男权社会中，“母亲只在结了婚的前提下才获得荣耀”[⑤]，这就意味着女性与孩子最终都隶属于男人，所以“母亲与子女的关系受到她与丈夫之间关系的严格支配”[⑥]。艾玛起初怀着天真的少女梦想嫁给了夏尔，婚后却发现他竟是个平庸、乏味、愚钝、无能的俗人，她的情感从失望渐渐变成厌烦，最后发展到憎恶的程度，夏尔的一切都令她觉得恼怒甚至恶心。在艾玛眼中，他的面孔一副蠢相，他的背脊令人生厌，总之“他这个人俗不可耐，连他的外衣也显得

① ［法］西蒙娜·德·波伏瓦：《第二性》，郑克鲁译，上海译文出版社 2011 年版，第 336 页。

② 第一次是叙述艾玛母亲的死亡及艾玛的感受，参见［法］福楼拜《包法利夫人》，许渊冲译，译林出版社 2008 年版，第 33—34 页；第二次是艾玛与罗多夫谈天时提到了双方已故的母亲，参见小说第 151 页。

③ Elissa Marder, “Trauma, Addiction and Temporal Bulimia in Madame Bovary”, in Anna Alexander and Mark S. Roberts, eds., *High Culture: Reflections on Addiction and Modernity*, Albany: State University of New York Press, 2003.

④ Elissa Marder, “Trauma, Addiction and Temporal Bulimia in Madame Bovary”, in Anna Alexander and Mark S. Roberts, eds., *High Culture: Reflections on Addiction and Modernity*, Albany: State University of New York Press, 2003, p. 57.

⑤ ［法］西蒙娜·德·波伏瓦：《第二性》，郑克鲁译，上海译文出版社 2011 年版，第 357 页。

⑥ ［法］西蒙娜·德·波伏瓦：《第二性》，郑克鲁译，上海译文出版社 2011 年版，第 315 页。

俗不可耐”[①]。如果一个女人对丈夫怀有敌意，那么她可能会“仇视地看待所憎恨的男人的后代”[②]。艾玛的情况正是如此，她把自己对夏尔的情感体验转移到一切与他相关的事物和人物上——餐厅显得太小，地面太潮湿，肉汤的味道让她反感……最后是贝尔特，长得那么难看。当她先后在与罗多夫及莱昂的交往中寻得快乐与满足时，对夏尔的厌恶也变得越发强烈，她沉溺于情欲的享受中，只想把贝尔特和无趣的家庭生活一起远远抛在身后。

从艾玛自身作为女性的经历来看，她对于做母亲的态度也发生了阶段性变化。波伏娃在《第二性》的“母亲”一章中也有相关论述：对于少女而言，“这是一个奇迹和一个游戏”[③]，艾玛最初对于新生命的诞生也怀着热切的好奇与期待；然而由于怀孕的意义非常含混，导致“有些少女乐意行使做母亲带来的权威，但并不准备充分承担做母亲的责任”[④]，艾玛一气之下将迎接新生儿的准备工作统统交托给别人，实际上正是逃避责任的表现；当孩子降临到这个世界，与母体分离时，母亲“惊奇于接受他时自己的冷淡”[⑤]，但通过喂奶她们重新找回与孩子的亲密关系，而一些不能哺乳的女人“没有重新找到同孩子的具体关系，最初几小时那种惊人的冷淡便会在她们身上延续下去”[⑥]，贝尔特出生后就被送到奶妈家中，可以据此推断艾玛从不曾给孩子哺乳，这使得她们之间的联系变得更加疏远；有的女人“过分专注于爱情生活或职业，而不能在自己的生活中给

---

① ［法］福楼拜：《包法利夫人》，许渊冲译，译林出版社 2008 年版，第 90 页。

② ［法］福楼拜：《包法利夫人》，许渊冲译，译林出版社 2008 年版，第 319 页。

③ ［法］西蒙娜·德·波伏瓦：《第二性》，郑克鲁译，上海译文出版社 2011 年版，第 314 页。

④ ［法］西蒙娜·德·波伏瓦：《第二性》，郑克鲁译，上海译文出版社 2011 年版，第 315 页。

⑤ ［法］西蒙娜·德·波伏瓦：《第二性》，郑克鲁译，上海译文出版社 2011 年版，第 334 页。

⑥ ［法］西蒙娜·德·波伏瓦：《第二性》，郑克鲁译，上海译文出版社 2011 年版，第 334—335 页。

予它（做母亲）一个位置。或者她们担心孩子会成为她们或她们丈夫的一个负担"[①]，艾玛全身心地投入在浪漫主义的爱情幻梦中，对她而言，贝尔特实在是个麻烦的累赘，因为孩子不但没有将她从困境里解救出来，反而将她置于新的枷锁之中，这时她便会"怀着敌意瞧着这个陌生的小个体"[②]，认为孩子威胁着她的肉体、自由和整个自我。美国心理学家海伦妮·多伊奇（Helene Rosenbach Deutsch，1884—1982）在《女性心理学》一书中提出："通过母爱，女人才完全实现自我"，但前提条件是她们必须"自由地承担职责，而且真诚地愿意这样做"。[③] 像艾玛这样脱离了承担职责的"心理、道德和物质的处境"[④]，只会造成双方的不幸。

综上所述，艾玛母性意识的缺失是多个因素共同作用的结果，蕴含着复杂的心理效应。正如波伏娃所言："母亲和孩子们的关系，要从她的生活的整体形式上来确定，它取决于她同她的丈夫、她的过去、她的思虑、她自己的关系。"[⑤] 艾玛没有主动迎合当时社会对于女性的种种要求，仍然保留了些许自我意识，但这并不足以说明艾玛就是个敢于挑战男性话语权威的抗争者，她在本质上和福楼拜笔下的其他人物一样，并没有很高的境界与觉悟，她的梦想受到经验的局限，她反抗的手段——通奸——"不过是逾越传统规范的一种最传统的方式"[⑥]。从艾玛的人生经历和阅读经验来看，她不会也

---

① ［法］西蒙娜·德·波伏瓦：《第二性》，郑克鲁译，上海译文出版社 2011 年版，第 315 页。

② ［法］西蒙娜·德·波伏瓦：《第二性》，郑克鲁译，上海译文出版社 2011 年版，第 336 页。

③ ［法］西蒙娜·德·波伏瓦：《第二性》，郑克鲁译，上海译文出版社 2011 年版，第 354 页。

④ ［法］西蒙娜·德·波伏瓦：《第二性》，郑克鲁译，上海译文出版社 2011 年版，第 353 页。

⑤ ［法］西蒙娜·德·波伏瓦：《第二性》，郑克鲁译，上海译文出版社 2011 年版，第 353 页。

⑥ ［美］纳博科夫：《文学讲稿》，申慧辉等译，生活·读书·新知三联书店 1998 年版，第 193 页。

不可能真正超越男权社会的规范框架，潜意识中依旧有着深刻的男性中心主义的印迹。正如福楼拜在信中所提到的，这是“一个接近人性的女主角、一个通常所见的女人”①。

著名小说家纳博科夫（Vladimir Vladimirovich Nabokov，1899—1977）在《文学讲稿》一书中对小说《包法利夫人》及其女主人公艾玛进行了讨论，他提出：“一个浪漫的人，在精神上或感情上生活在一个非现实的世界之中。这个人是深沉还是浅薄，取决于他（或她）的心灵的素质。爱玛·包法利聪慧、机敏，受过比较良好的教育，但她的心灵却是浅陋的：她的魅力、美貌和教养都无法抵清她那致命的庸俗趣味。她对异国情调的向往无法驱除心灵中小市民的俗气。她墨守传统观念，有时以传统的方式触犯一下传统的清规戒律……她一心向往荣华富贵，却也偶尔流露出福楼拜所说的那种村妇的愚顽和庄户人的粗俗。”② 福楼拜嘲讽起艾玛的庸俗、虚荣是毫无保留的，他在给尚特比女士的信中写道：“这是一个有些变坏了的性格，一个属于虚伪的诗与虚伪的情感的女人。”③包法利夫人追求的爱情是虚妄而可悲的，但她因为那异常的敏感而对现实本身的背叛，正是一切伟大悲剧的开端。艾玛形象确实蕴含了复杂的女性问题，而纳博科夫与福楼拜的表述仍然是我们理解这一文学史上的经典形象的密钥。

第三节 《戴珍珠耳环的少女》：女性光芒的流动与对象化凝视的对抗

站在一幅几世纪前的著名画作之前，凝视着画中那个被永久定格

① 李健吾：《福楼拜评传》，湖南人民出版社1980年版，第99页。

② ［美］纳博科夫：《文学讲稿》，申慧辉等译，生活·读书·新知三联书店1998年版，第192—193页。

③ 李健吾：《福楼拜评传》，湖南人民出版社1980年版，第99页。

的鲜活女子，此刻的观赏者能想到什么？是人云亦云地崇拜，如本雅明所说的“在机械复制时代人们面对真迹的朝圣”[①]？还是动用自己的全部感官与心灵去感觉这幅画里的生命与情感？美国作家特蕾西·雪佛兰（Tracy Chevalier）给出了自己的答案。这位当代畅销书女作家的作品多以古典时期女子试图突破出身与环境局限、改变自身命运为主题，文风细腻缠绵。作家雪佛兰在遍览了17世纪荷兰著名风俗画画家约翰·维梅尔（Jan Vermeer）的画作真迹后，以其在《戴珍珠耳环的少女》画作中捕捉到的细腻而微妙的情愫为灵感，结合画家的生平事迹创作了同名小说，其后又被同样钟爱拍摄历史题材的英国导演皮特·韦伯（Peter Webber）搬上了银幕。三位艺术家分别以颜料、文字和影像的不同艺术材质，以不同的时空艺术表现形式，生动展现了交织着青春、爱情、欲望、诱惑、退却与隐忍的人性故事。

维梅尔的画作是西方绘画艺术中高光技巧的杰出代表，《戴珍珠耳环的少女》中女孩眼中那欲语还休的隐隐情愫，珍珠耳环上流转着的那道盈盈光芒，都是维梅尔存世不多的画作之典范。不难想象，时隔几个世纪，当特蕾西·雪佛兰站在《戴珍珠耳环的少女》之前，凝视着这幅经典画作时，作家却似乎仍然能够从这些盈盈光芒中真切地感受到少女眼中那未曾言语的心声与暗潮汹涌的情愫。正是在这种强烈的情感共鸣中，作家创作了同名小说，以画中的少女为主人公，塑造了一个精神独立、追求爱情平等与人格尊严的女仆葛丽叶的形象，并使之与画家维梅尔上演了一段真挚动人的爱情故事。昆德拉在《不能承受的生命之轻》中曾说过：“作者要想让读者相信他笔下的人物确实存在，无疑是愚蠢的。这些人物并非脱胎于母体，而是源于一些让人浮想联翩的句子或者某个关键场景。”[②] 尽管小说中的人与事都是

---

① ［德］瓦尔纳·本雅明：《机械复制时代的艺术作品》，王才勇译，中国城市出版社2002年版，第8—21页。

② ［捷克］米兰·昆德拉：《不能承受的生命之轻》，许钧译，上海译文出版社2010年版，第47页。

虚构的，但作家特蕾西·雪佛兰是在画家残存于世的生平轶事之基础上，以自己的解读与想象揭开了几个世纪以来掩埋在时间洪流中的尘封往事。其作品对于故事情节的精妙构思、男女主人公之间掩盖在沉默表象下那种隐秘而汹涌的情感以及细腻缠绵的文风，都与现实中的画家及其画作主题、画风等一脉相承、交相辉映。其后，以小说文本为蓝本，皮特·韦伯所改编的电影更是在忠实画作风格与小说精神气质的基础上，充分利用电影声色光影等手段生动再现了画家维梅尔的一生及其与画中少女葛丽叶的那段隐秘缠绵的爱情故事。小说文本与电影作品共同塑造的主人公“戴珍珠耳环的少女”葛丽叶，映现出女性追求人格独立的刚毅与保持个体尊严的自觉。

维梅尔在《戴珍珠耳环的少女》画作中，以闪烁着光芒的珍珠耳环将少女明亮的双眸、娇嫩的唇瓣、白色的衬衣领口与耳后的黑暗空间等分散区域结合在一起，成就了绘画史上的不朽之作。然而几个世纪以后，在珍珠光芒的照耀下，作为万千观赏者之二的特蕾西·雪佛兰与皮特·韦伯，分别以文字与影像的方式虚构了画家与少女之间的爱情故事，在几百年来珍珠耳环的光芒流转中，赋予了新时代女性以新的主体光彩。

一　女性的艺术天分与男权世界的压迫

小说与电影在开始部分，不约而同都强调了出身贫穷的葛丽叶所拥有的艺术天赋。这一点在作为视觉艺术的电影里体现得更为生动、突出，影片一开始镜头就聚焦于葛丽叶在厨房里切洋葱、紫甘蓝、土豆、胡萝卜、芜菁、卷心菜，调整各种不同颜色的蔬菜摆放位置的过程。在此，葛丽叶对于食物色彩的敏感正如伍尔夫在《一间自己的屋子》中对于餐桌上各色食物的敏锐感知一般。似乎这些直接诉诸身体感官的物体特质更容易为女性所感知、把握，恰如女性主义批评家西苏所说的“那片一切关于女性的黑暗大陆”，她们更容易感受到自我“身体中某一微小而又巨大区域的突然骚动”①，尽管她们对这一切难以言说，甚至懵懂不知。葛丽叶也正是如此。在小说中，与前来挑选打扫画室女仆的维梅尔第一次相见，正是葛丽叶凭借直觉在摆弄这些蔬菜之时，画家注意到她对色彩的敏感与天分而最终选中了她，由此也开始了自己与葛丽叶终将定格于画布上的爱情故事。

无疑，借着一个偶然的机遇而慢慢踏入艺术世界，能够发挥艺术天分的葛丽叶是幸运的。她与维梅尔之间的爱情触动与互相倾心，始自二人沉浸于艺术世界里相通的艺术领悟与生命感受。在维梅尔引导下，缓步踏入艺术广阔天地的葛丽叶，重新发现了自己长久以来生存的新天地。维梅尔教会了葛丽叶如何利用暗箱去捕捉被忽视的光线，如何去观察云朵变幻莫测的颜色，如何认识、调制颜料色彩，如何去感受艺术等。葛丽叶与生俱来的艺术天分在此被完全激发，她进入了一个自己从前难以表达的广阔领域与不可言喻的“黑暗大陆”，拥有兴趣与理想更使得葛丽叶对于人生的追求有了明晰的认识。她不甘与成百上千个拥有美貌却贫穷的少女一样沦为上层人士的玩物，不愿陷入与维梅尔之间没有结果的爱情而难以自拔，为了追求婚姻双方的平等而宁愿嫁给自己不爱的屠夫。

然而，这样的葛丽叶又是不幸的。她拥有的艺术才华，她所学习到的观察世界的新视角，她帮助维梅尔调制颜料，她凭借自己的艺术敏感给予画家改动布景的建议……这些都被认为是逾矩的，是要私下进行的，是为世人（包括凯萨琳娜、坦妮基等女性）所狠狠斥责的。在那样一个完全为男性话语所左右、垄断的时代中，一个拥有艺术才能且出身贫穷的女性是绝对难以实践其理想而成为一个

① ［法］埃莱娜·西苏：《美杜莎的笑声》，载张京媛主编《当代女性主义文学批评》，北京大学出版社1992年版，第201页。

为世人所接受、赞赏的女性艺术家的。对于一个拥有艺术天分却出身贫困的男性来说，或许还可以凭借着展现自己活跃的创造力去吸引伯乐的注意，在世人面前施展才华，为世人所赞同，并可能成为名留青史的“伟大艺术家”。而对于女性来说，这根本就是不可能实现的奢望。葛丽叶正如同伍尔夫所说的莎士比亚的妹妹一样，无论心怀多少天分与才华也只能为性别所阻隔、为身份所局限、为生活所淹没。

正如诺克林在《为什么没有伟大的女性艺术家?》一文里所假设的：“如果毕加索是个女孩呢？鲁伊斯先生还会付出同样多的关切，对小毕加索的成就还会具有同样大的雄心吗?”① 不难看出，在艺术的世界里，天分与才华的展露能否被欣赏与栽培，与其身份、地位以及性别是有着绝对联系的。事实上，“不论是在艺术界或数百个其它的领域里，对所有那些没有福气被生为白人，中产阶级，更重要的是男性而言，就是事倍功半、饱受压迫，并且挫折连连的，女性便是这些人之中的一分子。问题不在我们的星座、荷尔蒙、生理循环，或者空洞的存在，而在我们的社会体系和我们的教育……”② 此处的教育正是指在艺术（尤其是绘画与音乐艺术）世界里，包含着千百年来发展而成的一整套“前后一贯的形式语言，这多少倚赖或摆脱传统惯例、根本形式及概念，或者符号系统，这些都必须通过教学、学徒制或长期的个人实习，才能学成”③。试问如果社会与教育根本不提供给拥有艺术天分的女性去接受系统学习、发展技艺的机会，女性又谈何能够在艺术的世界里发光发热，为社会所认可呢？

---

① ［美］琳达·诺克林：《女性，艺术与权力》，游惠贞译，广西师范大学出版社 2005 年版，第 189 页。

② ［美］琳达·诺克林：《女性，艺术与权力》，游惠贞译，广西师范大学出版社 2005 年版，第 184 页。

③ ［美］琳达·诺克林：《女性，艺术与权力》，游惠贞译，广西师范大学出版社 2005 年版，第 184 页。

反过来，编撰艺术史的男性评论家们分析的关于女性在艺术上缺乏大成就的原因便又可就此推导、演绎出来："如果女性具有艺术天才的金块，一定会显现出来，但是金块并没有显现出来，这便显示女性并没有艺术天才。"① 更进一步的推理便是——女性与伟大的艺术家之间没有任何的关系，因此，女性进入艺术领域便是可笑的、妄想的，她应该永久地待在厨房里，待在家里，待在孩子身边。

葛丽叶在踏入艺术殿堂的第一步时便被牢牢地挡在了这个绚烂的世界之外，和众多拥有艺术天分的女性一起，站在门槛之外，透过一扇小窗迫切而渴望地注视着那个由男性话语所掌控的广阔世界。而对于那些能够迈着怯怯的步伐进入这个殿堂的女性来说，成为一位为世人所接受的艺术家的道路也是漫长而艰辛的。即便如同《法国中尉的女人》中的莎拉或是但丁·罗塞蒂的妻子西达尔一般，能够"与一个比较居于主宰地位的男性艺术界人士有密切的私人关系"②，从而有可能学习绘画技艺并从事艺术创作，但在成为一个"伟大艺术家"的漫长道路上，她们必须要"采取'男性化的态度'，如专心、集中精神、坚持到底，并且全力吸收观念和技艺，女性在艺术的世界里才有成功的机会，并且继续成功下去"③。她们首先必须反叛社会加之于女性身上的贤妻良母这一天然角色，要放弃男性艺术家所不需要放弃的自然性欲或人生伴侣的乐趣，要牺牲她们的性别角色把自己变成一个"男性"，要与男性话语所构建的艺术世界中的生存规则去抗争，要付出长期不懈的努力去掌握艺术的一整套形式语言，要付出比男性艺术家多千百倍的牺牲与努力，才有

① ［美］琳达·诺克林：《女性，艺术与权力》，游惠贞译，广西师范大学出版社 2005 年版，第 190 页。

② ［美］琳达·诺克林：《女性，艺术与权力》，游惠贞译，广西师范大学出版社 2005 年版，第 204 页。

③ ［美］琳达·诺克林：《女性，艺术与权力》，游惠贞译，广西师范大学出版社 2005 年版，第 205 页。

获得成功的可能。然而，最令人恐惧与气馁的并不是这些来自外部世界的挫折与阻碍，“伟大的成就已经稀有而又十分难以取得了，而当你（女性）在工作时，同时还要奋战内心的自我怀疑和罪恶感的魔鬼……情况就更为艰难了，这些内外交迫的东西与艺术作品的品质实在并无特定关联”①。

事实上，葛丽叶与维梅尔的相爱是必然的，因为他们懂得彼此，葛丽叶正是世界上的另一个维梅尔。两人同样拥有出众的艺术感受力，同样都没有经济基础，但不同之处在于维梅尔是一位男性。尽管他为了从事自己最爱的绘画事业，将自己束缚在玛丽辛和卡特琳娜的牢笼中，爱不到所爱的人，没有精神自由，在世俗的物欲里挣扎，但他能够在艺术的世界里追寻使之精神得以喘息的天地。而葛丽叶最终只能作为画作模特这一永恒的女性角色，为她所爱的画家留下那幅经典之作，然后转身永远地埋葬自己的艺术才能与爱情，与所有籍籍无名的女性一起淹没在历史的洪流中。

二　珍珠光芒上的情欲流动与女性隐忍

尽管在艺术史中，绘画的高光技巧并不是由维梅尔所创造的，但画家深谙光线在画作构图与情感上的审美功能，巧妙运用高光技巧，使其作品中光线的强度及分布有着塑造形体、加强物品质感以及影响画作情感氛围等功能。作为一名风俗画画家，虽困囿于台夫特小镇中人物与景色的创作，但维梅尔的出众之处便在于光影技巧的娴熟运用，为日常的生活场景平添了静谧、恬淡与优雅的气息。画家甚至可能利用了照相机的前身“暗箱”，来观察、探索画面构图中光影、色彩与空间之间的微妙关系，而这个情节在小说与影片中

① ［美］琳达·诺克林：《女性，艺术与权力》，游惠贞译，广西师范大学出版社2005年版，第211—212页。

都显得至关重要，以此作为维梅尔指导葛丽叶以新的视角认识世界、踏入艺术殿堂的方式，同时也是增进二人情感的重要工具。

皮特·韦伯将《戴珍珠耳环的少女》搬上银幕后，该影片获奖最多的便是摄影奖。摄影师在每个镜头的摄取上都十分注重画面的构图及光影效果，以维梅尔最著名的高光技巧为指导，以银幕为画布，电影色彩以冷灰色为主调，辅以画家最爱使用的柠檬黄光线，在冷热对比中使得电影的每个画面都犹如维梅尔的油画一般笼罩着一层恬静、圣洁与优雅的光彩。

然而，无论是在画作还是电影镜头中，观赏者都不难感受到隐藏在其内敛风格之下激情暗涌的内部情感。相对于小说而言，电影在故事上略加改动，将整个故事中这股暗涌的激情全部集中于少女的“珍珠耳环”之上。影片末尾将真正的《戴珍珠耳环的少女》画作作为结尾，镜头首先聚焦于电影所强调的珍珠之上，再缓缓拉远，直至出现整幅画作，最后缓缓消失。观众仔细观察少女的珍珠耳环会发现，其实它并没有珍珠的轮廓，也没有勾勒出任何形状，画家只是将小点的颜料堆积在一起，但随着镜头缓缓拉远时，这些小点却极为精妙地混合成了一个闪烁着耀眼光芒的珍珠形象。少女耳坠上的这颗鲛人之泪正是维梅尔高光艺术的精妙运用。事实上，电影对于珍珠的强调更为成功地凸显了维梅尔这幅画作的经典之处，影片对小说略加改动，将男女主人公之间的情欲融于光芒流转着的珍珠之上，使之不再局限于艺术意义上的形式观能，而是具有了真切、丰富的情感内涵，成为电影中情欲的象征物，并推动电影情节的发展走向高潮。

在小说中，珍珠耳环的存在只是作为丰富画作构图、促使维梅尔的妻子凯萨琳娜最终将葛丽叶赶出家门的导火线。然而在电影中，珍珠耳环上流转着的光彩却有着两个相爱生命之间最自然的情欲色泽。尽管彼此之间相互爱慕，葛丽叶对于维梅尔的爱却始终处于痛苦的摇摆退却之中，葛丽叶清楚自己的艺术理想一辈子都不可能实现，也清楚自己对于维梅尔的爱情不可能有结果，她不愿成为权贵的玩物，不愿在物欲中迷失自己，不愿与维梅尔有任何身体纠葛。于是成为维梅尔的模特——这是葛丽叶为所爱的人、所爱的艺术能够献上的唯一礼物，尽管她也清楚地明白这样做的结果是什么。为了留下最完美的作品，捧着那对属于维梅尔妻子的、与自己贫穷的身份格格不入的珍珠耳环时，葛丽叶屈服了，这是她所做过的唯一逾矩的事。当维梅尔亲手将针扎入葛丽叶的耳垂，拭去少女脸上滑落的泪水，为她戴上珍珠耳环的那一刻，两人的爱情在精神上达到了最高潮。接着在作画过程中，侧身而坐的葛丽叶回眸凝视着画家，她那迷蒙而明亮的双眸，娇嫩微张的唇瓣，以及闪烁着盈盈光芒的珍珠耳环，都在沉默地言说着自己最深切的渴望：“我望着他——他的眼睛现在对着我了。他看着我。在我们互相凝视的刹那，一阵热流在我体内扩散。”[①] 画家也终于被允许突破世俗的规约与法则，抛下一切阻碍，专注地凝视自己所爱的人，凝视少女沉默的欲望，在灵魂深处与葛丽叶的视线交缠着，无言地倾诉对对方、对爱情的向往与渴望。当晚，少女便带着喷薄而出的情欲，将自己的身体献给了屠夫小彼特。正如波伏娃所说的，处女的性感受必须由男人来引发，恰如男人的最初欲望也常是由接触异性而引起的一样。[②] 当银针刺破耳垂，戴上珍珠耳环之时，葛丽叶在维梅尔给予的这种深入骨髓的疼痛感受中体验到了一种灵魂的骚动，一种发自内心的深切欲望。然而，她也清楚地明白自己与维梅尔的这种精神之爱一旦走向肉体层面，就走向了不由己抉择的绝境，就如同前一个被赶走的女

① ［美］特蕾西·雪佛兰：《戴珍珠耳环的少女》，李佳珊译，南海出版公司 2009 年版，第 165 页。

② ［法］西蒙娜·德·波伏娃：《第二性》，陶铁柱译，中国书籍出版社 2004 年版，第 349 页。

仆一样，身败名裂而被迫远走他乡。葛丽叶所能做的仅仅是在那样一个女性被剥夺了表述权力的时代面前低头，投身于小彼特以平息灵魂的渴望，只是此时，这一种情欲无关于灵魂，这一种流血与疼痛无关于心灵。

绘画是一种凝固创作者灵魂与情感的艺术。当画家在时间的流逝中抓住最触动人心的一幕，将其定格于画布上，这一刻的澎湃便凝固为永恒。几个世纪以来，在《戴珍珠耳环的少女》中闪耀着的珍珠上，曾经汹涌澎湃的情欲被永远地定格在那道流转的光芒中。维梅尔与葛丽叶之间的爱情正如画作上的那道刹那间穿透黑色幕布的光束一般，在少女的双眸与珍珠中闪耀着璀璨的光泽，照亮她那娇嫩的面庞，点亮彼此生命中最闪亮的瞬间。

三　对象化的凝视与女性的抵抗

电影艺术的首要特点便是凝视（gaze）。在电影领域中，凝视具有多重含义，它包括摄影机镜头的凝视，剧中人物的凝视以及观众的凝视等。而作为一门视觉艺术，摄影机的镜头是电影凝视的眼睛，其背后包含的是电影制作者无声的话语，它直接决定了电影中的角色、观众以及一切其他因素的凝视条件。

长期以来，作为他者而存在的女性（尤其是女性的身体）是凝视最重要的客体。女性身体的一举一动都处于男性凝视的目光之下，温柔、坚贞、贤惠、善良等“女性化特征”是父权制社会对于女性的基本要求，而美貌与青春更是在男性话语的严密控制下为女性的对象化所树立起的一面旗帜。将女性身体作为对象化客体的这一传统，是千百年来男性社会主宰下的共同语言，正如叶舒宪先生所说的：“把爱欲和美的主题对象化到女性身上，构想成主管爱和美的女神，这绝不只是个别文化中的个别现象，而是一个相当普遍的人类现象，大凡站到父权制，文明早期阶段的国家，都在不同程度上具有产生类似观念与信仰的现实条件。”[①] 男性将爱欲与美的对象化标准作用到女性的身体上，对女性身体起到“规训”作用，从而与其他“规训”手段一起达到对女性话语的压制以及男性权力扩张的目的。甚至“这种对象化也被女性自身所接受，女性同样也是男权文化的消费者和实践者”[②]，将这种由男性目光构建起来的“规训”逐渐内化为女性自我的终极追求，享受目光、渴望凝视的女性便在追逐终身美丽与青春不老的神话中彻底丧失了话语的权力、丧失了生命的个体意识、丧失了对于自己身体的控制。这正是对约翰·伯格著名观点的绝佳印证：“男人观察女人，女人注意自己被别人观察。”[③] 男人以观赏客体的目光凝视着女人，女人则在这种对象化的视线中深深陶醉，失去自我。

既然女性与凝视之间有着这种长期、复杂而密切的联系，那么作为凝视艺术的电影，其中便也不可避免地带有这种强烈的性别意识。一些电影甚至强化这种性别意识，直接以男性或女性视角来拍摄影片、叙述故事，并引导观众从性别意识的角度去观看电影、展开凝视。比如在一部典型的充斥着男性强权话语的电影中，镜头（电影制作者）的凝视便会引导观众聚焦于女性作为对象化（通常是性的象征物或是物化的审美客体）的身体之上，与观众一起带着能够满足男性幻想的高高在上、不可一世的视角去轻蔑地审视着剧中女性的身体，凝视着女性的一举一动。

尽管在《戴珍珠耳环的少女》画作中，画家与少女、观赏者（男性与女性）与少女之间的这种凝视与被凝视的关系具有强烈的客体化、对象化的特征，然而在小说与电影中，却能够感受到创作者

① 叶舒宪：《高唐神女与维纳斯：中西文化中的爱与美主题》，中国社会科学出版社1997年版，第312页。

② 刘慧英：《走出男权传统的藩篱——文学中男权意识的批判》，生活·读书·新知三联书店1996年版，第41页。

③ ［法］约翰·伯格：《观看之道》，戴行钺译，广西师范大学出版社2015年版，第63页。

对于葛丽叶这种被凝视命运的强烈反抗意识。在小说中，作家以葛丽叶的女性视角作为作品的叙述视角，去观察维梅尔的生活与创作，用少女自己的言说取代了画作中被凝视的沉默；在电影镜头中，频频出现的葛丽叶以那种沉默而坚毅的眼神去凝视剧中人物的画面，更是少女对于男性凝视目光的一种强烈颠覆与反抗。而葛丽叶抗拒男性凝视、反抗男性话语对于女性身体规训的典型表现就是她拒绝摘下头巾。

在一个又一个传统的诱奸故事中，大多数女主人公"完全缺乏主体意识，缺乏正视自己社会地位和人格价值的勇气及能力，甚至不能正视自己的贫穷"①。同所有诱奸故事中最终命运悲惨的少女一样，葛丽叶出身贫穷且年轻美丽，但她能够正视自己的贫穷，始终表现出强烈的主体意识以及对于自由与个体尊严的追求，努力抗拒着被凝视、被玩弄的命运。她那始终不肯摘下的头巾正是对自己身体的隐藏与保护，是逃避被凝视的庇护之所。"我喜欢戴一顶白色的头巾，把它对折，让宽阔的边缘笼罩我的脸，完全包覆着我的头发，头巾的左右两边垂在脸颊旁，从侧面，别人看不见我的表情。"② 相对于凡路易文的那位经常作为模特、接受男性凝视目光的妻子，葛丽叶在初次见到她时，所想的正是"想到她身穿黄绸缎佩戴珍珠项链，她一定习惯于接触男士的目光"③。之所以选择将头发包裹起来，是因为葛丽叶清楚地知道自己这一头长发会给她带来怎样的视线与厄运。"我有一头长而狂野的头发，拿下头巾后它们看起来像属于另一个葛丽叶——一个会和男人单独站在暗巷的葛丽叶、一个不是这

① 刘慧英：《走出男权传统的藩篱——文学中男权意识的批判》，生活·读书·新知三联书店1996年版，第28页。

② 刘慧英：《走出男权传统的藩篱——文学中男权意识的批判》，生活·读书·新知三联书店1996年版，第9页。

③ 刘慧英：《走出男权传统的藩篱——文学中男权意识的批判》，生活·读书·新知三联书店1996年版，第38页。

么安静乖巧而干净的葛丽叶。这个葛丽叶就像那些敢展示头发的女人一样，这就是我始终把我的头发严密地藏起的原因——不让那一个葛丽叶露出痕迹。"① 对头发的隐藏与束缚是葛丽叶对于漂亮少女悲惨命运的逃避，始终避免头发被男性看到是葛丽叶对于自己身体的珍惜，是对男性规训"女性形象"的颠覆与反抗。

与其有意识地反抗男性话语对于女性身体的"规训"相同，葛丽叶最终的人生道路也是根据个人意愿所做出的自由选择，同样有着颠覆男性强权的反抗意识。小说与电影在故事的镜头和结尾部分都强调了小镇上那个有着八角星的广场，八角星的每一个角都指向台夫特的不同角落，也正象征着葛丽叶不同的人生方向。自始至终，葛丽叶都冷静而清醒地明白自己的选择，正如最后被凯萨琳娜赶出家门的葛丽叶站在广场中央，环视四周之时，她也清楚自己应该要前往的方向并坚定地走下去：

> 我来到广场中央，停在用瓷砖铺成八角星形状的圆圈里，每一个星角都指向一个我可以选择的方向。
>
> 我可以去找我的父母。
>
> 我可以去肉市找彼特，然后同意嫁给他。
>
> 我可以走向凡路易文的房子——他会带着微笑迎接我。
>
> 我可以去找凡李维欧，恳求他可怜我。
>
> 我可以到鹿特丹寻找法兰。
>
> 我可以自己流浪到遥远的地方。
>
> 我可以回到天主教区。
>
> 我可以走进新教教堂，祈求上帝的指引。

---

① 刘慧英：《走出男权传统的藩篱——文学中男权意识的批判》，生活·读书·新知三联书店1996年版，第113页。

我站在圆圈中央，随着思绪转了一圈又一圈。

等到我作出心里早已知道的抉择，我小心地踩着星芒的尖角，朝着它所指示的方向坚定地走下去。①

尽管葛丽叶最终选择了嫁给自己不爱的小彼特，但这种未来是最符合葛丽叶追求平等、自由以及人格尊严的选择。她不愿意重复美丽少女的悲惨命运沦为上层男性的玩物，也不愿意同一个比自己的贫穷出身还不自由的灵魂——维梅尔一起在禁锢中沉沦。尽管葛丽叶始终恐惧厌恶着屠夫围裙上、指甲缝中的斑斑血迹，然而她最终还是选择走向这种生活。因为对葛丽叶而言，精神上的污秽与不自由比身体的污秽更令她难以忍受。小说的最后，去世前的维梅尔将那对曾经激起过少女心中强烈情感的珍珠耳环送给了已为人妇的她，然而拿到耳环的葛丽叶却最终选择把它们当掉来偿还自己欠下丈夫的债。因为只有这样，葛丽叶才能不再是女佣，才能在婚姻中拥有人格上的平等与尊严，才能获得她一生所孜孜追求的精神上的独立与自由。在那样一个女性失语、被表述的时代，葛丽叶以自己的行动表明了女性沉默的反抗。

第四节 《穿普拉达的女王》：全能女神的高端与知性优雅的背后

《穿普拉达的女王》（*The Devil Wears Parada*）2006 年在美国上映，由大卫·弗兰科尔导演、改编自女作家劳伦·维思的同名小说。影片讲述了一位初涉社会职场的女大学生安迪进入一家顶级时尚杂

① ［美］特蕾西·雪佛兰：《戴珍珠耳环的少女》，李佳珊译，南海出版公司 2009 年版，第 198—199 页。

志社《天桥》当主编助理并与上司米兰达发生的一系列故事。在与米兰达的摩擦与欣赏中，安迪快速成长：从初入职场的迷惑到从自身出发寻找问题的根源，最后成为一个出色的职场能手与时尚达人。影片以安迪为叙述人讲述她个人在社会中的成长故事，女性叙述人的出现意味着电影叙述中女性意识、女性话语的增强。“当影片以女性叙述人作为叙述主体时，这不仅意味着将要讲述一个有关女性的故事，更重要的是她表明了故事是由一个女性站在女性的视角上来导引、评说和阐述这一故事的。”①尽管多数男性导演往往“以男性自我需求为中心，从男性对女性的幻想或欲望来建构女性形象”②，但该片导演在影片中有意识地强化女性意识，所以这是一部名实相符的“女性电影”——由女性讲述、具有女性视角并贯穿女性意识。在这部影片中，女性是话语的主导者，影片中的女性不依附男性而存在，她们每个人都有鲜明的独立个性，以女性特有的敏锐和韧劲使顶级时尚期刊《天桥》成为一个“女性王国”，并以其高效和优雅使男性软化甚至褪去粗鄙。

在影片中，女性叙述人安迪及她的老板米兰达是极具代表性的两代女性。在安迪的职场之路上，米兰达扮演着极其重要的角色。对于安迪而言，米兰达既是冷血、强硬的上司，又是社会成长道路上的助推者。安迪与米兰达是两种不同类型的女性形象，安迪初入社会，身上有许多稚嫩与懒散，在《天桥》杂志社的成长教会了她在社会上该怎样生活。米兰达则是常规意义上的“女强人”，处于时尚圈的最高位置，拥有最后的裁决权利，在米兰达身上可以看到社会赋予的常属于男人的冷血与果断。安迪与米兰达仿若是两个截然不同的个体，但是在其女性本质上有其共同点：柔软、野心以及与

① 李显杰：《电影叙事学理论及实例分析》，中国电影出版社 2000 年版，第 418 页。

② 胡辛、何静：《难以超越的性别视角——1949 年后中国男导演的女性电影叙事管窥》，《江西社会科学》2008 年第 8 期。

野心相匹配的聪明、干练。在影片结尾，即将踏入时尚圈顶层的安迪选择了不忘初心，扔掉女王的召唤手机，转身走向自己的初心；而米兰达则继续沉浮在时尚圈之中，影片展示了两代女性因自身追求的人生价值的不同所做出的相异选择。但导演对于安迪最后选择的安排充满了理想主义式的幻化，与好莱坞电影一贯秉持的道德说教一致，模糊了部分社会真实，弱化了女性觉醒的力度。无论如何，电影塑造的以安迪为代表的在社会中成长的女性形象和以米兰达为代表的在社会规约下生存的女性形象仍然具有典型意义。

一　服饰包裹的女性：三位一体式的全能

“在最精巧的影片中，服装不仅是为了强化假象而添加的装饰，而且是人物和主题的显现形式。服装可以揭示阶级、自身形象，甚至心态。”[①]《穿普拉达的女王》曾获得了第79届奥斯卡最佳服装奖的提名，其人物塑造与服装搭配是相得益彰的。作为时尚风尚标的米兰达所穿的服装高达60套之多，作为第二助理的安迪的服装也高达三四十套之多，且这些服装并不只是随意套在身上的布料，它们不仅彰显了人物性格，并且暗示了人物的心境及显示其社会地位。就片名而言，同样可以看出在这部影片中服装的重要性。普拉达是英国的一家奢侈品品牌，以彰显女性美为宗旨，其创作理念是从简，从最简单处表现女性身体美，同时普拉达也是财富、阶级的象征，多数女性向往拥有一双普拉达的鞋子，但只有少数女性购买得起。“服装是影片的另一种语言系统，如同电影导演使用的其他语言系统一样，它可以是复杂的和具有揭示作用的象征性表达形式”[②]，正如

① ［美］路易斯·詹内蒂：《认识电影》，崔君衍译，中国电影出版社2007年版，第329页。

② ［美］路易斯·詹内蒂：《认识电影》，崔君衍译，中国电影出版社2007年版，第331页。

影片中对米兰达而言，普拉达既是高跟鞋又是战靴，一身得体的晚礼服既是出席晚会的必备品又表明了自己的社会身份。

服装是人物的投影，可以表现出她对自我的体认。在影片开始时，导演运用平行蒙太奇的手法，在影片三分钟内将安迪与其他四位时尚女性进行对比，在与这四位时尚女性的服饰、妆容、生活态度进行对比的同时，安迪的不修边幅与朴素便展现出来。安迪去《天桥》杂志社应聘时手提着一件质朴的棕色手提包，上身穿的是白色衬衫搭配一件橘色外套，下身则穿着一件褶皱的黑色裤子。可以看出安迪平时是一个随意的人，她的穿着以舒适为主，是典型的学院风格。在影片前35分钟安迪从没有在衣服上付出过心力，导演也没有将视点放在安迪的着装上，但在杂志社其他人眼中，她俨然是个与她们不同的异类。在35分钟之后，安迪衣服的选择已经偏向于精致、美丽，黑色风衣、十厘米的高跟鞋、贝雷帽、收身的裙装等无一不彰显着安迪的改变。安迪所选择的衣服已经不再是影片一开始时的偏暖色系的衣服，那时的衣服与《天桥》的氛围格格不入，在影片后期安迪所选择的衣服大多属黑色系——精致、美丽。影片常常通过“人物服饰色彩的变化，将人物内心世界与精神状态的变化表现出来”①。黑色象征着人物的成熟与内心的强大，安迪此时已经不是站在《天桥》杂志社里茫然无措的小女孩了，她已经成长为一位坚韧的女性。

西方有句古语：人是由灵魂、身体与衣服三个部分所组成的。在服装语言中，最重要的符号及最直接的表现就是色彩，色彩不仅本身有能量，还有心理暗示的作用。当人们下定决心改变自己的时候，总是下意识地先去改变自己的外形，包括妆容的变化和服饰的变化。因为它们是最外在化的事物，而外在的刺激可以衍生出内在

---

① 孙云：《杨凡电影中的女性意识探究》，硕士学位论文，南京师范大学，2014年。

的变化。当安迪因为没有完成米兰达下达的任务而被训斥，继而与瑞秋进行了一番谈话后，安迪改变了自己的心态，她不再被迫地工作，而是学会热爱她的工作。当她想要改变时，想到的第一个改变方式便是衣着的变化。当安迪穿着黑色镶边外套与黑色皮裤走进办公室的时候，可以看到艾米丽与同事惊讶的眼光，就连强势如米兰达都在重新审视变化了的安迪的时候流露出惊讶的神情，得体的穿着也使安迪重获青睐。正如安迪的男性朋友所言：时尚不是实惠，装饰品代表了你的形象，展示你的个性。对处于时尚潮流中心的安迪而言，穿着打扮已经不仅仅彰显个人的形象，更是一种对工作的态度。在《穿普拉达的女王》这部影片中，服饰已经不仅仅是用于装扮的衣物，更是意味着众多人为之奋斗的事业与打压他人的武器。《天桥》在安迪与米兰达眼中具有不同的形态：在米兰达眼中，《天桥》是事业，这里的每一件衣服、每一种搭配都足以燃起她的斗志；在安迪的眼中，《天桥》是欲望，每一件配饰、衣物都在腐蚀人们的灵魂，正如在最后，内特回答安迪“她到底为了什么”时，说安迪是为了美丽的衣服、时髦的配饰。

安迪最初的梦想是在《纽约客》或《都市生活》里做一个记者，机缘巧合下，她的第一份工作是在时尚杂志《天桥》担任米兰达的第二助理。这就潜在地使得安迪并不认同《天桥》及其代表的行业规则，所以安迪必须对时尚圈的一些规则进行妥协以迎合他人。在安迪选择改变外在的自己来迎合《天桥》的审美观时，她已经在不自觉地迎合时尚圈的规则。安迪在刚开始进入《天桥》的时候没有想过改变，也拒绝改变，所以当瑞秋递给她一双吉米周高跟鞋并婉言告诉她可能会需要的时候，安迪拒绝了他。而之后，在米兰达一个意味深长的眼神之后，安迪迅速地穿上了那双她并不需要的吉米周高跟鞋。在这里，高跟鞋是必备的职业装备，代表着一种默认的潜规则，穿上高跟鞋的安迪已经在不自觉中迎合时尚圈的规则，这同时也表明安迪下意识地向时尚圈妥协。

人类自古便是群居性动物，人们渴望同类，渴望被认同。当我们身处别人的异样眼光时，会下意识地去改变自己身上的某些点，从而去迎合自身所处的环境。在《天桥》中，着装便是女性最为契合的纽扣。在时尚圈子中，起初的安迪无疑是一个异类，她不化妆、不打扮、穿着老土，并且明确地表示：我不属于这里，这里只是我的暂居地。这种想法使得安迪从未想过去改变，但是当她后来真正融入这个圈子的时候，她的周围都是光鲜亮丽的女性，她们每个人都有自己的穿着品位，生分而拒斥的安迪渐渐渴望改变，而她确实也在变化着。无论是穿衣打扮，还是对待米兰达的态度，影片后段的安迪从不施粉黛到妆容精致，从先前的中码身材到小码紧身，从低跟厚底的鞋子到换成十厘米的细长高跟鞋，安迪的一切都渐渐与《天桥》里的其他女性趋于一致，安迪从一个异类变成了同类进而如鱼得水。

在《穿普拉达的女王》这部影片中《天桥》既是时尚圈的风向标，又是安迪、米兰达、艾米莉等女性奋斗的职场所在。《天桥》作为一本时尚杂志，其主要内容是利用自身敏锐的观察力与犀利的眼光挑选下个季度的流行元素，这同时对在这里工作的人们在整体的着装上提出了要求。在《天桥》这个特定的工作场所，个人的着装已经不再是归属于自己的事情，而是更多地具有了社会因素。因此在影片中，安迪在决定改变自身态度的时候，首先从自己的着装开始变化，一个原因是外表的变化具有冲击性，另一个原因便是在《天桥》，着装便代表了对工作的态度。当你作为时尚杂志社的员工外出洽谈业务时，穿着完全说服不了他人，这便使人们对你的工作态度产生怀疑，进而质疑该杂志社的眼光。服饰在米兰达眼中不仅仅是裹身布料，同时意味着战斗的武器。在影片中，高速运转的米兰达自始至终衣着得体，且每一件衣服都与她的女王气质相吻合，给人一种凌厉之感。

衣服在这部影片中另一个作用是突出了女性美。在之前的一些电影中，包括女性导演如果塑造一位具有独立意识的女性，在表现过程中总是将女性特有的形体美抹杀掉，倾向于将女性男性化。运用隐藏女性气质的手法使得观影群体将目光更多地集中在女性自身的能力上，这种现象在现实中也比比皆是。如中国的女性导演扮演着“一种特定的花木兰式的社会角色，是一些成功地妆扮为男人的女人。她们愈深地隐藏起自己的性别特征与性别立场，她们就愈加出色与成功”①。譬如胡玫、李玉、宁赢等一批女性导演，将自己的女性气质隐藏起来以取得成功。随着女性主义的发展，女性的解放运动更多地涉及正视女性自身的气质，勇于展示女性气质是女性正视自己的第一步，只有正视性别的生理差异，才能取得真正的男女两性平等。在《穿普拉达的女王》这部影片中，导演便将女性气质淋漓尽致地表现出来。虽然米兰达是“女强人”，但是她并没有将自己的气质男性化。显而易见，在影片中，米兰达无时无刻不在展示优雅与性感的魅力。在参加《天桥》年会时，米兰达身穿普拉达经典黑裙：优雅的黑色两粒扣窝肩 V 领低胸装，这身衣服使米兰达同时展现出高层的权威性与女性的美感：黑色使得米兰达表现出庄重与严肃，而露肩的低胸设计又使女性自身的美感展现出来。

二　两难抉择的女性：私生活糟糕的强人

法国思想家波伏娃在《第二性》中写道，女人“是相对于男人来定义和区分的，而不是男人相对于她来定义和区分；她是偶然附

---

① 陈郦：《从女性服饰的变化看中国女导演电影作品中女性意识的嬗变》，硕士学位论文，华东师范大学，2009 年。

带的，是同主要者相对立的无关紧要者。他是主体，他是绝对，而她只是他者”①。在人类发展的历史上（除最初的母系社会之外），男性一直占有绝对主导地位，女性一直是依附于男性的“他者”，女性一直被男性所塑造，这种塑造在现实中表现为女性以男性的目光要求自己，在电影中则表现为男性以自己为出发点塑造女性。在电影中女性并不是电影的主要表现对象，她们是男性的附属品，所以在以往的影片中女性没有被表现的权利。正如“女性主义学者安奈特·孔指出，在电影中，女性也通常被社会结构成男性主导世界的‘他者’或者‘圈外人’。女人无法说自己的故事，因为影像是被男性控制。通常女性被视为性客体，唯其美貌和性吸引力才有价值。他们的功能重在支持男性，很少过自我满足的生活，婚姻和家庭——而非有意义的事业——是她们最普遍的目的。多数制片厂出品的电影，女人都被边缘化，很少处于事件的中心。女性角色都在旁边陪衬，或被动地等男主角来对她给予回报。有些人格特质，如聪明、野心、独立、专业等均在本质上被视为‘阳刚’，对女性而言，这些特质不像女人也不适合女人”②。而在《穿普拉达的女王》中，聪明、独立、有野心的女性成为故事的讲述者，性感妖娆不再作为影片的关键词。在这部影片中，女性不再是作为性客体出现，而是作为独立、有野心的个体出现，这部影片向我们展现了独立自强的新女性形象，但影片意义并不只在于此。导演在影片中将许多现实的冲突添加进去，在讲述社会女性成长故事的同时将女性所面临的问题也表现出来，如事业与家庭、爱情的冲突，理想与现实的冲突、利益与真情的冲突等，以凸显在男权社会下女性处境的艰难。

① ［法］西蒙娜·德·波伏瓦：《第二性》，郑克鲁译，上海译文出版社 2011 年版，第 11 页。

② ［美］路易斯·贾内梯：《认识电影》，焦雄屏译，世界图书出版公司 2011 年版，第 378 页。

在影片中，女性在寻求独立自我时所面临的最大问题便是事业与爱情（家庭）的抉择，同时也可以理解为理想（爱情）与现实（事业）的冲突，这对冲突贯穿于女性社会生活的始终。

在影片开始三分钟内导演运用了平行蒙太奇的手法，将安迪与米兰达等其他四位时尚女性在服装、妆容、生活品质等方面进行对比。在鲜明的对比中发现，安迪并不是以光鲜亮丽的形象出现在观众眼前，相反摄像机突出了她的平凡与普通，同时预示着她将是一个成长型的新女性形象。我们可以从初涉社会的安迪的经历中描摹现代女性在社会打拼中所要面对的两难抉择。

尽管米兰达曾自我谴责地说："我抛弃了我的家庭、我的朋友、我所重视的一切"，但是她极力平衡家庭与事业的关系。在平衡两者关系中，米兰达身上既展示了冷血、果断的一面，又表现出女性自身特有的柔软与脆弱。米兰达被社会称为"女强人"，她工作强势、态度强硬。在影片最后，为了保住自己在《天桥》杂志的地位，米兰达一面与《天桥》杂志老板摊牌，威胁若更换自己的主编职务将带走大量的业务骨干，另一面推荐可能替代自己的人出任另一个诱人的位置——虽然她事先已经向自己最得力的副手瑞秋承诺推荐他，但为自保米兰达选择了食言，最终米兰达保住了自己的权势。这种强硬的做法在女性身上很少可以看到，但通过这件事也可以看出，正是冷血、果断才最终造就了巅峰时期的米兰达。影片中关于米兰达的私生活只是以碎片化的方式展现出来，但可以从细枝末节中看出她的女性美，譬如米兰达会为了赶回去欣赏双胞胎的朗诵而大费周章，会为了跟丈夫的晚餐而专门更换一套服装。她同样会关注改头换面的安迪，在这些细节中可以看出米兰达性格中的柔软温厚。

安迪，作为一个刚毕业的大学生，在机缘巧合下获得了在《天桥》担任时尚教母米兰达第二助理的工作，此后发生的一系列的事情使得安迪从一个普通、平凡的女孩蜕变为一个衣着华丽、工作干练的女性。随着安迪心态的转变，她开始认真对待这一份工作，但当她的努力逐渐取得上司的认可，工作逐渐步入正轨之时，她的生活却开始变得失衡。为人艳羡的恋情开始变得摇摇欲坠，一起喝酒聊天的朋友开始变得不再熟稔。当她向瑞秋诉说这一切的时候，瑞秋说："当你的私生活一团糟的时候告诉我，这就意味着你该升职了。"果不其然，当安迪以米兰达第一助手的身份去巴黎参加时装周的时候，安迪的恋情正式结束，而以前的朋友也很少往来。这从侧面说明了一个道理：女性很难如同男性一般在私人生活和工作事业上取得平衡。

在日常交往中，评价一位男性的时候，工作能力是其中一个极其重要的标准。因为工作能力同时也意味着经济能力，经济能力的强弱则决定着这个家庭的生活质量。社会在估量男性经济实力的同时已经在不经意间将男性放到了一个主要的，甚至是主宰位置上。人们之所以如此在乎男性的工作、职业不外乎是因为社会将家庭的绝大部分经济来源寄托于男性身上。男性在负责经济来源的同时也奠定了其一家之主的地位，而女性在经济上对男性的依赖，也使得女性必须在生活中讨好、取悦男性，如此男性便确立了其绝对统治地位，女性由此成为依附男性的他者。这是古今中外人们一直认定的潜规则，女性依附于男性是无可厚非的，在现代社会因男性工作能力过强而离婚的家庭少之又少，而男性因为过于强硬的工作手段而饱受非议的也十分罕见。

对于女性而言，则与之相反。在评价一位女性的时候，经济能力一般不在考虑范畴之内，性情与外貌为首要考虑因素，工作能力强于男性反而是一种弱势。在当今时代，旧时女性被主宰、被支配的命运虽然改变了，但是在以男性为权力中心的制度的内化下，男性的绝对权力与女性的依附性属性已经深入人心，成为人们的一种潜意识。当男性认为女性应该贤惠、知礼、一切以男性为中心时，一部分女性也持有相同的观点。在影片中安迪的唯一同性好友，在发现安迪与英俊男子汤普森的暧昧关系时，她是这样定义安迪的："我认识的安迪是个疯狂爱着内特的女孩，约会从不迟到，只在微风连锁店那类地方买休闲服，过去十六年里，我知道安迪的点点滴滴，可眼前随便勾搭时髦帅哥的这个人，我不认识她。"在莉莉的认知里，安迪是完全从属于内特的，当安迪不再将内特放在人生的第一顺位时，莉莉便将安迪的整个人生价值、意义完全抹杀。

爱情与事业的冲突始终贯穿女性生活的始终。在影片中，无论是初涉社会的女性如安迪，或是老辣于社会的女性如米兰达，都无法平衡事业与家庭的矛盾。一些学者认为女性在事业和婚姻上二者不可兼得是因为"要在婚姻上成功，就要自我否定；而要在事业上成功，则需要如醉如痴的献身精神；婚姻需要合作，事业需要竞争，二者结合起来非常困难"①。但这种观点仍将女性的特性定义为家庭的"持有者"。由此可见，在两性生活中，男性可以轻而易举地平衡事业与家庭，男性的婚姻对事业是一种助推力；而女性则不同，婚姻对事业女性来说，更大程度上意味着枷锁，当然如果女性乐于接受并享受的话则另当别论。

在影片中，导演为我们叙述的两种女性形象安迪与米兰达都失衡于生活与事业。安迪曾与男友分道扬镳，米兰达的第二段婚姻也在影片最后宣告破裂。这类在知识型事业女性中无法兼顾家庭与事业的问题，并不是因为她们自身的问题而造就的，而是扎根于社会结构之中的外部环境造成的。② 正如同男性可以二者得兼一般，女性在这两方面的失衡并不是因为女性自身做得不够完美，而是由于社会的固有观念所致。在男权社会中，男主外女主内思想已经深深地

① 李银河：《女性权利的崛起》，文化艺术出版社 2003 年版，第 137 页。

② 李银河：《女性权利的崛起》，文化艺术出版社 2003 年版，第 142 页。

烙印进人们的认识中，女性从小就被教导以后要依附于男性而生存，家庭是她的战场，而家庭主妇是她的终身职业，这种由社会教导、赋予的性别意识侵占女性的认知世界。由此当女性开始在社会上取得成功时，人们的关注点更多的是事业女性如何在事业与家庭之间取得平衡，而不是关注女性如何在男性世界中闯出一片天地。社会并没有将女性和男性放在同等的位置进行比较，他们依旧关注于女性的私人生活，而不是事业成就，这是现代社会对于社会中成功事业女性的局限性认知。

三　社会规约的女性：家庭绑缚的自由人

西方女性主义的基本观点：女人不是天生的，而是后天建构的，是一个逐渐形成的概念。男性与女性在物理上的差异是天然产生的，但是社会性别是后天形成的。所谓社会性别“是指由一定社会文化、意识形态和政治体系赋予不同性别的人一种不同的社会身份和地位，也是一种社会文化和意识形态对女性身份做出的不同价值评判”①。女性作为相对于男性的另一群体，除了性别的差异外，在本质上是无差异的，但是在几千年来社会对女性的规约下，女性已经成为被男性所定义的“他者”。自男性成为权力的绝对拥有者后，便一直有意识地在社会的条例下对女性进行规约，而女性也在无意识下一直被塑造着，成为依附于男性的“他者”与“物”。在经过两次女性解放运动的大浪潮后，女性的自我意识逐渐被唤醒，女性渴望实现自我价值，但是在以男性为中心的权力世界中，女性的成长、独立却受到社会各方面的潜意识的阻挠。这种阻挠是父权制社会对逐渐高涨的女性意识的压制，是在绝对权力被反抗后的愤怒，同时这种阻挠来自社会的各方面，同样包括来自女性的阻挠，这表明了父权

① 梁巧娜：《性别意识与女性形象》，中央民族大学出版社2004年版，第7页。

制思想已经内化为人们的行为准则与道德观念。

《穿普拉达的女王》是好莱坞打造的以女性为观看群体、以时尚为主题的电影。影片选取了众多女性都向往的时尚圈为职场，讲述了应届毕业生安迪在时尚杂志《天桥》中所发生的事情，包括安迪自身的成长与她的上司米兰达之间的故事。这部影片的基调是轻快、幽默的，但是在叙述人是女性的前提下，同时也反映出了作为社会另一群体的女性在社会规约下所遭遇的不公正待遇。影片主要向我们展示了两类新女性形象：一类是初入社会的新女性，这时的女性因为初入社会，会面临许多艰难与挫折，她需要经历从茫然无措到坚定心态的转变，同时也会面临在爱情与事业之间的抉择；另一类是在事业上取得成功的女性，她们一般会面临来自社会的更多的诘难，男性一方面贬低她，另一方面畏惧她，这致使这类女性无法与男性一般在事业与个人生活上取得一定的平衡，且这类女性必须更多地武装自己，使得自己无坚不摧以抵抗来自外界的、社会的威压。

在影片的 5 分 21 秒，米兰达第一次出现，第一个镜头是其脚部红色高跟鞋的特写，后接一个行走的中景，这两个镜头的衔接故意用越轴来表达一种混乱及快节奏的情绪。接着便是米兰达一连串的局部镜头和杂志社工作人员的慌乱忙碌交叉分切在一起，形成了强烈的对比。另外，拍摄米兰达时多用仰拍，来表现她高高在上、盛气凌人的姿态。这便将米兰达性格中强势的一面表现出来，同时也将米兰达在其他人眼中的样子展现出来。伴随着众人的惊慌失措以及将她视为尊者的视线，米兰达第一次出现在影片中，她光鲜亮丽如同女王般向下属发出命令，在这里的每一个人都将她的话奉为圭臬。在米兰达出现的两分钟内，导演用镜头的转换及旁人对米兰达的态度将其强势、冷血的工作态度及米兰达在杂志社至高的地位鲜明地表现出来。影片的前半部分在讲述米兰达时，注重表现米兰达在工作上的强势、冷血与高于男性的社会地位；在影片的后半部分则将米兰达的私人生活展露在观众视线内，即将米兰达脆弱、柔软的一面展现给观众。米兰达在工作上的强势感与在情感上寻求安慰的脆弱性交织在一起，令米兰达这个女性形象更加丰富、立体。

米兰达是社会上所谓“女强人”的代表人物，在这类女性身上，除了生活与事业的不兼容问题之外，更多的是人们因其女性的身份而否定她的成就。虽然在当代社会，女性就业已经成为一种普遍现象，但是人们并没有正视女性的工作能力，他们否认女性拥有与男性相对等的能力，总是以最大的恶意揣测与他们并驾齐驱的女性。

米兰达在遭遇婚姻的第二次破裂时，媒体评价她为“女权至上的霸道主义，工作第一的冰山王后，把另一个皮斯里先生扫地出门”，人们甚至将她定义为“声名狼藉的虐待狂”。在男性主宰的世界中，即使米兰达拥有足以与她本身的社会地位相对等的才能，但当人们将视线投注在她身上时，她仍旧是女性群体中一个奋起反抗的叛逆者。这种事业型的女强人使得男性的自尊心大受打击，在事业上他们无法撼动，但又不满足于被女性压制的社会地位，所以他们以最大的恶意去揣测女性。他们将职业女性与传统概念上的妇女相比较，得出他们满意的结果：职业女性是非常态的。女性在职场上的奋斗历程被他们臆想为暗箱的潜规则运作，他们不认为女性拥有与其相对等的能力。强势、冷血、果断是每一个成功的男性身上都必须拥有的特征，但是如果将这些放置在女性身上，那么这一切的优点都将变成踩踏女性的缺点。但正如安迪所说：“米兰达确实厉害，可假如她是个男人，就没有人会这么在意她了，这只是她工作的一种方式。”对于男性而言，强势、专制等都只是工作的一种方式，而对于相同地位的女性而言，这些则都是性格上的缺陷。她们的每一个错误都是因为她们是女性，她们优柔寡断，所以错失良机；她们专制强势，所以无法听取他人意见；她们作风有误，所以她们家庭不幸。这一切，人们很少会去思考是不是她的下属做得不好，是不是有什么外力因素导致她的失败，人们将这一切都归于她的性格缺陷。在这方面，社会对待男性与女性的态度截然不同，在职场中，相比于女性，男性更容易成功，毕竟“男人已经习惯于坚持自己的权利，他的客户信任他的能力，他可以行动自由，给人一贯正确的印象。女人可不会使人产生这种安全感”①。

女性因其性别因素必须付出比男性更多的努力与代价才可以与男性并驾齐驱，所以当女性在社会上摸爬滚打之后，她们会下意识地忘却自己的性别。因为女性的身份不会给她们增加筹码，反而是拦路石。在当今社会，虽然国家为保护女性的合法权益而增加了产假、痛经假等，此举的本意是保护工作女性的正常需求，却将女性推向更为艰难的境地。如社会上许多公司因为女性的生育及产假等问题导致用人成本增加而拒绝招聘女性，直接在招聘广告明确表示不招女性员工，只“限男生”，或是入职之后的升职歧视，即认为女性在领导力方面不如男性，以及职场性骚扰等问题，都使得女性在社会上的处境更加艰难。所以女性在事业上打拼时会表现得如同男性一般，但是这并不等同于以往所描述的女性的男性化。在之前的一些影片中，有些导演塑造的事业型女性其外表是倾向于男性化的，利用混淆外表性别特征的方式从而达到与男性相对等的机会与地位，但在另一方面遏制了女性自身的美。在《穿普拉达的女王》这部影片中，《天桥》的每一位女性员工都充分地展示了女性的形态美，她们是以真正的女性姿态生存于社会中，为事业打拼。

经过女性解放运动的两次大浪潮及女性自身的努力之后，女性的自我意识和在社会的地位已经得到了显著的提升。在当代社会，

① ［法］西蒙娜·德·波伏瓦：《第二性》，郑克鲁译，上海译文出版社 2011 年版，第 274 页。

女性外出谋职，在社会拥有一份自己的工作已经成为一种普遍现象，越来越多的女性拥有自己的事业，但是同时女性也面临越来越多的问题。首先，女性自我意识的缺乏。在《穿普拉达的女王》这部影片中，女性都拥有自己的事业，安迪与其好友莉莉也都致力于提高自身的价值，以在社会上得到认同。在影片前半部分，从安迪与其包括内特在内的三位好友的聚会上可以看出，莉莉与安迪一样都是想在社会上闯出一片天的女性，她拥有新女性对于自己事业的野心，但是在对待安迪与内特的感情问题上，莉莉却明确地将安迪的价值附着于内特身上。在莉莉的认知中，安迪的爱情或说婚姻高于一切，当其他事情如事业与其发生矛盾、争执的时候，男性才是一切的核心，这实际上是女性将父权制文化内化为自我行动准则的体现。其次，相比于男性的自由度，女性更多的则是在社会规约下生存。在当今社会，人们还没有完全认同男女两性的平等，男性仍旧在社会和两性关系上占主导地位。在影片中，米兰达的女性形象表明女性在社会生活中自由度的狭窄。虽然较以往时代而言，处于当代的女性已然生活得十分自由，但是女性追求的并不仅仅是走出家庭，呼吸自由的空气，真正的独立不仅包括经济，同时涵盖精神。当女性凭借自身的聪智，在社会上“功成”之后，希望社会能给予女性相匹配的“名位”，而不是一味恶意的揣测。

简言之，《穿普拉达的女王》虽然是一部快餐消费的电影，但是其独特的女性视角与典型女性形象的塑造使得这部电影为众多女性所接受并喜爱。影片所讲述的安迪与米兰达这两类人物形象的遭遇表达了在当代社会中，职业型女性所遭受的来自家庭与事业的冲突，以及在男权社会中女性的步履维艰。女性的他者身份已经被社会内化为评价事物的准则，但是这种准则在根本上是不成立的，是社会后天性塑造而成，所以女性既要正视自己的性别身份，又要审视自己的女性意识。

第五节 “反乌托邦三部曲”中的女性：男权造物的性政治困境

众所周知，苏联作家叶甫盖尼·扎米亚金（Евгений Nαмятин Замятин，1884—1937）的《我们》、英国作家奥尔德斯·赫胥黎（Aldous Huxley，1894—1963）的《美丽新世界》、英国作家乔治·奥威尔（George Orwell，1903—1950）的《一九八四》，这三部写成于1921—1948年的小说，并称为“反乌托邦三部曲”，以其故事性、警示性、寓言性而广受关注。遗憾的是，小说诞生近百年，少有研究者从女性角度切入，聚焦“反乌托邦三部曲”中的女性形象，观察极权社会中的女性处境。仔细研读“走在时代前列”的“反乌托邦三部曲”，发现其中的女性形象往往遭遇扭曲式的描绘，镜像化、物化与去性别化依然是其最常见的描画方法，身份困境与发声困境依然是女性社会处境的真实写照。无怪乎有女性主义研究者指出，无论从文学作品中，还是从现实生活里，文学女性都懂得她们的命运“总是枯燥乏味的，总是受别人控制、被别人设计”①。

仔细检视，在“反乌托邦三部曲”发表近一百年后的今天，女性处境并没有取得与时代相称的明显改善。当下越来越兴盛的、依赖于女性而拉动的奢侈品消费经济，常被昵称为“她”经济，女性貌似成为消费主力军，不少研究者据此提出“女性地位提高”的论点，认为女性“自主”已经得到了实现。但是，对照男性的“自主”，这背后显示的却是女性仍未被解放的事实：女性被消费所捆

① ［美］桑德拉·吉尔伯特、［美］苏珊·古芭：《阁楼上的疯女人：女性作家与19世纪文学想象》（上），杨莉馨译，上海人民出版社2015年版，第14页。

绑，看似有了自主权，实际上有一些是被推动、被要求的消费，而且这类消费又往往是为了让男性更尽兴地“消费”女性。数百年间，女性的身体在经历刻板化、工具化、物化之后又迎来了新的消费化“使用”。另外，在社会生活中，更多见的是男性带着自觉或不自觉的“偏见”去看待、思考女性面临的种种难题，对女性的保护行为实则是通过隐形意识的灌输来制造控制与被控制的权力关系，使女性将传统观念内化为自己的行为与思想。① 简言之，今天的性别平等远未实现，对于关注女性处境的多学科研究也从未“过时”，“美好生活”的真诚追求呼唤“更优质”的男女关系与“更舒服”的相处模式。人们期待一种两性博弈相处又共情合作的公序良俗，这需要两性求同存异、包容互补式的清明、自律与努力。

一　镜像化、物化与去性别化的女性形象

在以往的写作中，往往是男性拥有话语权，创造了关于女性的符号；女性只不过是被谈论、被规定的客体对象，男性话语权操纵着整个语义系统。男性创造了关于女性的字、词，创造了女性的价值、形象和行为规范，因之也便创造了有关女性的一切陈述。② “反乌托邦三部曲”中的女性形象均出自男性作家笔下，这些女性形象面临着男性笔杆的“不公正”刻画，在女性躯壳之下是一个个被剥离了真正的女性特质、被镜像化、物化与去性别化的“非人”形象。

在小说《我们》③ 中，女性形象是被刻板化塑造的。小说主要讲述发生在透明世界“一体国”里编码 D－503 的男性公民与编码

① 傅守祥、高捷：《女性主义视野中〈福〉的女性形象探析》，《淮阴师范学院学报》（哲学社会科学版）2014 年第 5 期。

② ［美］桑德拉·吉尔伯特、［美］苏珊·古芭：《阁楼上的疯女人：女性作家与 19 世纪文学想象》（上），杨莉馨译，上海人民出版社 2015 年版，第 14 页。

③ ［俄］扎米亚金：《我们》，赵丕慧译，北京燕山出版社 2013 年版。

I－330、O－90的两位女性公民之间的故事，好公民与反抗者的爱情在真与假的恍惚、对与错的犹疑中展开，并因男性做了想象力切除手术而终结。这样两位对男主人公起到重要作用的女性形象，在小说中却只给人留下抽象的符号化记忆——这是因为男性作家对其笔下女性客体的面容的“描摹”，经常“并不是根据她们实际上的样子，而是根据他们对她们的梦想”创造出来的。[①]《我们》中的O－90和I－330全然是从男性D－503的视角出发来描述的：O－90被视为天真的孩子，对于她的几处外貌描写着力突出其柔弱、感性的形象，这无不让人联想到单纯（且空洞）的“天使”形象；小说中另一女性形象I－330则是“白森森的牙齿闪烁着光芒”，头顶一个无法解开的X符号，无疑是与“天使”对立的“怪物”形象。“天使”与“怪物”这两类形象长久存在于男性作家的笔下：从但丁《神曲》中对圣女贝阿特里奇的描写，到弥尔顿笔下“我那圣洁的亡妻”、歌德《浮士德》中的“永恒女性”，“天使”形象被一代代男性的权威——“笔”所固定。[②]男性渴望女性作为“天使”以其洁白来装点自己的生命空间，而与男性标准不符合的、天使的对立面则统统被纳入“怪物”的模型，当她们在某一层面上令男性感受到威胁，无法受男性掌控之时，男性就用他们的笔抹杀她们的形象。作家在刻画小说中的女性形象时并非将女性作为文学作品中的独立形象来进行特色描写，而是沿袭了历史上男性作家们塑造的“天使”与“怪物”这两类对立的刻板化女性镜像传统，这不可谓不是对女性形象描写的一种局限。

而在1932年出版的《美丽新世界》中，女性则是全然物化的。

---

① ［美］桑德拉·吉尔伯特、［美］苏珊·古芭：《阁楼上的疯女人：女性作家与19世纪文学想象》（上），杨莉馨译，上海人民出版社2015年版，第23页。

② ［美］桑德拉·吉尔伯特、［美］苏珊·古芭：《阁楼上的疯女人：女性作家与19世纪文学想象》（上），杨莉馨译，上海人民出版社2015年版，第28页。

在这个被称为“世界国”的国家内，男性与女性可以随意性交而不受道德约束，“人人为我，我为人人”①，交往成了公开、透明，或者说“赤裸裸”的事情，“性”如同非处方药一般被滥用。于是，在他笔下女性完全成为令人心惊的“肉体”，没有作为“人”的意志。该小说的女主人公莱妮娜是一个“脸上长着红斑，而且眼睛是紫色的，却是一个非常漂亮的女孩”②。她身材丰满，几乎曾同生育与培育中心的所有人共度一夜春宵，而世界国众人对莱妮娜的追逐仅仅是由于她姣好的面容。正如伯纳德的评论一般，众人“当她是一坨肉那样谈论她”。“左一句上她，右一句上她。就像一块羊肉，就当她是一块羊肉。”③ 女主人公莱妮娜自己也大多满足于这样的现状：当听到野人约翰说爱她时，她的反应是更热切地准备做爱——一切最终都归结于做爱这个动作，除此之外，“爱”不代表任何东西。归根结底，莱妮娜的思想世界空空如也，她能感受到的只有自己的身体与性爱带来的快感。就如作者借伯纳德之口所说：“更糟糕的是，她认为自己就是一坨肉。”④ 世界国所标榜的“工作时像成年人一样理智，然后像婴儿一样纵欲”⑤ 使得女性在这样的机制下成为没有思想的“物体”，习惯了以自己的肉体作为自身的所有存在与依仗，心安理得地做“一块肉”。

在1949年出版的《一九八四》中，女性的形象则是压抑的。小说中，人人都在大洋国最高掌权者“老大哥”的监视之下而没有私

① ［英］奥尔德斯·赫胥黎：《美丽新世界》，陈超译，上海译文出版社2017年版，第41页。

② ［英］奥尔德斯·赫胥黎：《美丽新世界》，陈超译，上海译文出版社2017年版，第21页。

③ ［英］奥尔德斯·赫胥黎：《美丽新世界》，陈超译，上海译文出版社2017年版，第44页。

④ ［英］奥尔德斯·赫胥黎：《美丽新世界》，陈超译，上海译文出版社2017年版，第50页。

⑤ ［英］奥尔德斯·赫胥黎：《美丽新世界》，陈超译，上海译文出版社2017年版，第84页。

人空间，大一统王国为了将民众的狂热投掷于战争之上而采取禁欲主义。于是，所有女性都面临着自身身份的压抑与美的压抑。温斯顿的妻子凯瑟琳认为性生活是不得已的，仅仅为了“生个孩子”“完成义务”而进行，不曾认识到这也是女性可以享受的权利；而温斯顿的同事裘莉亚则从来没有穿过裙子、丝袜、高跟鞋等女性化的着装。所有人对于美尤其是女性美都没有概念，甚至温斯顿一开始只能通过偷摸妓女来得到机械化的性快感。小说中的统治者极力消解个体的特殊性而使所有人都成为集体的无名的一分子。小说中的这一切反常，受到了女性意识觉醒的裘莉亚的反抗。她不满足于大洋国泯灭女性身份的行为，认为：“总是生活在女人臭里！我真恨女人！”① 这憎恨在于这些“女人”都不再是真正意义上的女人，如同温斯顿的妻子一般只当自己是个“党员同志”，对性生活充满抗拒乃至恐惧，同时，她们作为党员同志从不化妆，只能穿规矩的制服，极力掩藏自身的性别特质。这样的压抑让性意识强烈的裘莉亚产生反抗心理。她首先唤醒自己的肉体，通过性爱享受自己作为女性的肉体快感，紧接着在外貌形象上改变自己，通过化妆进一步突出自己的女性气质，将自己从“无性别”的党员同志身份下解放出来。正如裘莉亚所说，“在这间屋子里我要做一个女人”②，从而喊出了她对自身“女性”身份的追求。但是。裘莉亚的觉醒一定程度上只浮于她的外表，她开掘了自己的容貌美、身体美，却无视其精神之美。她在这间“安全”的房屋内让自己成为一个“女人”，穿裙子、化妆、享受肉体的快感，但在思想上并没有试图寻求解放：她不怎么喜欢读书，对党的权威加以回避，她的视野局限于自己当下的生

① ［英］乔治·奥威尔：《一九八四》，董乐山、傅惟慈译，上海译文出版社 2006 年版，第 117 页。

② ［英］乔治·奥威尔：《一九八四》，董乐山、傅惟慈译，上海译文出版社 2006 年版，第 129 页。

活，局限于肉眼可见、肉身可感的性欢愉，但对精神的自由不曾提出渴望，如同温斯顿所说的“你只是一个腰部以下的叛逆”①。

由以上分析可见，“反乌托邦三部曲”中的女性形象都带有极权社会特定描写的烙印，三位男性作家笔下关于女性的描绘仍受到种种困境的局限：两性的性爱关系模糊，性与爱在作品中遭到分割；女性的身份残缺，往往只有单薄平面的形象；女性的话语权受限，既受制于文本中的男性主人公又受到男性作者的控制。

二 爱意残缺、话语残缺与身份残缺的女性困境

在“反乌托邦三部曲”中，作为人性本能的性爱受到了极权政府不同程度的管控：《我们》中必须通过粉红票子完成性对象的分配，时间地点都受到严格限制；《美丽新世界》中“每一个人属于每一个人”，性交仅仅是行为而没有一对一的爱情关系，也不需要承担义务；在《一九八四》中则推行禁欲主义，只提倡在夫妻间为了生育后代而性交。“反乌托邦三部曲”中的性与爱不产生必然的联系，两者完全割裂而使人失去“爱”的能力。统治者通过对性的管控来控制人们的思想与行为，于是人们也通过性的结合来反叛极权，“性”同样成为一种政治反抗的手段。《一九八四》中的温斯顿正是将自己与裘莉亚第一次在黄金乡的幽会看成是一件“政治行为”。不仅仅如此，《我们》中的O－90渴望通过性爱为D－503留下独一无二的后代。《一九八四》中的温斯顿与裘莉亚逐渐在性交往中产生爱情。虽然“性”是政治反抗的工具，但爱的本能也使他们通过这一方式萌生了独特的“自我”，从“无我”的极权中觉醒过来。可惜的是，不论是《我们》《一九八四》中成为政治反抗工具的“性”，

① ［英］乔治·奥威尔：《一九八四》，董乐山、傅惟慈译，上海译文出版社2006年版，第141页。

还是《美丽新世界》中单纯地为性而性，极权统治下被割裂的性与爱都无法产生正当、合理的联结：莱妮娜与野人约翰，一个只知道性而不认识爱，另一个则空洞地秉持着将女性完全符号化观赏与操纵的“爱”之规约；裘莉亚的爱败给了温斯顿对老鼠本能的恐惧；O－90对D－503的爱仅仅止步于O－90单方面的表达，得不到尚未觉醒的D－503的回应。真正的爱在小说中没有萌芽成长的土壤，小说主人公们最终面临的也都是反叛的失败。作家们在描写“反乌托邦三部曲”中的女性时多集中刻画其“性”行为、性表现，而对女性从中感受到、表达出来的爱却缺乏表达，或因笔力不济，导致女性成为性/爱割裂的受害者，成为一具“无爱”的肉体。

小说中的女性面临的不仅是爱的匮乏，还有身份的单一。社会语境下的女性通常拥有诸如妻子、母亲、姐妹等多重身份，以对应女性在不同社会关系中的地位，而多重身份、多种性格则共同构成一个完整、立体的女性形象。但是，“反乌托邦三部曲”中的女性往往刻画单一，徒具轮廓。如同《我们》中的镜像女性所表现出来的那样，小说中的女性形象往往会陷入笼统刻画的窠臼，缺乏特色。更令人瞩目的现象是，三部曲中的女性形象往往与“母亲”的身份割裂。在“反乌托邦三部曲”中，“母亲”这一词语的出现频率少之又少，“母亲”在“反乌托邦三部曲”中几乎被弃置、被牺牲。在《我们》中，性是一件“供应品”，以享乐为目的的性不再带有生殖的功用。O－90想要拥有一个D－503的孩子需要冒着被关进恩主机器的风险。彰显她母亲身份的日益变大的肚子使得她无法在文明社会继续生存，最后只能被I－330送往“绿墙”外，与所谓的原始人一道生活，才能有生下孩子的希望。当然，她的孩子可能也是这个“乌托邦”的希望，是新的“弥赛亚”将要诞生的昭示。①

① Thomas Horan, “Revolutions from the Waist Downwards: Desire as Rebellion in Yevgeny Zamyatin's ‘We’, George Orwell's ‘1984’ and Aldous Huxley's ‘Brave New World’”, *Extrapolation* (*University of Texas at Brownsville*), Vol. 48, No. 2, 2007, pp. 314－339.

同样的生育境况也发生在《美丽新世界》中，而《美丽新世界》对于生育、母亲的反对态度更为鲜明。小说展示了另类的现代受孕过程：精子、卵子、卵巢都被剥离人体，在容器中进行受孕。当女性身上最特殊的器官——作为生育之用的子宫有了替代品之后，“母亲”这个名头也就可有可无了。因此，在“世界国”里，母亲是一个较之父亲更为下流的词语。由此在“世界国”出现了特殊的“雄化雌体”——被剥夺子宫这一器官的女性。同时，占大多数的生育期女性却受到节育带、节育操的规约。在作者的设置下，“世界国”唯一胎生的约翰只能在野人保留区内出生，身为“母亲”的琳达也无法对“母亲”身份产生认知或感同身受，并日渐衰老、丧失活力。这种所谓的文明社会弃置了母亲身份，使得女性的性别身份越发单薄。

与《美丽新世界》相反，在小说《一九八四》中，“母亲”这一词语被保留下来，极权政府只推崇以生殖为目的的性爱活动，但由此出现的“准母亲”形象凯瑟琳却非常平面而灰暗。凯瑟琳被温斯顿称为“毫无例外是他所遇到过的人中头脑最愚蠢、庸俗、空虚的人”①。这样的凯瑟琳对性爱充满抗拒，将为生育而进行的夫妻行房视为“任务”，最终也与母亲角色无缘。而书中的另一位母亲“派逊斯太太”则让人完全体会不到母亲角色的美好：她“是一个面容苍白憔悴的女人，头发稀疏，满脸皱纹……好像她脸上的皱纹里嵌积着尘埃”②。这些党内的母亲无一不是在精神上奄奄一息，失去身为女性的活力。温斯顿自己的母亲也早已在多年前就消失了。作者在小说中反复暗示温斯顿的母亲和妹妹是为了温斯顿而消失的：

---

① ［英］乔治·奥威尔：《一九八四》，董乐山、傅惟慈译，上海译文出版社 2006 年版，第 76 页。

② ［英］乔治·奥威尔：《一九八四》，董乐山、傅惟慈译，上海译文出版社 2006 年版，第 19 页。

“她们所以在下面是因为他在上面……她们的脸上或心里都没有责备的意思，只是知道，为了使他能够活下去，她们必须死去。”① 在母亲和妹妹没有消失以前，温斯顿对她们的态度也是很值得商榷的：“她认为他是个‘男孩’，分得最多是当然之理。但是不论她分给他多少，他总是嫌不够……她如果不给他多盛一些，他就气得大喊大叫，把锅子和勺子从她手中夺过来，或者把他妹妹盆中的东西抢过来……他甚至觉得自己有权这么做。”② 温斯顿的自私，他所认为的“自己有权这么做”，都在无形中体现了男性权力对女性的压制。可见，当温斯顿不再需要“母亲”这一形象时，温斯顿的母亲也就消失了。

天使、怪物或者母亲，都不能真正代表一个完整、丰满、立体的女性形象，她们都只是受到作家们任意操纵的人物木偶。单薄的女性身躯又如何能与父权之笔、极权社会抗衡呢？从各种意义上，“反乌托邦三部曲”中的女性都被剥离为苍白的剪影。女性以身份残缺之躯，往往在男性面前居于下风，成为沉默的被注视者、被规训者。正如福柯所提出的“话语即权力”③ 的哲学命题，在“反乌托邦三部曲”中，女性是符号化、物化的存在，其身份的残缺也注定了话语的无力：文本中的对话与发言都是服务于情节、服务于男性反叛极权意识的展示，而没有表现自身（塑造个性形象）的能力，亦即缺乏为自己“发声”的权力。“反乌托邦三部曲”作为男性作家书写的以男性为主人公的作品，女性不仅在作品中缺位，在作家

① ［英］乔治·奥威尔：《一九八四》，董乐山、傅惟慈译，上海译文出版社 2006 年版，第 27—28 页。

② ［英］乔治·奥威尔：《一九八四》，董乐山、傅惟慈译，上海译文出版社 2006 年版，第 147 页。

③ ［法］福柯：《话语的秩序》，载《语言与翻译中的政治》，许宝强等译，中央编译出版社 2001 年版，第 3 页。（或见陈怡含编译《福柯说权力与话语》，华中科技大学出版社 2017 年版。）

的观念与思想中同样是附属于男性的存在，或者说作为爱情的所指而存在，其主体性同样缺位。

“反乌托邦三部曲”作为政治讽喻性的文本，本身就包含了无数道“凝视的目光”。在《我们》中，有无处不在的巡逻机和警察，人人生活在拉开帷幕的玻璃房内，透明的一切意味着来自极权政府无处不在的凝视。同样，在《一九八四》中，温斯顿的生活受到电幕的监视，受到秘密警察的看管，全方位地暴露在“老大哥”的目光之中。他们时刻处于极权政权的监督与规训之中，这种规训权力既是毫不掩饰的，又是绝对“审慎”的。说它“不掩饰”，是因为它无所不在，无时不警醒着，因为它没有留下任何晦暗不明之处，而且它无时不监视着负有监督任务的人员；说它“审慎”，则是因为它始终基本上是在沉默中发挥作用。① 面对这样的目光，文本中的男性也在精神上处于一种彻底无权的女性的位置。② 有研究者认为，这种极权对民众的凝视使得小说中的男性角色也被放置到了同女性一般的“他者”身份与无权地位，因此温斯顿才会对极权有着疯狂的反抗意识，在无处不在的、令他“他者化”的目光之下，他对裘莉亚说出“你有过的男人越多，我越爱你”。③ 这句话是温斯顿对自己男性身份的确认与彰显，他渴望通过对裘莉亚的性爱，通过对裘莉亚的“为所欲为”来恢复自己的男性气质，实现自己的男性身份。

而文本中的女性，她们受到的凝视是双重乃至多重的。一方面她们同样经历着来自极权政府的凝视，另一方面她们还是男性（包括作品内的男性形象，男性作者乃至男性读者）的凝视对象。在赫

① ［法］福柯：《规训与惩罚 监狱的诞生》（修订译本），刘北成、杨远婴译，生活·读书·新知三联书店 2012 年版，第 200 页。

② 奥威尔最初将这部小说定名为“欧洲最后一个男人”，即意指小说主人公温斯顿·史密斯男性地位的丧失。

③ ［英］乔治·奥威尔：《一九八四》，董乐山、傅惟慈译，上海译文出版社 2006 年版，第 113 页。

胥黎的《美丽新世界》中，所有女性都是被物化的存在，其表现完整地契合福柯的规训理论："用不着武器，用不着肉体的暴力和物质上的禁制，只需要一个凝视，一个监督的凝视，每个人就会在这一凝视的重压之下变得卑微，就会使他成为自身的监督者，于是看似自上而下的针对每个人的监视，其实是由每个人自己加以实施的。"[①]《美丽新世界》中的所有女性都生活在男性的凝视目光之下，对其外貌的品评是这一凝视目光的最常见形式，而女性也以收到的凝视目光的多寡来判定自己的受欢迎程度。因此，最美但也最受规训的莱妮娜对自己的认知从来都只局限于自己被凝视的外表：看到男伴心情不虞，她会认为是因为自己太丰满而引人讨厌。琳达起初也是因为畏惧来自他人的、对自己怀孕的肚子的凝视及其目光中包含的不屑意味而没有及时离开野人保留区。

女性经受的不仅仅是无处遁逃的凝视目光，在这样的目光之下她们甚至没有自我辩解的权力。在"反乌托邦三部曲"中，有两部作品采用了男性叙述视角，一部作品是全知视角的讲述，但无论如何，作品中女性出场、发言的场景都只占较小的一部分。不言自明，女性在小说文本中的隐没，本身就意味着女性"没有说话的权力"，这一权力被"移交"到了男性手中。在《一九八四》中，最鲜明的情节就是当温斯顿与裘莉亚为了加入反叛组织而在奥勃良的房间内密会时，奥勃良全程的关注点都是在温斯顿的身上，他"坐在椅上略为侧过身来，可以对着温斯顿。他几乎把裘莉亚撇开在一边不顾了，大概是视为当然地认为，温斯顿可以代表她说话"[②]。而当裘莉亚离开后，"她走后一关上门，他就似乎忘掉了她的存在了"[③]，最

① 李银河：《女性主义》，上海文化出版社2018年版，第114页。

② ［英］乔治·奥威尔：《一九八四》，董乐山、傅惟慈译，上海译文出版社2006年版，第156页。

③ ［英］乔治·奥威尔：《一九八四》，董乐山、傅惟慈译，上海译文出版社2006年版，第160页。

为可怖的就是“他可以代表她说话”的权力。在波伏娃的《第二性》中，“女人不是生而为女人的，而是被造为女人的”[①] 这句话，其背后同样包含“男人可以代表女人说话”这层语义。作者既创造又囚禁了他虚构出来的人物形象，他一方面赋予其笔下的人物形象以生命，另一方面他又剥夺了她们的主体性，迫使她们沉默。[②] 当女性无法发声又时刻被凝视时，她们就仿佛花瓶般被放置、被观看、被禁言，在“反乌托邦三部曲”中作为沉默、残存的爱情召唤而存在。

三 “她”性别的消失与男性“造物”的局限

反乌托邦文学无疑是“走在时代前列”的，它是对乌托邦概念、思想及其社会改造运动的一次反省与清洗，是针对乌托邦中“恶”的部分的批判，通过展示“恶”及其后果的方式来反对传统乌托邦的反人类性。但在批判的过程中，让人心惊的不仅是极权带给人的窒息感，还有父权制下女性境遇的每况愈下。《我们》中的女性形象是镜像化、刻板化的；《美丽新世界》中的女性被剥夺了独特的生育权利，女性更像是一具物化的肉体；《一九八四》中的女性则是去性别化的、缄默的。女性在反乌托邦文学的描绘中被扼杀活力，面临的是“她”性别的行将消失。

“她”性别的消失，首先表现为对女性整体的切割。为了能够嵌入父权制下的生存框架，女性被抽象化为两类形象：温柔、包容、慈爱、孕育的母性/天使形象与邪恶、残暴、诱人犯罪的荡妇/妖女形象。天使形象是塑造出来的空洞假象，妖女形象则是对女性的极

---

① ［英］乔治·奥威尔：《一九八四》，董乐山、傅惟慈译，上海译文出版社 2006 年版，第 160 页。

② ［美］桑德拉·吉尔伯特、［美］苏珊·古芭：《阁楼上的疯女人：女性作家与 19 世纪文学想象》（上），杨莉馨译，上海人民出版社 2015 年版，第 181 页。

端丑化。实际上女性并不是简单二元对立的形象，如同灵与肉无法割裂存在，“纯洁”的爱与“放荡”的性同时存在于女性体内，对女性进行强制性切割后的产物自然不能再称为“她”。如《我们》中的女性公民 O－90 与 I－330，作家在刻画两个人物形象时采用了鲜明的对照手法，但小说中的 O－90 是在 I－330 的帮助下才成功逃到了绿墙外，尽管 I－330 反叛革命失败，而 O－90 肚子里的生命则孕育了革命的新希望与新未来。因此，只有 I－330 和 O－90 一体，只有将女性的两类特质结合、以复杂多元的眼光看待女性，才能看到真正的女性。

女性除了被切割之外，还有一类女性“消失”得更为彻底。这一类女性被彻底工具化，成为“子宫”“阴道”的符号代表。例如《一九八四》中的女性，被遏制性欲的同时被灌输生育的神圣性观念，女性子宫独特的生育功能，成为女性一切不幸遭遇的根源。在美国作家玛格丽特·阿特伍德（Margaret Atwood）的女性主义反乌托邦小说《使女的故事》中，出生率的逐年降低使得社会进入危险的老年化时期，为了改善社会现状成立了宗教性的国家“基列国”，国中无数有着生育功能的女性成为“使女”，在为指挥官产下婴儿后转到下一家继续履行职责，成为流动的“子宫”。传统中国社会中男性的人生目标之一是“娶妻生子”，两个动作紧密联系，在其中女性的作用即是传宗接代，除此之外似乎并没有更高的价值被承认。另一类女性则是为满足男性性欲而存在，例如《美丽新世界》中的莱妮娜，她存在的唯一合理性，就是作为给男性带来快感的性工具。对女性的两种工具化使用，满足了男性延续后代的精神需要与发泄欲望的肉体需要，而在工具化的过程中女性已丧失了“人”的属性，更遑论作为“女性”而存在的丰富性与鲜活性。

当然，小说中还有为数极少的女性，凭借自己的能力，摆脱了被切割、被工具化的处境，发挥出相对较大的价值，站到了与男性相近的位置。例如《使女的故事》中的弗雷德夫人，对法律、政治的了解让她帮助弗雷德指挥官不断晋升高位，弗雷德夫人也因此能够区别于工具化的使女们而过着更为体面的生活。但是，与父权阶层为伍的代价就是无可避免地被“他”性化，弗雷德夫人不再拥有自己的名字，也失去女性特有的生育能力，成为“披上男性外衣”的假男人。既然如此，她也不再是女性的“她”了。

遗憾的是，“反乌托邦三部曲”中存在的“她”性别的消失，以及由此带来的“爱”与“希望”的消失，至今尚未引起研究者的足够重视。爱是存在于两个完整的、平等的个体之间的美好情感，但女性长久以来的“第二性”地位显然无法使之与男性处于平等的状态，无爱的两性关系令人类世界满目荒芜；而比荒芜更可怕的，是荒芜的无穷无尽，没有希望。希望的下一代孕育于女性的子宫，但不带有人类意志的工具化子宫能够带来新生吗？在《美丽新世界》中，母亲琳达在保留区产下野人约翰，但是只是一具“肉体”；没有被赋予生育期待和人格精神的琳达，其孕育的孩子也没有办法在“世界国”生存下去，孩子最后自缢而亡。《一九八四》中的派逊斯太太作为子宫而生产，生下的却是一堆会告发自己父亲的“非人”……如果放任各种形式下“她”性别的消失，随之而来的就是“爱”这一基本情感的消亡与人类希望的消失，更遑论实现以“美好生活”为目标的“乌托邦”。

毫无疑问，性别政治中存在的种种奴役、压迫、不平等甚至“她”性别消失等现象，男性、男权以及“菲勒斯中心主义”难辞其咎。历史上曾有一个“母系制”的社会时期，然而，随着人类进入农耕文明时代，父系制很快取而代之，女性随后进入漫长的、至今不见曙光的“第二性”时期。在数千年的顺从和习惯中，广大女性也常常忘却自己的生命尊严和正当身份，恭顺谦卑地作为子宫、作为性的被使用者而生存。可以说，对女性的占有与控制最鲜明地体现在对性的管控上。法国思想家福柯在《性经验史》的第一卷讲述了自16世纪以来性话语在西方世界经历的表面压抑与实际增加。在16世纪，性话语还是无处不在、无所顾忌的，但到了17世纪，性被限制在了卧室，成为绝大多数时候“不准看、不准说、不准听”的存在。资本主义的发展使得人口（劳动力）成为多多益善的急需品，因此卧室里的“性”、生育繁衍的“性”成为官方认可的对象，而享乐性质的“性活动”阻碍了劳动力的最大限度开发，从而被禁止、压抑（类似的场景也出现在小说《一九八四》中）。伴随着资本主义的发展，这一对待性的态度不断被强化，但“性”这一人的动物性欲望是无法被形塑的，为了维持唯一神圣的生育之性，就需要把其他冒头的性欲望冠以罪恶之名，于是出现了18世纪以“忏悔”为名义的性话语的泛滥。本来平淡无奇的性被二分为“正当的/邪恶的”，而对性的否定性谈论反而以另一种形式打破了对性的压抑，让性成为资本社会无处不在、四处游荡的幽灵。福柯指出：“性不仅仅是被批判的对象，它还是被管理的对象，它属于公共的权力，它要求有各种管理的程序，它还必须由各种分析的话语来承担。”①在此过程中，对“正当”的性的需求让女性成为被管控的“妻子”，对“邪恶”的性的需要则让女性背上骂名，被钉在“荡妇”“妖女”的耻辱柱上。资本通过不断地运作将性牢牢把控在手中，同时完成对女性的形塑，以更好满足父权制、满足资本发展的需要。于是，对待性的表面压抑与对待女性的“漫不经心”，成为最常见的社会现实。男性成功地“创造”了一个女性约等于生育、约等于性的社会。

在文学领域，男性作家就像造物主创造出世界那样“创造”了他小说中的父权思想，这是而且一直是西方文学发展史上压倒一切的思想。这一思想的力量是如此强大，以至于……这一比喻正建构

① ［法］米歇尔·福柯：《性经验史》，佘碧平译，上海人民出版社2011年版，第16页。

于作者（author）这一单词的意义之上，正是通过这一单词，作家、神圣和男性家长的身份获得了确认。[①] 对于“反乌托邦三部曲”中女性的具体描绘，受到了男性作家们个体经验的影响。《我们》的作者扎米亚金在刻画小说中的女性形象时倾注了自己的思想，并受到俄罗斯传统文化的影响。《美丽新世界》的作者赫胥黎对女性的态度则可以通过他 1958 年新写就的《重返美丽新世界》来一窥端倪。从其自叙中可以了解到小说中女性被剥夺生育功能的原因或目的：控制人口增长。“在我的寓言小说中，‘新世界’高效地解决了人口与资源之间的矛盾，通过精确计算，世界人口维持在最合适的一个数量上，一代又一代，人口总数始终不变。”[②] 因此，在《美丽新世界》中，“母亲”这一称呼令人恶心，女性被剥夺生育功能，子宫成为摆设，少数可以生育的女性也受到严格的管控——一切为了人口均衡。但当被问及“为何不是‘父亲’的称呼被弃绝，‘阴茎’被划分为男性身上的无用器官”这样一个尖锐的问题时，作者对待女性的态度就呼之欲出了。往往是在下意识之中，女性就成了延续数百年的父权制可以呼之即来挥之即去的物件。《一九八四》的作者奥威尔对待女性的态度倒是有迹可循。美国女性主义批评家达芙尼·帕蒂（Daphne Patai）所著的《奥威尔之谜：男性意识形态的研究》一书对奥威尔的作品作了较为系统的女性主义批判。帕蒂认为贯穿奥威尔全部作品的一条主线就是他的男子中心论思想，其作品的核心思想就是坚定地相信性别等级制度，相信男性至高无上的中心地位。[③] 也有研究者针对其作品表示“奥威尔的小说说明女性在大洋国的生活在许多方面都与她们在奥威尔生活的社会中的处境相似，

---

① ［美］桑德拉·吉尔伯特、［美］苏珊·古芭：《阁楼上的疯女人：女性作家与 19 世纪文学想象》（上），杨莉馨译，上海人民出版社 2015 年版，第 4 页。

② ［英］阿道司·赫胥黎：《重返美丽新世界》，庄蝶庵译，北京时代华文书局 2015 年版，第 8 页。

③ 王小梅：《女性主义重读乔治·奥威尔》，博士学位论文，北京外国语大学，2004 年。

而这一部分没有成为他谴责的内容。奥威尔抨击了老大哥的统治，但从没有注意到他本人也是这种男性极权的完美化身"①。种种证据与迹象都表明，奥威尔对女性的轻视由来已久。可见，正是作家们的社会经历与当时社会中男性对女性的固化观念，造成了"女性"趋于消失的恶果。

四　性别"乌托邦"的新尝试与性别平等的人本化

面对自身性别的消失危机，女性们并非无动于衷。一部分先见之士开始了漫长的建构女性主义乌托邦的尝试。16 世纪莫尔的小说《乌托邦》开启了乌托邦文学的先河，"乌托邦"一词意味着无限可能性，它受到了当时对新世界的新近"发现"的鼓舞。② 然而，到了 20 世纪初，"乌托邦"被曾经的追随者们弃置了。美国学者拉塞尔·雅各比在《不完美的图像》一书的前言中指出，20 世纪的重要知识分子如卡尔·波普尔、以赛亚·柏林等人，他们首先被一种模糊的乌托邦式马克思主义所吸引，接下来，一种残暴得露骨的斯大林主义又激起了他们的反感，于是，这些"自由主义的反乌托邦主义者"（liberal anti-utopians）推进了对更加广泛的极权主义意识形态的批判。③ 这一段话同样说明了"反乌托邦三部曲"的诞生背景：源于男性作家们对"乌托邦"式社会设想的反思与警示。20 世纪二三十年代是战争的年代、萧条的年代，也是男性们"乌托邦"式社会梦想破灭的年代。但截然不同的，它同样是女性主义者们兴起的

---

① Daphne Patai, "Orwell's Despair, Burdekin's Hope: Gender and Power in Dystopia", *Women's Studies International Forum*, Volume 7, Issue 2, 1984, pp. 85 – 95, https://doi.org/10.1016/0277 – 5395 (84) 90062 – 1.

② ［美］拉塞尔·雅各比：《不完美的图像：反乌托邦时代的乌托邦思想》，姚建彬等译，新星出版社 2007 年版，第 8 页。

③ ［美］拉塞尔·雅各比：《不完美的图像：反乌托邦时代的乌托邦思想》，姚建彬等译，新星出版社 2007 年版，第 6 页。

年代。接连两次世界大战使得大量原本属于男性的工作岗位出现空缺，越来越多的女性得以走出家庭、走向社会。女性解放自身的第一步就是进入经济领域，并拥有一定的经济收入。恩格斯在《家庭、私有制和国家的起源》中指出，女性受压迫的根源是私有财产制度这一经济秩序的社会组织，并表示“妇女解放的第一个先决条件就是一切女性重新回到公共的事业中去”①。他的这一理论成为社会主义女性主义们的信条，激励一部分女性为了实现“新乌托邦”而努力。

从20世纪二三十年代起，众多女性在社会、政治等广泛领域同样开始发声。尽管早在1792年，英国女作家玛丽·沃尔斯通克拉夫特发表了《女权辩护》的著名宣言，批判了女人生来就是男子附庸的观点，并明确提出妇女应当在政治、教育和工作方面享受与男性同等的权利。然而，直到20世纪60年代后期掀起的第二次女性主义浪潮，人们才进一步扩大范围，展开了对“西方知识传统”的批判，并努力厘清妇女的本质和文化构成。而第三次女性主义浪潮则始于1992年丽贝卡·沃克发表的一篇名为《成为第三次浪潮》的文章，凸显其与第二次浪潮的区别，强调男女两性的差异性，主张认同的多样化。

曾经，女人由于显不出能力和受到隔绝，既不能找到自己的位置，也不能衡量自己。② 而进入经济领域的努力和在社会上的不断争取让女性认识到自己身上的“她”性别，也让这一性别在社会上重新出现，并且对社会、对男性的书写产生影响。但仅有经济、政治、社会领域的争取是不全面也是不足够的，文学领域的“厌女症”和对女性的歪曲性书写还等待着人们的擦拭与重写。法国的女性主义学者埃莱娜·西苏指出：“迄今为止，写作一直远比人们以为和承认

① 《马克思恩格斯选集》第4卷，人民出版社2012年版，第85页。
② ［法］波伏瓦：《第二性》，郑克鲁译，上海译文出版社2011年版，第476页。

的更为广泛而专制地被某种性欲和文化的（因而也是政治的、典型男性的）经济所控制。这就是对妇女的压制延绵不绝之所在……在这里妇女永远没有她的讲话机会。因为写作恰恰正是改变的可能，正是可以用来反叛思想之跳板，正是变革社会和文化结构的先驱运动，所以前面提到的就变得更加严重并不可原谅了。”① 由此她提出了“女性书写”理论。诚如西苏所言，女性也希望在文学领域做一个“真正的女人”。直到19世纪初，勃朗特三姐妹还只能以男性的名字出版书籍，一直以来女性形象在男性作家笔下被恣意涂抹等，这些都是女性想要改变的现状。因此，众多女性的合力付出，使西方女性主义文学批评先后经历了三个阶段：抨击立足于生理差异的“阳物批评”，以自身女性视角解读作品，更加理论化全面化的“女性诗学”批评。女性在文学创作、批评领域的砥砺前行，让这一性别以不容忽视、不容歪曲的姿态存留在文学历史中，也在人类历史中彰显出健康、娇美的身姿。

在根据加拿大作家玛格丽特·阿特伍德（Margaret Atwood）同名小说改编的电视剧《使女的故事》第三季中，华盛顿的使女们被剥夺说话的资格，所有使女面罩下的嘴巴都被钢圈禁锢。毫不夸张地说，这一具象化的画面，象征性说明了女性为争取自身的发言权进行的数十年乃至数百年来的艰辛抗争。赫胥黎曾在《重返美丽新世界》中表示，自由之精神，甚至是对自由的渴慕之情，似乎也正逐渐消退，而在世界其余地方，个人的自由或者早就不复存在，或者明显在消失。② 美国学者拉塞尔·雅各比同样认为，乌托邦思想的衰弱与西方想象力的日益枯竭不无关系：乌托邦沉思的死亡，源于比

---

① ［法］埃莱娜·西苏：《美杜莎的笑声》，载张京媛主编《当代女性主义文学批评》，北京大学出版社1992年版，第192页。

② ［英］阿道司·赫胥黎：《重返美丽新世界》，庄蝶庵译，北京时代华文书局2015年版，第4页。

自由主义的反乌托邦主义者的成功更多的东西……包括正在衰退的现代想象的力量。历史不仅影响着选举和战争，也影响着我们思考和想象的方式。想象力——乌托邦沉思的源泉——是否可能已经丧失了其活力?[①] 在这种现代文明的整体沉降中，令人欣喜的现象是，对自由的渴望与想象力的迸发在更多的女性身上展现出来——女性渴望摆脱附属地位，想要做一个“真正的女人”。更有不计其数的女作家发挥想象，通过女性主义“新乌托邦”与“反（旧）乌托邦”文学的写作来展望一个或许更好、或许更坏的未来。女性们看到了自身本应该是“第二性”之外的平等身份，因此，女性对一个新的、失落已久的“性别乌托邦”的建构值得被重视。乌托邦思想不仅仅是由白日梦和涂鸦组成的，它产生于当代的政治现实中，并且又重新回到当代的政治现实……它即刻分享今天的有限选择，同时分享明天的无限可能性。[②] 女性以几百年的历史反复抗争、发声、行动所想要建构的乌托邦，应该是一个男女平等的两性社会，而这个崭新社会的建立需要男性与女性的共同努力。

艾琳·布莱尔（Elaine Blair）在《纽约书评》（*The New York Review of Books*）上刊登的一篇评论波伏娃的文章指出，她（波伏娃）的首要目标是唤醒女性从更加完整的历史和哲学视角去认识自身与男性之间的关系，然而，她的另一个目标虽然次要却同样真诚：唤醒男性去认识这种关系。在对抗一切不公正的斗争中，男性和女性应当并肩作战，在《第二性》中，没有任何论述与这种观念相抵触。[③] 男性与女性的平等，不应仅仅是女性对自身权益的争取，而是

① ［美］拉塞尔·雅各比：《不完美的图像：反乌托邦时代的乌托邦思想》，姚建彬等译，新星出版社 2007 年版，第 7 页。

② ［美］拉塞尔·雅各比：《不完美的图像：反乌托邦时代的乌托邦思想》，姚建彬等译，新星出版社 2007 年版，第 193 页。

③ 文章名为“Elaine Blair on Simone de Beauvior”，经翻译后的文章内容详见 https：//weibo. com/ttarticle/p/show? id＝2309404446118594347059。

人类对一种更优社会状态的共同追求——也即“更好的解决办法”。但以下这一点往往为大多数人所忽略：在当下仍只有女性在为了摆脱自身“第二性”的身份而努力，这种努力中更不乏有人走向歧路。例如在中国互联网中，一种新兴的“田园女权主义”即有着向性别倒换的极端情况发展的趋势：女性以自身的“弱势处境”为理所当然之由，对男性提出更多要求，反倒成为可耻的女性“红利”享受者。这无疑是打着“平等”的名号来制造新的不平等。反观西方女性运动几十年的发展，再结合无数文本中对女性处境的描写与解读，一个应该达成的共识是：解放、发展女性绝不是单纯指向男权的对立和斗争，而是实现女性自身作为“人”的自由与全面发展；同样，男性自身的作为“人”的发展，也应是我们不可忽略的题中应有之义。

这就要求我们分三步走：首先，女性要在社会层面获得独立与自由，确立同男性平等的“人”的地位，这才是真正的“平权”。这在文本中的表现就是《美丽新世界》中的莱妮娜，应该从“一块肉”转而成为“一个人”，同样在现实生活中，应该舍弃女性是“传宗接代”之工具的陈旧观念，将婚姻视为爱的结合。也不可如《美丽新世界》中仅仅将女性作为男性“炫耀之资本”，肆意挥霍消费主义下物化的女性，而是让“男性”“女性”和“人类”一样成为没有区别性的词汇。其次，应该在充分尊重两性个体差异、保障两性生理差异的基础上，实现女性的解放与男女性别的平等。“平等”不是“等同”，虽一字之差内容却截然不同，男女两性平等的实现并不是女性向男性的靠齐，不是所谓的等于男性，而是各自焕发光彩。《一九八四》中的裘莉亚像男性一样装束、行事，并不是说她就实现了与男性平等的地位，反之，这是对她女性内在的一种更为深刻的压抑。中国历史上的花木兰、杨门女将等，她们被赞誉为“巾帼不让须眉”，但人们投向她们的目光注视到的仍然是向男性靠齐的次等性别，是男性无可奈何之际出来顶替的“替补男性”，这绝非女性努力的方向。曾经被国家意识形态称颂的“妇女能顶半边天”，同样是这一迷障之下的误解：对女性的要求往往忽视了其生理上与男性的差异，而盲目追求“等同”。女性的生育、哺乳等作为其独特的生理机能，应该受到正视与尊重，女性的产假、例假等健康保障都应是其最基本的权益。女性真正需要的是找到适合自己的领域，因势利导发挥自己个体的长处。最后，更进一步而言，对男、女性别的僵化认识也应被打破。美国学者、后女性主义思想家朱迪斯·巴特勒（Judith Butler，1956—　）认为性别是一套表演体系，当婴儿出生后被父母喊出性别时，就是一个被“述行”（performantivity）的过程。① 但人作为个体是丰富的、复杂的生物，不应被束缚在一个性别框架之内，没有哪一件事情是男性做得而女性做不得的，也没有哪一件事情是女性可以做而男性决不能做的。男性与女性都应打破自己的固化观念，以更包容的眼光去看待两性之间的关系，更为动态、发展地看待性别的无限可能性。在 20 世纪上半叶的中国，女性曾经要么是听从父命的“女儿”，要么是等于男性的“妇女”，但“女人”这一词语始终得不到正视，这也就使得男女之间的关系始终处于畸形状态。在当下，摆脱性别固化的窠臼，尊重乃至欢迎差异的存在，实现包容互补，才是性别问题“更优”的解决方法。

女性解放的程度是衡量社会解放的天然尺度。将男性经验下的文学文本做一番女性主义的文学批评，并再次把视角移向对两性关系的思考，借“反乌托邦三部曲”的创作话语来反思女性的当下及未来发展，从对社会制度、革命的思考层面进而落实到两性平等发展的社会实践中去，是女性主义研究的最终目的。作为最负盛名的

① ［美］朱迪斯·巴特勒：《性别麻烦：女性主义与身份的颠覆》，宋素凤译，上海三联书店 2009 年版。

"反乌托邦三部曲"，三部小说在一定程度上描绘的即是随时可能成为现实的可怖未来，小说中对女性生存地位的描绘也应引发我们的警惕与思考。尽管女性"反抗"式的性别政治状态，已经被很多有识之士视为过时与不可取，但是人们仍然要随时做好这种心理预期，因为现实中的丑陋与惰性常常将本来无害的"末路狂花"逼迫成"致命女人"。譬如，2019 年上半年美国多个州通过的"反堕胎法案"就如同是"极权主义"的一次预演，不少女性身着红色长袍表示抗议，更让人仿佛看到《使女的故事》成为现实。为何当下的社会似乎与性别"乌托邦"的蓝图渐行渐远？现代想象力的枯竭、自由渴望之精神的失落是原因之一，而男女不平等导致的社会结构之歪曲才是结出上述"苦果"的根源。也许，是时候展望一个女性"乌托邦"的建构了。面对性别之差异，女性要时刻牢记自己作为平等的"人"的身份，既要警惕被全然物化的命运，不蔑视也不滥用性，实现女性自身的存在与价值；亦要注意不被去性别化，彻底剥除女性特质而以男性的标准生存；更要注意，无须全然与男性对立而妄图"轮转"。简言之，女性既不应该是落居后位的"第二性"，也不会是超越男性的"第零性"；同样，"性别平等"也应该是男性铭记并实践的事实，平等的交往与合理的分工才能让社会更为健康地发展。实现男女两性主体性的平等，并在此基础上尊重性别与个体的差异性，互相包容、互相补足，这才是女性与男性的真正平等，才是一个值得期待的"乌托邦"。

第三章

跨文化裂变的女性创伤与跨媒介流传的女性体验

当前，整个世界正在以超出人类历史上任何一段时期的速度快速演变，而我们中的绝大多数人仍不愿走出现有的条条框框。所谓“识时务者为俊杰”，尽管有时“改变”意味着痛苦，但是当今时代的“变化”日新月异且势不可当。对待文学经典的历史演变，我们应该淡然处之；对待文学经典的当代剧变，也应该有充分的心理准备——既要心存敬畏又要敢于改变。

一　作为他者的女人与历史书写的撕裂

无论女性主义理论出现与否，每一个生活在由男性声音主宰之下的女性肯定都曾经懵懂地意识到过自己那无奈的命运与劣势。然而，时代总是不乏一些眼光深邃、富有卓见的思想者。从 1929 年女性主义先驱弗吉尼亚 · 伍尔夫在《一间自己的屋子》中对于女性的命运倾力关注开始，到 1949 年法国存在主义思想家西蒙娜 · 德 · 波伏娃在其《第二性》中对女人的命运、历史、神话及其形成、发展的生命过程做出了最全面、最完整的梳理与阐释。在这部被尊为西方女性“圣经”的著作中，波伏娃以其智慧而深邃的目光站在了几千年来的女人的背后，犀利地审视、细致地勾勒着女人最完整的命运轨迹，为每一个曾在暗无天日的铁屋子中朦胧地意识到自己命运的女性，打开了一扇窗，让灿烂耀眼的光线得以照亮整个屋子，让其中的女人们那一直昏暗、模糊的视线开始澄明起来，跟随着波伏娃的思想一起慢慢地开始认识一直膜拜的世界秩序是怎么样一点点地发展为现在这个样子的，女性命运与思想是如何一步步形成并慢慢内化的。

波伏娃在《第二性》中为女性命运做了一个最准确、最有力的定位——他者（the other）。波伏娃指出，为世界普遍承认的第一性是男人的性别，这个世界也是男性的世界，男人与女人根本没有所谓的两性关系可言，女人一直都是第二性的，是次于第一性的，是他者的存在，是处于客体（the object）地位的，是作为映照男人的世界与能力的镜子而存在的存在。那么他者何以存在？女性又是怎样陷入他者的境遇中，并在他者的位置上过着怎么样的生活？波伏娃在整本书中以女人的历史、神话与命运等详细内容为女性的他者地位拼贴出了一幅最完整的画面。作为一个存在主义思想家，波伏娃正是根据存在主义的观点来指导这本书的写作，审视女人的命运。她认为："在某种程度上任何特性都是取决于处境的一种反应。"[①] 将这里的"处境"联系到人类的生存境遇之中，便能够明白波伏娃的他者概念是怎么样形成的。伍尔夫在《一间自己的屋子》中指出，人类的生存是一个永恒的挣扎与奋斗的过程，正是在这样一种"处境"之下，人类需要通过他人来确定自己，在比较中为自己建立生存的勇气与信心，因此便开始将自己树立为主体，将他人定位为他者或客体。波伏娃指出，"他性（otherness）是人类思维的基本范畴。……主体只能在对立中确立——他把自己树为主要者，以此同

---

① ［法］西蒙娜·德·波伏瓦：《第二性》，郑克鲁译，上海译文出版社2011年版，第2页。

他者，次要者，客体相对立”[①]。很不幸的是，女人作为一个群体，正是在这样的对立思维中，在历史发展的过程中被男人一步步地树立为他者，作为映照男性力量的一面镜子而生活着。

在自然的改造与社会的建设中，男人作为一个生存者的价值以其有力的超越性而得以实现。他所做的工作不仅妥善地保存了这个世界（意识到自己在人类物种的延续中所起的重要作用），还能够冲出世界的既定秩序，为未来奠定基础。他的这种超越性，就使其足以拥有肯定自己作为唯一主体地位的理由。而女性则由于其特殊的分娩、哺育后代等生理特点，被限制了行动，“找不出任何高度肯定她的生存理由的原因——她被动地服从她的生物学命运”[②]。由于女人先天被禁锢在生命的神秘过程中，因此她没能与男人一起去分享具有超越性意义的工作，被男人排除在了人的伙伴关系之外，滑入了他者的生存境遇并将此延续下去。由此，最初以亚里士多德为代表的西方几千年的思想体系中，人就是指男性，关于人的定义也是根据男性的一切特征而得出的。而所谓的女人，“并不是根据女人本身去解释女人，而是把女人说成是相当于男人的不能自主的人”[③]。作为他者，女人是根据男性来定义的，女人之所以是具有劣势的性别也正是在这样的思维逻辑之下得出的定语。而正是这样的定语将几千年来的女性钉在了写着“劣等”二字的耻辱柱之上，女性所独有的区别于男性的行动力，她那丰富细腻的情感、敏锐的感觉等一切具有超越性意义的能力也都被牢牢钉在了这根柱子之上，女人们只能嗫嚅地、压抑地，最后顺从地亲手将它们掩埋。

① ［法］西蒙娜·德·波伏瓦：《第二性》，郑克鲁译，上海译文出版社2011年版，第6页。

② ［法］西蒙娜·德·波伏瓦：《第二性》，郑克鲁译，上海译文出版社2011年版，第71页。

③ ［法］西蒙娜·德·波伏瓦：《第二性》，郑克鲁译，上海译文出版社2011年版，第4页。

二　女性解放的复杂性与经济独立的奠基性

在存在主义思想的指导下，波伏娃首先对女人在历史与神话上如何一步步地变成他者做了详细分析与阐释，即处于他者地位中的女人在历史、文学中的形象与境遇。由于女人是他者，在古代父权制社会中，她是男人世袭财产的一部分；由于是他者，女人在男人话语书写下的思想与文学中，可以是一种梦想，可以是引起恐惧的化身，可以是衬托男性阳具骄傲的肉体存在物，可以是真、美、诗，但始终不是她自己，不是一个“人”。随后，波伏娃便对女性在这种他者地位下的生命发展轨迹与命运中的各个重要阶段做了细致的梳理与探讨，并对女性在他者位置上所做的或可笑、或可悲的挣扎做出了犀利的评论。最后，波伏娃在宏观上对于女人如何走向解放提出了自己的观点。值得注意的是，波伏娃在著作的最后以马克思关于男女关系的评论作为结束语，这似乎预示了未来西方女性主义洪流的发展最先以马克思主义作为其理论基础，迈向了追求妇女解放的第一步，揭开了历史的新篇章。

在关于女性的出路与解放问题的探讨上，19 岁就宣称“我绝不让我的生命屈从于他人的意志”① 的波伏娃，强调了女人要摆脱这种他者的依附性，就必须在经济上具有独立地位。只有当她能够成为生产性的、主动的人的时候，她才能具有真正意义上的超越性，才能获得主体地位。而这也正是当初女人如何失去了作为人的特征而逐步沦为他者的原因。波伏娃关于女人如何摆脱他者命运、走向解放的这种设想，令人想起了美国浪漫主义作家霍桑（Nathaniel Hawthorne，1804—1864）所著的《红字》中女主人公赫丝黛的境遇。在

① ［英］乔治·迈尔森：《波伏娃与第二性》，丁琳译，大连理工大学出版社 2008 年版，内容简介。

19世纪美国清教徒式的社会环境中，女性在政治上、经济上是绝对地依附于男性的，而柔顺服从、虔诚贞洁正是她们这种依附命运的代价（即所谓的“美德”）。然而，出于对自我意志与人性欲求的尊重，小说《红字》的女主人公赫丝黛在犯下“通奸罪”为社会所唾弃、孤立之时，她凭借自己在针线活上赚取的微薄收入坚强地支撑起了女儿与自己的生活。她可以在不向任何男性低头以及向社会屈服的情况下，做到了经济上与人格上的独立。同时由于这种超越性，使她逐步由他者回到了主体的位置之上，回到了人类世界之中，使其能够在思想上独立——不以男性话语权力所构建的视角，而是在女性作为主体的视角下去重新审视这个僵化的清教徒社会，重新审视妇女的生活与命运，热烈地追求人性的解放与自由。

另外，波伏娃在关于女性解放问题上所做的理论探讨，即女性摆脱他者地位，向主体存在回归的这种转变，可以在高尔基的《母亲》中看到这种生动的文学阐述。从小说的艺术手法上来看，作家在作品的一开始对母亲的视线作了一种植入式的描写。当小说中的母亲仍然是传统意义上的愚昧无知、默默忍受丈夫暴力、顺从于自己苦难命运的女性时，她的视线是昏暗混浊、模糊不清的。她对于儿子的信仰和行为所能看到的、所能理解的，也正如她对于自己几十年来的客体命运、对于男性世界、对于人类命运都一样地混沌无知，毫无思考能力与理解能力。但随着母亲在儿子的启发下开始具有自我思想之时（这里或许也可以理解为波伏娃所提倡的当女性拥有超越性的主体能力之时），母亲（女人）的视线开始变得清晰起来。她开始能够睁开眼睛去看清楚自己的生活，思考自己的命运，努力去认识这个由强权话语（男性话语）主宰的世界，并有意识地参与人类命运的历史革新时，她便能够如波伏娃所阐述的那样一步步坚定地走出几千年来女性的他者命运，走出男性话语声音笼罩着的世界的阴影，走进人类世界。

三　流散文学中的文化撕裂与跨界交往中的文化误读

流散文学深度展现流散族群的生存体验及文化心理，作家的双重身份赋予其独特的多维视野，使这类越界写作具备非同寻常的流动性与普世性。海外华人文学的跨国生成，以及异国元素在文本中的交融所构成的文化间性，是世界范围内华语流散文学的共同特质。一个人对故土和母语的记忆，是一种时空都无法抹去的永久联系，一个作家离开故土母族、长期旅居海外会更加清晰地冷静地回望故土。童年的温州记忆和青年的中国记忆一直是加拿大华文作家张翎小说创作最重要的源泉，写作是她回归故土和历史的重要途径，她通过自己深情的笔触构筑了全世界华人共同的精神家园。中国南方文化的精致和整洁，北方文化的宽阔和包容，北美文化中的普世公平准则和基督教伦理，都给张翎的人生经历留下了深刻的印记。张翎的作品既无法逃脱她对世界的认知，同时，其小说又比较注重异域空间给人带来的变化，异地、跨区域的因素是必不可少的，比如中国—加拿大、大陆—台湾、上海—温州、上海—海南、温州—青海，从而使其文学创作明显具备了跨文化和跨时空的特质。在张翎的作品中，从老一代移民到他们的后代，观念已经发生了很大的变化，最初是落叶归根，后来是落地生根，现今则是开花结果了。同时在其作品中，移民文学中原先常见的文化冲突或文化碰撞话题，已经逐渐让位于“主人意识”的中西文化融通和族裔文化坚守。

作为最骇人听闻的大屠杀事件之一，“南京大屠杀”一度处于被遮蔽的状态，美国华裔作家张纯如发表长篇纪实文学《南京浩劫》改变了这种境况，其后相关的文学、影视作品大量涌现，“南京大屠杀”终于以一种高度自觉的创伤记忆书写的形式重现。美籍华人作家严歌苓的小说《金陵十三钗》和哈金的小说《南京安魂曲》，都把南京大屠杀、女性、异域文化三种元素汇聚在创作中，将战争中的女性作为书写重点，以戏剧化的激情或间离化的冷静态度，艺术地刻画日军对南京妇孺在身体与精神方面的双重凌辱与毁灭。两部具有“唤醒”使命的文学作品，以个性化的方式直面惨痛，敦促人们铭记历史、防止战争。

作为跨界交往中的经典文本，奥地利作家斯蒂芬·茨威格（Stefan Zweig，1881—1942）的代表小说《一个陌生女人的来信》，以强烈激越的情感内涵与细腻入微的心理描写闻名于世。美国导演奥菲尔斯、中国导演徐静蕾都曾将此文本改编为电影，以视觉艺术的方式来诠释、转换小说原作的艺术魅力。然而，相同的文学底本经过不同民族、不同性别、不同时代的两位导演的改编诠释，却呈现为具有强烈差异性的电影作品。从小说到电影，作为改编者的导演，以其当代性眼光对文学原著进行重新阐释与再创造，是在对原著一定程度的忠实的基础上融入了改编者对于作品的独特感受与认识。在对《一个陌生女人的来信》“文本接受”的改编过程中，其电影作品所表现出基于个体与时代差异基础上的不同理解及其相应的延续、遗失或增添等艺术转换现象。

同样，作为跨界交往中的经典文本，中国经典文本《木兰辞》不仅是中国弘扬传统美德、实现文化强国目标的重要资源，更成为全球化语境下西方国家促成话语共谋、发展全球资本市场的可用素材。然而，从1998年动画版《花木兰1》、2004年动画版《花木兰2》到2020年真人版《花木兰》，面对异国文化传统，迪士尼的改编策略暴露出一种滑坡式的话语共谋——从积极解读到排他性误读。真人版《花木兰》不尽如人意的口碑，再次说明中西文化的交流互鉴存在着理解方面的障碍，而善意的正读是化解障碍的不二选择。

作为女性主义智慧的代言人，著名女作家张爱玲创作的小说《金锁记》2004年被改编为同名电视剧，由导演穆德远将其搬上荧屏，引起跨时代沟通的“张爱玲热”。小说《金锁记》通过艺术家细腻的文字，展现了女性的不幸以及对不幸命运的痛恨与反抗，而2004年版的电视剧《金锁记》通过错落有致的光、影、声、色，刻画了一位从天真无邪到逐渐变得无奈、矛盾，进而变得近乎冷酷、疯狂的女性形象。以不同媒介形式展现的同名文本《金锁记》，虽在艺术刻画上虚实有别，但在艺术内涵、思想深意等方面展现出惊人的相似，使曹七巧悲剧性的人生遭际展现无遗。在反抗男权社会的同时，女性主义倡导的女性自主与个体独立，无疑也是跨媒介文本《金锁记》对新时代民众的启蒙寄寓。

第一节　加华作家张翎的小说：流散视域中的母族记忆与文化融通

进入全球化时代以来，随着民族—国家概念的日益不确定和民族文化身份的日益模糊，大规模的移民潮以及“流散（diaspora）现象”越来越引人注目，与此直接相关的流散文学（Diasporie Literature）更是方兴未艾，伴随流散文学而来、指涉群体凝聚的根本原因和吸引力的“文化认同”（Cultural Identity）问题日益突出。“文化认同”是人们在一个民族共同体中长期共同生活所形成的对本民族最有意义的事物的肯定性体认，其核心是对一个民族的基本价值的认同；它是凝聚民族共同体的精神纽带，是民族共同体生命延续的精神基础。

流散现象随着全球化浪潮的推进而扩散为一种世界性现象，与之伴生的流散写作与流散文学也日益引起人们的关注，流散文学研究在近些年无疑成为学术界的一个热门课题。粗略盘点20世纪的流散作家，可以列出一长串名单：阿伊·克韦·阿尔马赫、钦努阿·阿契贝、布奇·埃默切塔、本·奥克利、纳丁·戈迪默、威尔逊·哈里斯、维苏·奈保尔、萨尔曼·拉什迪、卡里尔·菲利浦、迈克尔·翁达杰、韩素音、提摩西·莫、鲁思·普拉热瓦·杰哈布瓦拉、维克拉姆·塞思、石黑一雄、克里·休姆、巴里· 昂斯沃斯、艾·巴·辛格、索尔·贝娄、伯纳德·马拉默德、本罗姆·戴维·塞林格、约瑟夫·海勒、菲利浦·罗斯、莫里森、卡夫卡、贝克特、昆德拉、纳科博夫、奈莉·萨克斯、谭恩美、白先勇、哈金、严歌苓、张翎等。这些流散作家往往身处两个甚至多个世界之中，游离于全球与本土之间，特有的双重身份赋予了他们独特的视角。在作品中，他们着重描述了流散族群失落、焦虑，以及徘徊于不同文化之中的尴尬处境，并不同程度地关注了文化身份与文化之间的冲突与融合等问题。简言之，流散族群的生存体验及文化心理在流散文学中得到了的充分体现。

一　流散文学的文化间性与身份认同

由于全球化时代新的移民潮与流散现象的日益加剧，一大批离开故土流落异国他乡的作家或文化人自觉地借助文学媒介来表达自己流离失所的情感和经历，其写作便形成了当代世界文学进程中的一道独特的风景线：既充满了流浪弃儿对故土的眷念，同时又在字里行间洋溢着浓郁的异国风光。由于他们的写作是介于两种或两种以上的民族文化之间的，因而其民族和文化身份认同就不可能是单一的，而是分裂的、多重的甚至是全新的。他们既以自己的外国国籍与原民族的本土文化和文学进行对话，同时又在自己的居住国以其“另类”面孔和特征而跻身当地的民族文学大潮中。在阅读流散作家的作品中，往往不难读到一种矛盾的心理表达：一方面，他们出于对自己祖国的某些不尽如人意之处感到不满甚至痛恨，希望在异国他乡找到心灵的寄托；另一方面，由于其本国或本民族的文化根基难以动摇，他们又很难与自己所定居并生活在其中的民族国家的文化和社会习俗相融合，因而不得不在痛苦之余把那些埋藏在心灵深处的记忆召唤出来，使之游离于作品的字里行间[①]。其实，这是一种精神价值上的两难之境：故土文化与异国生活之间、物质求新与精神恋旧之间的尖锐冲突，使生存焦虑/异化转化为精神焦虑/异化。以上这种“文化分裂症”以及“文化共同体”的建构尝试与精神张力，形成了世界文学经典生成与传播中的另一种“变”与“不变”的风景线；而流散文学的坚实成长，为多元文化的落地生根提供了强大助力。

一般来说，流散作家们对居住国和母籍国的民族文化传统都有深刻的领悟，其文本具有“文化间性”（intercultural）的特质。他们在白人主流社会之外的少数族裔边缘社区中生活，具有强烈的民族意识、自强不息的心态，其文本贯穿着一种独特的社会文化秩序、故事情节、人物命运，这些因素的互动使他们的作品平添了一种“文化间性”的艺术魅力。“文化间性”是一个当前视域与过去视域、自我视域与他者视域相融合的过程，流散作家以“他者”的眼光审视母族的历史与文化，起码是“双重视域”的融合过程。对故国而言，他们是代表西方视域的“他者”；对西方而言，他们又是代表非西方视域的异己。他们在再现母族的历史、神话、幻想、传奇与私人化的情愫之时，这两种视域互相融合，进行了密切的文化对话或融通。

流散作为文化存在发生于异质文化之间，流散文学突出地昭示了异质文化之间以不同文化态势（强势或弱势）而进行的文化互动及交互关联，因此，文化间性是流散文学不可或缺的本质特征之一。“文化间性”不同于“多元文化”，“多元文化”是在政治、社会背景中被定义的。文学研究中的“多元文化”是从形象研究到后殖民文学种种研究路径的一种统称。它力求在相对统一的社会环境中使

① 王宁：《流散文学与文化身份认同》，《社会科学》2006 年第 11 期。

不同的文化群体共存。[①]“多元文化”所宣称的不同文化传统互相交融和渗透，几乎是双语混合、文化混合的同义词。它将弱势文化、边缘文化上升到正统文化的地位，这是一种道德和伦理实践，是一种意识形态。文化的诸因子及其诸因子之间无时无刻不在进行创造性的对话。要揭示“文化间性”的特质，就必须厘清它与“多元文化”、“文化杂合”（cultural hybridity）、“跨文化”（transcultural）之间的区别。

后殖民理论家霍米·巴巴（Homi K. Bhabha，1949— ）提出的“文化杂合”指的是不同种族、种群、意识形态、文化和语言互相混合的过程。“杂合化”理论作为殖民地颠覆殖民地文化霸权地位的一种策略在历史上发挥了积极作用。但是，所谓的“文化杂合”“多元文化”所追求的是文化的并存，将不同的文化并置在一起，漠视了文化之间存在着等级和力量的差异，从而把差别消泯在一个大混合体内，使本来应该多样化的世界文化融为一体。“文化间性”也不同于“跨文化”，“跨文化”只是单纯地指相遇在一起的不同文化，仅指文化的自为存在本身，仅指参与互动的各自文化部分。“文化间性”指的是不同文化际遇时发生意义重组的相互作用及其过程，指一种文化与他者的关联，它克服了“文化杂合”“多元文化”等概念的缺陷，从而致力于不同文化之间的相互理解、相互尊重、相互宽容，以文化间的相互开放和永恒对话为旨归。

生成于异质文化土壤上的流散文学，始终存在着两种或两种以上不同文化之间的对话。文化对话充满了张力，其中关涉文化价值、身份认同、文化属性等，但在实际创作中，流散作家对异质文化交互作用的张力关系的把握是极为困难的，从而衍生出种种问题。譬

① 乔莹莹：《多元文化与文化间性——形象学大师达尼埃尔·亨利·巴柔的复旦演讲》，《中华读书报》2006年12月2日。

如谭恩美的《喜福会》、汤亭亭的《女勇士》等呈现出来的对“新世界”的渴望与抗拒、居住地文化与母族文化传统之间的迷惘与困惑等。拉什迪的《撒旦诗篇》和《摩尔人的最后叹息》分别遭到穆斯林和印度教徒的抗议，他能与异民族同胞沟通，却招致了母族同胞的嫉恨。这说明流散文学把握异质文化碰撞的关系，即文化间性的张力关系至关重要。①

在当今全球化的语境下，随着后殖民主义批评的深入，学界对流散现象格外关注，流散者批评也应运而生。美国文艺理论家赛义德（Edward Waefie Said，1935—2003）从自身的流亡经历出发，对流散现象作了深入的研究。他在《流亡的反思》一书中指出：流散者通常会陷于一个中间状态；他们既不能与本土文化完全分离，也不能完全融入新的文化中去。人们会觉得流散者是他所处环境中的一员，但他总是格格不入，始终徘徊于两种文化的夹缝之中。出生在美国的小说家、评论家亨利·詹姆斯（Henry James，1843—1916）是西方历史上一个具有一定代表性的“流散”作家。早在 19 世纪 70 年代，亨利·詹姆斯就选择了自我流散的生活方式，受到了欧洲文化的熏陶。“越界”一方面使他摆脱了狭隘的民族意识，具有了双重视角；另一方面与本土的分离以及与寄居国之间的隔膜使他成了边缘人，始终徘徊在两种文化的夹缝之中。自我流散的经历在很大程度上影响了亨利·詹姆斯的文学创作。他的小说最常反映的就是国际主题，独特地描写和反映了欧美文化间的碰撞与融合，而不同时期的作品则体现了他在不同的流散阶段对两种文化的态度。

全球化发展到今天，族群内部和族群之间的种种差异正在日渐扩大。而少数族群在日常社交生活和实践中，日渐形成明确清晰的

① 蔡熙：《文化间性与流散文学》，《广西师范大学学报》（哲学社会科学版）2008 年第 6 期。

身份和文化社团组织。譬如美国有非洲裔美国人社团、亚裔社团等。然而，二元对立的结构看似僵化简单，但雅克·德里达（Jacques Derrida，1930—2004）认为，在二元模式中，几乎不存在中性、绝对的对立，通常二元中的一极，处于支配地位，把另一极纳入其掌控之下。所以这二元对立的两极始终存在着某种权力争斗关系。非洲裔美国知识分子精英站在母族文化的立场上对美国白人主流文化提出了挑战，对母族文化进行反思的同时，对自我的形象进行了新的塑造。他们都在美国接受白人教育，在自身身份认同被撕裂的心理矛盾中提出文化上的反殖民策略。

二 张翎小说的历史叙事与母族形象

当代华裔女作家张翎，是北美华文文坛的重要作家，她青少年时期成长于浙江温州，后就读于复旦大学外文系。1986 年远赴加拿大和美国留学，获得英国文学硕士和听力康复学硕士学位。去国 30 多年，张翎的足迹印在了卡尔加里、辛辛那提、明尼阿波利斯、温哥华、多伦多等许多城市之后，对世界的深度和广度有了更深刻的感知，也对中西两种文化的异同有了全新的体会。

在对地理意义上的更大世界的追寻过程中，张翎不断往她的精神世界中注入不同的元素：在复旦大学外文系学习西方语言文学，她吸纳了西方文学的精华，英国作家哈代“把故事说给你听”的叙事风格成为她日后创作上的一种追求；在上海生活多年，海派文学作品对当地生活的反映，给她宝贵的启示，张爱玲小说的唯美风格对她有着潜移默化的影响；听力康复专业的学习与职业实践，让她有机会去接触生活在西方文化背景之下的传统的西方人，去聆听他们内心深处的倾诉。所有这些因素累积起来，在张翎的心中酝酿、发酵、成熟，最终喷发出来，让她不由自主地拿起了笔，把这些流动的情感用文字的方式去沉淀、定型。[①] 于是，《望月》《交错的彼岸》《邮购新娘》《金山》《余震》《尘世》《陪读爹娘》《花事了》《江南篇》《寻》《丁香街》《梦里不知身是客》《玉莲》《警探理查逊》《团圆》《盲约》《女人四十》《遭遇撒米娜》《阵痛》《雁过藻溪》等众多作品从她笔下流出。巨大的时空跨度、错综的人物关系、繁复的结构形式、"史诗"意蕴的追求构成了张翎小说的一大特色。张翎以她坚实的创作成为北美新移民文坛重要的领军人物和当代世界华文文学的重镇。[②]

张翎曾感言，一个人对故土和母语的记忆，是一种时空都无法抹去的永久联系。对一个海外作家来说，写作是回归故土和历史的重要途径。张翎的写作，从宏观的角度来说即是一种"回归"体验——回归故土或历史，抒发自己关于故土的情感体验或者放眼本国甚至人类历史。由于常年旅居海外，她的故乡温州使她魂牵梦萦，落笔成文便化为她对母族记忆的温润乡思。对家乡的思念，让她的文字常常带有乡愁的味道，但这点愁总会湮没在冷静叙述的文字中。"温州，是一座靠海的城市，一条瓯江穿越城市流向东海……临海的人，胸怀宽阔，充满活力；临江的人，文静细腻。张翎呢，两者皆有，赏心悦目。"[③] 张翎的写作风格也正如她的性格描写一样，文字细腻优美，叙事内容包容厚重。张翎擅用风月写风云，在她的笔下，故事不是一个人一生的回忆，而是一群人几个时代的历史。原乡与异乡，个人与家族，一生与几世，这些不同的交错共同存在她的小说里。与大部分海外文学侧重点不同的是，张翎偏向写文化融合多于文化冲突。她曾这样解释她的创作，从老一代移民到他们的后代，

① 《华裔女作家张翎：写出落地生根的情怀》，人民网，http：//chinese. people. com. cn/GB/42316/3091959. html，2004 年 12 月 31 日。

② 胡德才：《论张翎小说的结构艺术》，《文学评论》2010 年第 6 期。

③ 王周生：《张翎和她的〈邮购新娘〉》，《文汇报》2005 年 1 月 1 日。

观念已经发生了很大的变化，最初是落叶归根，后来是落地生根，到现在，应该是开花结果的时候了。所以我要在“文化冲突”的这个旧瓶中装上新酒，让读者从作品中感受到中西文化共通的东西。[①]正是因为这一创作理念，才有了《邮购新娘》里既有东方式智慧勤劳、又有西方式自信拼搏的江娟娟；才有了《流年物语》中从胆小怯懦的尚招娣转变为自信开朗的苏菲；才有了《阿喜上学》里前期忍辱负重，后期一鸣惊人的阿喜；才有了《交错的彼岸》中体质虚弱却意志坚强的黄蕙宁。通过这一系列人物形象，从中发现一个规律，即他们的脊梁上都有故土，他们的骨血中都有自我，他们的背影里都有温州。张翎的小说大多取材于历史，叙述大时空跨度中的移民故事。她以独特的女性视点打量被宏大历史遮蔽掉的历史细节，借助多元化的叙述视角和时空交错的叙事结构，挖掘出潜藏在宏大历史下蕴藏丰富的微观历史，建构出由一个个生动饱满、个性鲜明的普通人演绎的“小写”的母族历史。很显然，张翎小说的历史叙事策略就是从移民个体的生活体验出发，着眼于宏大历史下的细枝末节，力求还原被遮蔽的历史镜像，体现出历史叙事的柔性维度。

比较文学意义上的“形象学”关注的是在一国文学中所塑造或描述的“异国”形象，[②]而非日常生活中所说的个体“形象”。在当今全球化日益深入的时代环境下，海外华文文学研究必然会将“中国（人）形象”在世界范围内的变迁与传播当作一个重要议题加以深入研讨。

在世界文明史上，“中国形象”几度变迁。最早的有法国传教士眼中野蛮粗鲁的远东人，再有马可·波罗笔下“遍地黄金”的中国和“天生美德”的中国人，以及近代“东亚病夫”的中国人与中国

---

① 《华裔女作家张翎：写出落地生根的情怀》，人民网，http：//chinese. people. com. cn/GB/42316/3091959. html，2004 年 12 月 31 日。

② 陈惇：《比较文学》，高等教育出版社 1997 年版，第 164 页。

男人的小辫子、女人的裹小脚等“妖魔化”印象。随着新时期以来改革开放的成功，越来越多的中国人或是移居或是留学，通过各种方式在异域扎根下来了。20 世纪 90 年代初的《北京人在纽约》《曼哈顿的中国女人》在中国引起了一阵的时尚潮流，不过是因为它既满足了国人在那个年代对海外的幻想，又符合了国民想要在异域大放光彩的虚荣心。但是，随着对外了解的增加，这类缺乏“史实”的作品只能随风而逝。在经济全球化愈加深刻、交通日趋便利的背景下，人不再仅仅是在一种文化中生存，而是生活在多个文化中，孜孜不倦地寻求自己的身份。与严歌苓等人主要突出“文化冲突”主题不同，张翎更侧重于表现“文化融合”，以及个人在异域文化中如何寻求自己的文化身份。文化身份问题在张翎长篇小说《金山》中尤为明显，因为这部小说通过对方家五代人的历史描写揭示了海外移民以及他们的后裔每一代人是在如何思考以及追寻自己的身份和价值。

《金山》的第一代是方元昌，本是一名屠夫，因意外之财而起家，最后又因吸食鸦片破产身亡，直接导致了方家第二代方得法出国谋求生路。方得法有两子一女，大儿方锦山留有一女延龄从小养在国外，后生下混血儿艾米；二儿方锦河生有一子方耀楷在国内，不慎淹死；小女锦绣生有怀国、怀乡两个儿子却在土改中被无辜枪杀。至此，方氏家族百年历史，仅留有一人，一半中国血脉一半白人血脉的艾米。小说《金山》人物繁多，各人经历无一相似，但其结果都是一致的悲剧。诚然，方家的经历就是那个时代海外华人悲惨经历的缩写，而作者尊重史实与现实，并不着意于粉饰太平与圆满。

作为第一代移民的方得法，是为了获取好的生活，才在金山打拼，于他的内心，衣锦还乡才是最重要的。由此可见，早期移民面临的主要问题是物质上的危机，艰难困苦的生活并不能磨灭他们的思乡之心，他们有着明确的文化归属意识。如果说第一代的移民者是固守着归乡，那么第二代移民者则是迷失了自己的文化归属。方锦河先是做了长达25年的管家，得到了一笔足以使他荣归故里的财产。但是由于长期处于对故乡的陌生和对异乡的熟悉的矛盾之中，他无奈选择了逃避，最后方锦河投军落得了一个战死沙场的结局。由此推断，第二代移民者已经开始徘徊于原乡与异乡之间，有着强烈的文化身份迷茫危机。等到了第三代方延龄，由于从小养在金山，她对故土的印象是负面的，因为母族印记给她带来的只有种族上的歧视。终其一生，想要摆脱黄皮肤对她的影响，等生下了混血儿艾米，只想着怎么让自己的女儿成为一个真正的白人，但在其临死之前，嘴里喃喃自语的却是广东话。死前无意识的家乡话，体现了她内心真正的文化价值归属。回顾方延龄的人生，可知人对自己故土的认同是深刻在脊梁里永不能磨灭的。《金山》以其残酷的现实、以其真实的历史、以其交错的个人经历，在中西文化碰撞的语境中，绘制出了一幅泣血寻根图。

如果说《金山》主要描写的是男性在异域寻求自我身份的认同感，那么《邮购新娘》中的江娟娟和《阿喜上学》中的阿喜则是完全站在女性位置上，谱写了一曲女性精神发展史。而文化身份的认同不仅存在于自身对故土的认同，也存在于他者对自身文化的认同。20世纪90年代，由于改革开放政策的实施时间渐久，越来越多的人有机会向外看，体验国外生活，与此同时也感受到了在对外交流中的差别待遇。尽管中国在各方面与西方国家存在着巨大的鸿沟，但国民内心渴望着与外界进行平等对话。因而无论是新中国发展的时局要求，还是普通人逐渐觉醒的“主体意识”，都直接导致了知识分子在文学写作中不自觉地描述到了种族、文化的冲突，而“自我意识”和“平等意识”也得到了高度的觉醒。这才有了江娟娟与黑人塔米的第一次冲突，表面原因是塔米戏谑江娟娟是“邮购新娘”，江娟娟回敬“黑鬼”。实际原因则是不同种族、不同文化的相互碰撞。

江娟娟看不上塔米的搔首弄姿，塔米对江娟娟依靠男人的行为嗤之以鼻。两种文化对于反抗有着不同态度：塔米优秀的个人能力和独立的思考能力是异国优秀文化的一瞥，而江娟娟此时还来不及展示自己品质的另一面。“但在这种全球化的时代环境中，张翎笔下的女性具有东方文化的共性：坚韧、隐忍、等待；同时还有一条女性精神成长的轨迹。”① 江娟娟靠着为别人缝补，再到为别人设计服装，渐渐成熟。等到最后，她自己也说：“不得不暗暗感激塔米在思凡咖啡馆里教给她的那些听上去不怎么中听，用起来却非常顺手的招数。”② 与刚来加拿大时的手足无措相比，在短短半年内，江娟娟不仅完成了自身的蜕变，还获得了爱情和他人的认可，以至于牧师保罗发出这样的感慨：“温州的女子，都这样勇敢吗？”③

在“金山史”中，女性的形象并不突出甚至好多领域都是空白；但在其后的创作中，张翎有意识地通过一个个女性形象的塑造来弥补这个缺陷，阿喜正是其中之一。如果说江娟娟远赴异域是出于自愿，是主动想要和世界对话，那么《阿喜上学》中的阿喜只是因为阿妈想她了，借着与阿玖的婚事接过了心心念念的女儿，才有了接下来事件的发展。早年的金山放眼望去全是男人，渐渐地才有女人，或是人妻或是打工，由于各种的原因，她们进入学堂与白人的孩子一起学习。跟江娟娟相比，阿喜身上的大山要多了好几重，肤色、性别、年龄还有那早时候的传统“美德”。未嫁亡夫，让阿喜一家陷入了金钱危机，却也意外获得了读书的机会。但是面对家人的怨怼，同学的讥讽，还有沉重的债务，阿喜的生活不可谓不艰难。第一次去上学时，史密斯小姐还要检查阿喜身上是否有虱子，而四周都是笑话声。第二次再见史密斯小姐，阿喜却是连升两级，不仅能帮人

---

① 申霞艳：《〈阵痛〉中的隐喻与女性精神空间》，《中国文学批评》2015 年第 3 期。

② 张翎：《邮购新娘》，作家出版社 2004 年版，第 301 页。

③ 张翎：《邮购新娘》，作家出版社 2004 年版，第 301 页。

回答问题，而且在绘画上也展现了自己超高的天分。在这密不透风的异域生存空间中，阿喜硬生生地挤出了一条求知的路。张翎将这一切的磨难赤裸裸地暴露在人前，“以直白粗粝的文字直面早期女性移民的肉体和心灵所遭受的重重创伤，更加着力突出她们与厄运抵死相拼的柔韧与顽强”①。作者正是要靠着阿喜这股永不放弃的意志力，来破除移民路上对女性竖起的诸如性别、种族等的重重藩篱。回望历史，文化身份并不是一成不变的，金山客、江娟娟、阿喜等人都在用他们的努力改变外界对其的看法，而多元的异域文化也与本土文化在碰撞中相互融合。

三　张翎小说的私人叙事与故土情怀

张翎的小说有两个很明显的特点：一是叙述时间、空间跨度大，但作者并不执着于书写“大”历史。张翎的写作大有新历史主义风味，不关注历史的“宏观叙述”，不挑主梁，不赘述个人的英雄史实，反而对边缘小人物的日常琐事絮絮叨叨。历史在张翎的笔下变成了一种陪衬物，一个在日常生活中袅袅道来的背景。如《邮购新娘》以江娟娟为核心，徐徐展开那不为人知的母女三代的故事，其间夹杂着两代美国牧师与两位温州女孩的心灵变化历程。

小说的叙述时间悠长，但是作者并不事无巨细地描写每一件历史事件的发展过程，也不刻意地去避免一些历史大事，而是在平凡生活中娓娓道来，历史在张翎的笔下从来都是一笔带过却又影响深刻。就是那地委专员的第一任妻子许春月，因为不想连累自己的丈夫，连死都不敢，只能消失，任由时间磨去记忆。轰轰烈烈的“文化大革命”，在作品里连水花都没有泛起来。就是这样，张翎在一个

① 高侠：《文化交错时空中的“族性栽植”——论张翎小说的历史叙事》，《世界华文文学论坛》2015 年第 3 期。

又一个的片段背后，用无数小女人的爱情故事的小拼图堆砌了所谓的“宏大历史”，让我们看到了风月背后的风云。

二是小说常呈现“交错”的状态，人物、时间、地域的交错，一切都显示了人的本质，即“人是一切社会关系的总和”[①]。她的小说深刻反映了在经济全球化主导下移民文化的特点，即交错混合的文化发展，一如霍米·巴巴提出的“第三种空间”理论。“第三种空间”作为后殖民理论的一种，它常常与含混、复杂名词混合在一起，强调的是对传统二元对立的一种反动。“‘第三种空间’意味着一种亦此亦彼、非此非彼的思维与存在方式。”[②] 在全球化语境下，固守非此即彼的思维方式难免会被世界淘汰。

张翎笔下的“交错”现象在小说《交错的彼岸》和《邮购新娘》中最为明显。《交错的彼岸》开头以女主人公黄蕙宁的失踪为引子，从女记者马姬的角度，展开了大洋两岸两个家族过去与现在的对话。通过对处于同一时期的中国金家和美国加州酿酒大亨汉弗雷家族几代恩怨纠葛的描写，揭示不同文化对家族和人的影响。两个家庭最后走向相反的结果，形成强烈的对比，如果说开明的美国文化给汉弗雷家族带来白手起家的希望，那么幽闭的中国则势必导致中国金氏家族的衰败。小说以黄蕙宁为核心，引出母亲飞云与青梅竹马龙泉和上司黄尔顾在动乱年代勉强成全的感情故事，再引出蕙宁、萱宁、海狸子、大金、谢克顿教授以及陈约翰医生之间剪不断理还乱的是非恩怨。由于出生时的体弱多病，蕙宁赢得了身边所有人的偏爱，可是蕙宁的人生路还是那样地难走。在踏上加拿大的土地时，无可避免的是要面对两种文化的冲突，在这个过程里，求学的艰苦、感情的双重背叛、生活的困苦，使那个极端自信的蕙宁

① 《马克思恩格斯选集》第1卷，人民出版社1995年版，第60页。

② 颜敏：《“第三种空间”的美学建构——试论张翎小说的叙事策略及其定位》，《当代文坛》2010年第2期。

渐渐枯萎，以至于最后仓皇逃回飞云江。而《邮购新娘》的八个章节中，只有四个章节主要描写主人公江娟娟，其他的章节则是交错插入江娟娟生母方雪花、养母竹影、温州名角筱丹凤以及许春月的故事。连接不同人与人关系的只有爱情，然而爱情从来都是虚无缥缈的。养母竹影是名角筱丹凤与崔家长孙一夜风流的产物，最后崔家长孙与明媒正娶的妻子相敬如宾，筱丹凤吞鸦片致死的结局正是对那个时代的无声控诉。

历史对于女性，从来没有仁慈可言。许春月本是千金大小姐，她慧眼识“英雄”，与穷苦少年江信初私奔，新中国成立，人民的好日子应该来到，可是却成了她的催命符。祖上成分不纯的问题使得许春月连死都是奢望，只能消失。诸如此类人物，他们虽然以爱情为纽结，却只得到了一份不完美的感情，并在日常生活中失去了最初的自我。江娟娟是背负这沉重的秘密去往加拿大的，她比黄蕙宁更有拼搏性和不服输的性格。她是作为林颉明的邮购新娘去往加拿大的，在这个过程中，只要江娟娟稍微顺从一点林颉明，便可以成为一家咖啡店的老板娘。但是江娟娟深知依赖男人的女人不会有明天，因而坚决坚持先学习再工作。然而，这一点正好与林颉明的意见相左，她便毅然离开。离开期间，与牧师保罗相交相识相知，又在薛东的洗衣店继续自己的缝纫工作。她在磨难中找到了自我，做了自己的主人。黄蕙宁和江娟娟，与其前辈的不同在于她们在全球化的进程中找到了自我，由此可知，“全球化也是女性精神空间扩展的契机”①。无论是在东方或是西方，女性的成长过程中，男性既为女性提供了物质基础，但也在精神上或多或少地引导、伤害女性；而开化文明促使女性慢慢觉醒，渐渐成为自己，在带来精神提高的同时，也迫使女性去抛弃固有的自己，这一过程无疑刺伤了女性敏

① 申霞艳：《〈阵痛〉中的隐喻与女性精神空间》，《中国文学批评》2015 年第 3 期。

感的心灵，因此女性精神成长伴随着的也是灵肉之苦。尽管过程是曲折的，但人们愿意相信前途是光明的，在全球化语境中，女性在文化的碰撞中不断融合固有的和新生的文化，并不断披荆斩棘，以找回自我、巩固主人意识。

张翎曾说，外公的父母辈在藻溪生下外公，外公长大了，心野了起来，就沿着藻溪往北走，走过了许多地方之后，在一条叫瓯江的河边停了下来，于是母亲和她的弟妹们就相继在温州城里居住了下来。于是我也随着父母在瓯江边上生活成长。后来我长大了，我的心也野了，想去看外边的世界。河不是。海也不是。我的边界已经到了太平洋。[①] 张翎一家几代人所生活的故土温州，位于浙江东南端，东濒东海、南毗福建，境内七山二水一分田，人多地少、矿产资源匮乏。每年的农历七八月份，台风时常携带着太平洋湿润的雨水肆虐而来，涝灾从未间断过。在这样恶劣的自然条件下，南宋思想家叶适以及后世“浙东布衣”学派的先哲们为温州量身打造了“经世致用，义利并举，以义为重，注重商业”等别样的方略。经济学家钟朋荣更是将当代“温州人精神”概括为四句话：白手起家、艰苦奋斗的创业精神；不等不靠、依靠自己的自主精神；闯荡天下、四海为家的开拓精神；敢于创新、善于创新的创造精神。[②] 细看张翎笔下的人物，也都是凭借着“敢为天下先”的开拓精神和海纳百川的包容意识，在成长路上发光发亮，他们的背后或多或少都有当代温州人重情重义的影子。

这种“敢闯天下，不懈追求”的形象在张翎勾勒的人物中随处可见。《花事了》中的吟云，为了学唱越剧，抛下自己的未婚夫；《交错的彼岸》中的黄蕙宁远赴加拿大寻求更高的深造；《邮购新

---

① 张翎：《追溯生命的源头》，载《雁过藻溪》，华东师范大学出版社 2009 年版，“序”第 2 页。

② 陈俊贤：《浅论温州人精神》，《人民论坛》2014 年第 1 期。

娘》中的江娟娟，只要她稍微顺从一点或许就能成为一家咖啡店的老板娘，但是为了她的设计师之梦不惜放弃婚姻。《雁过藻溪》中的末雁，在遭受了身世打击后，还是回到加拿大继续自己的工作。“千磨万击还坚劲，任尔东西南北风”，纵使前方挫折再多，她们也在追求自己理想精神家园的道路上不懈奋斗。

常言说：他乡不似故乡亲。故土是温暖的港湾，容纳漂泊的灵魂，在外经受委屈，只有故土永远向你敞开大门。《雁过藻溪》中的末雁与丈夫离婚，厌烦了单调的加拿大生活，选择了回到祖乡藻溪寻求安慰。她变得会哭了，而不是那个千里之外虽事业有成但对生活没有希望的末雁了，她终于找回了真实的自己。而《交错的彼岸》中的黄蕙宁，二度返乡。第一次是因为被误会和教授谢克顿有暧昧之情，一个人回乡也只能默默舔舐伤口。只有家乡能够给她力量，最后在小外婆阿九的帮助下，重新拾起信心面对前方的困难。后来的路也一直是挫折不断，因为拒绝谢克顿教授的帮助，蕙宁一直过着清贫的日子。姐姐和大金的成婚，使她面临亲情与爱情的双重背叛，在这以后的日子里，她甚至还因为宫外孕差点失去生命。而那些不能杀死她的只能让她变得更强，她给别人的印象依然是生命力旺盛。但是，在与陈约翰的交往中，她开始质疑自己，而北美城市多伦多并不能为她提供帮助，她再度归乡，也就有了文章开头的失踪事件。只有故土温州，才能让蕙宁更好地思考未来的路要怎么走。

在张翎的小说中，“离开—归来—再离开”是一种很常见的模式，最初的离开是揣着对未来美好想象的离开，在经历了种种磨难后，狼狈回乡，但在汲取家乡坚实力量后，又能意志坚定地勇往直前。在带有“壮士一去兮不复返”的悲壮感的同时，每个人身上又还带着希望，暂时的退缩是为了给自己前进的力量。《邮购新娘》中的江娟娟因为结婚来到加拿大，也因为没有结婚而离开加拿大，在归途中，薛东的信为她的回来埋下了伏笔。《交错的彼岸》中的黄蕙宁，从安大略湖回到飞云江，思考未来的路该怎么走？但是她说安大略湖也不是最终的目的地，“将来我和萱宁的孩子，会在安大略湖畔居住繁衍，还是会继续前行，寻找一条更大更宽更适宜居住的河流呢？”① 由此可知，回来是为了更好地离开，去追寻更加遥远的未来。只有扎实了根，才能更好地开花，才能让风将种子送得更远，而故乡温州就是那片厚实的土地。

如何塑造女性精神？如何明确自我意识？如何追寻文化身份？如何坚守阶级民族立场？在与世界的对话中，这些都是亟需待解的问题，而张翎在书中给了我们一个开放性的解释。在全球化的进程中，女性有了更广阔的世界舞台去自我展示；在含混的社会生存状态中，女性有了更宽阔的精神空间去自我提升。在历史的宏大叙述中，一直都是以男性的角度去书写，女性始终处于附属地位，无论是在家从父，还是出嫁从夫，或是夫死从子，女性从没选择的自由权利。而张翎，这位来自南方水乡的女子，远在异国他乡，却有着极其敏锐的意识。她挖掘出了潜藏在历史背后的女性故事，并通过小说的形式，揭露了女性命运悲惨史。在男女社会中，失去了任何一方的历史书写都是不完整的，而张翎，为历史注入了缺失的女性之声。作为一个跨文化写者，张翎以一种近乎冷漠的冷静观望着历史对男女的严苛歧视，观望着文化融合中不可避免的自我迷失。但是她还留有内心最后一抹温柔，以至于《邮购新娘》中的江娟娟在回国时还为林颉明和塔米的孩子取名为“希望”。正是这一种悲天悯人的大爱精神，使其文字意义传达出了人类对共性的追求。

海外华人文学的跨国生成，以及异国元素在文本中的交融所构成的“文化间性”，是世界范围内华语流散文学的共同特质。作为在中国成长、后落户北美的流散文学作家张翎，当面临两栖身份的文

① 张翎：《交错的彼岸》，华东师范大学出版社 2009 年版，第 255 页。

化矛盾时，她选择用“他者”的眼光看待和想象心目中的中国，用自己的童年记忆来代替集体无意识，并基于这样的立场来表达一个“流散”知识分子的民族根基感，以求找到精神归宿，实现个人价值。张翎的“中国想象”具有人文体验性、艺术创造性等特点，但同时亦存在个人想象与集体记忆的落差、流散身份与本土生活的隔膜等局限。

第二节 美华小说《金陵十三钗》《南京安魂曲》：国殇叙事中的女性创伤书写

1937 年 12 月，日本侵略者侵占南京期间，以惨绝人寰的手段血腥屠城。这些年来，随着亲历者日记、口述实录等不断被发现，那段历史的细节越来越清晰地呈现出来。新近发现的史料证实，“南京大屠杀”一词在当时即已多次见诸报端成为固定提法，[①] 并与第二次世界大战史上最著名的“奥斯威辛集中营”等相提并论，那是一段让人不忍直视的惨痛历史和令人悲愤的灾难。

美籍华人张纯如历时数载，走访数个国家，遍访上百见证人后终于在 1997 年完成了第一部用英文写就的有关“南京大屠杀”事件的著作《南京浩劫——被遗忘的二战浩劫》（*The Rape of Nanking: The Forgotten Holocaust of World War II*）。该书是张纯如通过实地采访调查大屠杀幸存者，广泛翻阅大量历史档案资料，借助第三方当事人的日记、书信文字，从日本人、中国受害者、西方在华人士三个角度全方位回溯“南京大屠杀”这一历史事件的纪实作品。书中详细讲述了南京沦陷后，屠杀发生的恐怖六周里，国人的绝望及幸存

① 《南京大屠杀 80 周年：勿忘人性“至暗时刻”》，新华网，http://www.xinhuanet.com//2017-12/13/c_1122102287.htm，2017 年 12 月 13 日。

者的悲惨经历，同时述及那些冒着生命危险帮助中国平民的西方友人，也揭露了战后日本极右势力将“南京大屠杀”人为抹去的卑劣行径。①

一 战争中的女性：被蹂躏与被折辱的双重苦难

相较于之前对“南京大屠杀”的书写，21 世纪出现了多维度的展现。“20 世纪的南京大屠杀叙事围绕‘战争与男人’展开，而 21 世纪则围绕‘战争与女人’展开”。② 换言之，20 世纪主要从屠杀的残虐与男性的视角讲述“南京大屠杀”，而 21 世纪则主要从被欺凌的屈辱与女性的视角表现“南京大屠杀”。在 20 世纪描写战争的文学创作中，很少有作家将视角专注在女性群体上。随着女性主义思想的发展，越来越多的作家开始将女性从众多的历史事件中解放出来，在对过往历史的梳理中重现女性的存在，女性的视角逐渐展露于社会的各个层面。近年来，在描写战争时，女性从隐性的存在逐渐彰显为显性存在，女性在历史事件中逐渐成为焦点，向世界诉说“自己的”故事和感受。

“南京大屠杀”的英文是 Nanjing Massacre，或称作 Rape of Nanjing，译为“南京强奸”，因为“这是世界史中最大规模的强奸之一”，在仅六周时间内“估计有 20000—80000 中国妇女遭到强奸”③，其手段残忍至极。“战争与女性”的关系被进一步血淋淋地揭示出来。美籍华人作家严歌苓与哈金，在构思有关“南京大屠杀”的文学作品时，先后关注到了女性这一群体。

战争往往是男性的游戏，女性往往是男性战争中的附庸品或牺

① 赵帅辉：《铭记历史 勿忘国耻——读张纯如〈南京浩劫〉有感》，新浪博客，http://blog.sina.com.cn/s/blog_49baf93f0102xj42.html。

② 李永东：《小说中的南京大屠杀与民族国家观念表达》，《中国社会科学》2015 年第 6 期。

③ ［美］张纯如：《南京浩劫——被遗忘的大屠杀》，杨夏鸣译，东方出版社 2007 年版，第 4 页。

牲品。“战争中最悲惨的牺牲总是女性。女性是征服者的终极战利品。女性承受的痛苦总是双倍的。并且无论在何种文化里，处女都象征一定程度的圣洁，而占领者不践踏到神圣是不能算是全盘占领的。这就是男性的游戏——战争之于女性的悲剧。”① 战争中的女性是绝对的弱势群体，她们既缺乏自保能力，身体又时刻被战胜方所觊觎或蹂躏。在“南京大屠杀”中，惨遭强奸并被残忍杀害的女性，据保守估计约有 20000 名；被强奸的女性在遭受身体的凌辱后，精神上的羞辱感往往伴随其余生。“在 1937 年至 1938 年，一位德国外交官报告，有‘无数的’中国妇女投江自杀”②，推测原因是她们“在面临抚养她们不想要的孩子（被日本人强奸所生下的孩子），或是犯下杀婴儿行为的两难选择时，中国妇女所经历的犯罪感、羞辱感和自我厌恶感”③ 使她们无法面对自我。可见，战争带给女性的除了无尽的身体伤害，还有更多的精神折磨。对战败的一方而言，强奸具有比“屠杀更为痛苦的含义”，因为强奸“是以践踏一国国耻，霸占、亵渎一国最为隐秘最脆弱的私处，以彻底伤害一国人的心灵来实现最终的得逞和征服，来实施残杀的”④。女性犹如国家的最后一道防线，是国家最柔软的所在，当一个国家的女性被敌人蹂躏和折辱时，这个国家的尊严就彻底被践踏，并成为难以消除的民族创痛。

严歌苓与哈金皆是当代著名的美籍华人作家，特殊的文化背景和成长经历使二人的创作都置于中国背景下、在异域环境里书写中国故事。严歌苓于 2007 年发表中篇小说《金陵十三钗》，将南京大

① ［美］严歌苓：《〈金陵十三钗〉创作谈》，载《金陵十三钗》，北京联合出版公司、陕西师范大学出版社 2012 年版，第 237 页。

② ［美］张纯如：《南京浩劫——被遗忘的大屠杀》，杨夏鸣译，东方出版社 2007 年版，第 4 页。

③ ［美］张纯如：《南京浩劫——被遗忘的大屠杀》，杨夏鸣译，东方出版社 2007 年版，第 4 页。

④ ［美］严歌苓：《〈金陵十三钗〉创作谈》，载《金陵十三钗》，北京联合出版公司、陕西师范大学出版社 2012 年版，第 236 页。

屠杀、异域文化、女性三者共同编织在一部作品中，于2011年经导演张艺谋改编为电影，引起极大轰动。哈金于2011年发表长篇小说《南京安魂曲》，主要元素同样包括南京大屠杀、女性、异域文化，也将女性作为主要书写对象，表现“南京大屠杀”中日军对南京妇孺在身体与精神两方面的双重凌辱。虽然这两部小说都把书写重点放在“战争中的女性”层面，但其观照点与书写方式却迥然有别，各自呈现出鲜明的艺术特色。

在《金陵十三钗》中，严歌苓延续一贯的写作个性，在极端的环境中关注女性自我意识的觉醒、探讨女性的生存价值。小说戏剧化地将两类伦理观念对立的女性群体置于“南京大屠杀”的战火下，在两类人的碰撞、推搡中揭示女性群体内部的分化，并最终在“国恨”的相同境遇里，由妓女群体的主动牺牲换来两个群体的最终和解。在小说中，女性与战争的关系逐渐由隐向显递进，主要表现残酷战争中女性的多重负重与悲惨遭际，私人性叙事的艺术成分更多。与严歌苓的观照点有所不同，哈金的《南京安魂曲》以宏大的视野、着重描写战争中的女性如何求生的故事。无论是设立金陵学院难民营的明妮·魏特琳，或是躲避在金陵学院的近万名妇孺，她们与战争的关系从始至终都是明晰而清楚的，小说用克制的文字将战争环境中的女性如何生存真实地表现出来。两位作家面对相同题材，其艺术“切口”虽然大小有别，但直面惨烈的勇气和胆识是一致的。

二 《金陵十三钗》：惨烈战争中的悲惨女性

严歌苓于1997年回南京参加有关“南京大屠杀历史学术国际研讨会”时，惊讶地发现，相较于经常缅怀“南京大屠杀”的海外华人群体而言，长久居住在故土的国人对于这场震惊全世界的屠杀浩劫已变得相当淡漠——“于他们已变得遥远而抽象，它的存在，只是一个历史符号”。[1] 面对这种情景，创作《金陵十三钗》这样一部具有“唤醒”使命的小说便成了她“长久以来非写不可的作品”，“人在异邦，会产生一种对自己种族的自我意识，这种对族群的自我意识使我对中国人与其他民族之间的一切故事都非常敏感”[2]。旅居国外的严歌苓自1993年后越来越频繁地参加“南京大屠杀”纪念活动及图片展，残酷的历史以直观的形式直击内心，身为作家的严歌苓便越发想要将它书写出来。因为严歌苓的生活经历、女性身份及书写习惯，她不仅关注这场人类历史上最大的浩劫之一，更关注在浩劫中挣扎生存的人，以及战争中被忽视的弱者特别是女性群体的悲惨境遇。

《金陵十三钗》的故事发生在位于国际安全区之外的一处教堂里，在一个相对稳定的狭小空间内上演了战争对人性的蹂躏与折辱。一群未谙人世的懵懂女学生与一群阅尽世间百态的窑姐，原是两个不会有深入交集的群体，在战争的推动下，在英格曼神甫所任职的教堂中一起生活了近一个月。严歌苓在小说的前半部主要叙述强行侵入的窑姐们与教堂“原住民”——女学生与神甫们——的冲突，着重书写泾渭分明的女学生与窑姐们之间的矛盾冲突。在教堂这个小环境里，战争的硝烟暂时没有给这群相互倾轧的人造成任何阴影，窑姐们将秦淮河搬移到了教堂，“仓库已经不是仓库了，是一条地下花船”，[3] 她们唯一的担心是食物的供给；而天真的女学生们对真实的战争知之甚少，对进入教堂的窑姐们却因其伤风败俗而充满厌弃与仇视。战争中暂时的和平假象随着三个中国逃亡士兵的闯入而被打破，经常外出的英格曼神甫讲述了日军对平民的屠杀、对中国女

① ［美］严歌苓：《南京杂感》，载《波西米亚楼》，天津人民出版社2015年版，第289页。

② ［美］严歌苓：《〈金陵十三钗〉创作谈》，载《金陵十三钗》，北京联合出版公司、陕西师范大学出版社2012年版，第235页。

③ ［美］严歌苓：《金陵十三钗》，北京联合出版公司、陕西师范大学出版社2012年版，第35页。

性惨无人道的强奸，两类女性逐渐开始认识到战争的毁灭性与残酷性。在战争中，“没有任何地方对占领军是禁地”。[①] 而战争对于女性而言，意味着蹂躏与屈辱；对于胜利者而言，“女人们无贵无贱，一律平等。对于强暴者，知羞耻者和不知道羞耻者全是一样：那最圣洁的和最肮脏的女性私处都被一视同仁，同样受刑”[②]。胜利者的狂欢使得战败国生命个体的价值被安置在最低限度，生命不再有高低贵贱之别，同样，在强暴者眼中，女性也只是作为模糊的群体而存在，上至80岁老妪，下至10岁孩童，女性的躯体被撕裂被践踏被毁灭。在小说的最后，窑姐们以一种大无畏的气概与胆识替换单纯的女学生们，主动去赴一场“魔鬼的盛宴”，实现一场自我牺牲式的拯救。此时，在日军残暴兽性行为的震慑下，两个对立群体间的争执与碰撞“因女性身体的同一性”而全部消解，国恨家仇替换了原先的道德分歧和个人恩怨。

教堂是16个女学生（小愚父亲接走小愚和她的两个同学后，剩13个女学生）和秦淮河14个窑姐（豆蔻死后剩13个）以及国民党少校戴涛与侥幸逃脱出来的几个伤兵的藏身之地，却仍旧不是“世外桃源”。豆蔻外出寻找琴弦时惨遭日军轮奸并被杀害，戴涛和几个伤兵即使丢弃了武器，仍被进入教堂的日军杀害。认清形势后，13个秦淮名妓毅然替换13个女学生赴日军设好轮奸的暗局，不止救了13个女学生，同时完成了“窑姐”向“刺客”身份的转换。在《金陵十三钗》中，当然不只强奸施暴这样的暴行，还有日军悍然违反基本的国际公约和人道主义，秘密枪杀已经投降的中国官兵、肆意杀戮民众、杀死避难于教堂中的没有武器的伤兵等。[③] 教堂里没有饮用水，阿顾

① ［美］严歌苓：《金陵十三钗》，北京联合出版公司、陕西师范大学出版社2012年版，第136页。

② ［美］严歌苓：《金陵十三钗》，北京联合出版公司、陕西师范大学出版社2012年版，第123页。

③ 刘艳：《女性视阈中的历史与人性书写——以〈金陵十三钗〉〈小姨多鹤〉和〈陆犯焉识〉为例》，《山东师范大学学报》（人文社会科学版）2018年第2期。

到附近小池塘运水，失踪；副神甫法比运了三趟水，“扎在淤泥里的阿顾就露出了水面”，“女学生们这下知道，这两天喝的是泡阿顾的水，洗用的也是泡阿顾的水，阿顾一声不响泡在那水里，陈乔治用那水煮了一锅又一锅的粥和面汤”。[①] 作家严歌苓以更加私人化的女性视域来书写“南京大屠杀”的历史，尽管不是宏观的视角，却以其痛彻骨髓的感同身受书写出女性“被侮辱与被损害”的经历。

严歌苓一直致力于书写极端环境下的女性境遇，探讨女性的存在价值。在《金陵十三钗》中，叙述者是“我”，所讲述的是亲身经历南京大屠杀事件的“姨妈书娟”的故事，“我”作为历史事件的旁观者，依据“姨妈书娟”的口述完成了一段历史故事的叙述。当涉及“南京大屠杀”这个沉重的话题时，严歌苓并未将视角投放在南京城的方方面面，而是由“我”及“姨妈书娟”的视角将故事范围局限在一座教堂之内，讲述“姨妈书娟”在屠杀期间所经历的一切事情。因为“姨妈书娟”视角的有限性，小说描写了教堂内两个对立女性群体在大屠杀期间的故事，视角的选择及局限性（书娟从未走出教堂）使得小说整体围绕“女性”“强暴”主题，由此可见严歌苓所观照的不是宏大叙事的 Nanjing Massacre，而是从 Rape of Nanjing 的层面解读这场人类浩劫。[②] 在“姨妈书娟”的叙述下，读者虽然无法透视整个南京城在 1937 年的境遇，却可以注目教堂内窑姐与女学生心理间的摩擦、碰撞以及军官戴涛与赵玉墨、豆蔻与王浦生、陈乔治与红菱的情愫。严歌苓曾说，她的写作“是献给南京大屠杀中的女性牺牲者的”[③]，由此可见，《金陵十三钗》的创作出

---

① ［美］严歌苓：《金陵十三钗》，北京联合出版公司、陕西师范大学出版社 2012 年版，第 157 页。

② ［美］严歌苓：《从“rape”一词开始的联想——The Rape of Nanking》，《波西米亚楼》，天津人民出版社 2015 年版，第 292—293 页。

③ ［美］严歌苓：《金陵十三钗》，北京联合出版公司、陕西师范大学出版社 2012 年版，第 237 页。

发点是女性，并“专注于故事性，专注于道德话语的辩证与反转，专注于身体的打量”[①]，表现她们的身体创痛、心理负重和精神创伤。

“强奸”在战争中一直是一个始终存在却容易被忽视的事件，“但发人深省的是，这个横亘在我们历史记忆中心的、被强暴、蹂躏的女人，始终只能是有力、有效的见证物，而几乎从来不可能成为见证人；因为‘她’在心照不宣的权力与文化的‘规定’中，已先在地被书写为一具尸体，一个死者。”[②] 南京大屠杀中，被强奸的女性人数在20000—80000人，但是在战争胜利后，这些妇女或主动或被动地选择隐姓埋名，社会的文化观念不允许将这种事情广而告之，由此，在战争中受到日军双重强暴的女性“被消失”了。严歌苓正是通过对《金陵十三钗》的书写，向世人着重揭示“南京大屠杀”中备受戕害的女性群体。小说以“女性”贯穿全文，选择妓女这类处于女性群体中最弱势的一支进行书写，旨在唤起读者对“南京大屠杀”中一直沉默和被忽视的群体的记忆。

《金陵十三钗》自2011年被导演张艺谋搬上大银幕后，迅速被人所熟知，影视版在剧情上并未做过多改编，“妓女救国”的核心情节仍被沿用。在小说中，严歌苓巧妙地将妓女与女学生安置在同一场地，并使二者发生联系：书娟的父亲曾是玉墨的座上客。在小说的前半部分，严歌苓着重叙述了以玉墨为首的窑姐们的放浪姿态，她们妖娆的身体、千娇百媚的笑容、软糯呓语的语言都使得她们与这座教堂格格不入，并在自我的言说与他人的诘责中，将自我定位在“低贱”的位置上，“为了使女孩们单纯、洁净从而能使她们优越，世人必须确保玉墨等人的低贱”[③]。在小说的后半部分，窑姐们

① 郑兴：《旧想象与新话语——〈金陵十三钗〉与〈南京安魂曲〉对照记》，《岱宗学刊》2012年第1期。

② 戴锦华：《见证与见证人》，《读书》1999年第3期。

③［美］严歌苓：《金陵十三钗》，北京联合出版公司、陕西师范大学出版社2012年版，第31页。

与女学生们意识到，教堂里面的“和平是假象”，她们间的嬉笑玩乐、对彼此的怒骂责问“也是假象”，“外面血流成河终于流到墙里来了”① 的时候，女学生与窑姐的矛盾其实并没有被消解，而是被隐藏在血流成河的灾祸之中。在战争胜利者眼中，南京的女性没有高低贵贱之分，但在女性自身的阵营中，社会准则却依旧存在，女性群体间的高低贵贱依旧被划分。所以，英格曼神甫希望“把不太纯的、次一等的生命择出来，奉上牺牲祭台，以保有那更纯的、更值得保存的生命”②。当以玉墨为首的13名窑姐自愿穿上女学生的衣服赴魔鬼的盛宴时，不仅极度谴责了日军的暴行，更颠覆了生命的“贵贱”“高低”之别。

尽管《金陵十三钗》中的屠杀场面不多，但是通过英格曼神甫和逃亡伤兵的转述，仍将战争残暴的一面展现得淋漓尽致，那些死里逃生者和亲眼见证者的事后讲述更令人细思极恐。小说前半部分锦笔细描窑姐的妖娆身姿以及与军官的情爱挑逗、窑姐与女学生之间道德裁判的“高低”与生命的“贵贱”，这些无疑都增强了故事的可读性与趣味性，凸显了“活色生香”与繁华温柔的金陵及其女性面对战争时的猝不及防，反衬了民国首都南京从“人间天堂”到“修罗战场”的剧变。

三 《南京安魂曲》：残酷屠杀中的女性生存

美籍华人作家哈金的小说《南京安魂曲》主要讲述南京大屠杀中，以明妮、拉贝为首的第三方国际人士起初对战争保持严格的中立，但在日军残暴、凌虐的行为下，他们改变了立场，不再单纯地认为日

---

① ［美］严歌苓：《金陵十三钗》，北京联合出版公司、陕西师范大学出版社2012年版，第72页。

② ［美］严歌苓：《金陵十三钗》，北京联合出版公司、陕西师范大学出版社2012年版，第201页。

军的到来会使这座被国民党抛弃的城池获得安宁，日军的兽行使得明妮等人开始奔波于拯救受难者与保护幸存者的行动之中的故事。

在故事的整体建构上，哈金与严歌苓都将目光转向南京大屠杀的历史记忆，并将观照点放在女性群体之上，但在整体架设之下，故事的结构及走向却截然不同，这种不同在两篇故事的开篇已然显示。在《金陵十三钗》中，少女书娟身体的成熟取替了万炮齐鸣的恐怖，“她不是被突然哑了的炮声惊醒的。她是被自己下体涌出的一股热流弄醒的”[①]。此时，个人身体的疼痛与羞耻一定程度上遮盖了南京城中传来的枪炮轰鸣，个人的情感抒写凌驾于战争所带来的灾祸之上。作家严歌苓以女性特有的敏感与细腻，描摹出以身体为原点的“女性感知”以及放大出去的世界，当然也包括女性个体间的摩擦与纠葛、女性的情感与生命体验等。

与之相反，哈金在《南京安魂曲》中专注描述“人类荣耀历史上的污点之一”，小说摒弃生活的温情，首先将战争残酷的一面铺陈开来。在开篇，哈金用倒叙的手法，直接将视角推进至 1937 年 12 月 24 日，让被抓捕的本顺讲述他在 23 日至 24 日的所见所感，将大屠杀残忍的一面展示出来。“本顺总算开口说话了。我们聚在饭厅，听那孩子讲了整整一晚上。”[②] 在本顺的叙述中，日本军人杀人如麻的本性、城外被血染红的池塘、街道上随处丢弃的尸体等场景简单粗暴地将战争推向幕前：“人命突然变得不值钱了，死尸到处都是，有些尸体的肚子被切开，肠子流了出来，有的被汽油烧得半焦。鬼子杀了那么多人，把小河、池塘、水井都弄脏了，连他们自己也找不到干净的水喝了。就连他们吃的米饭都发红了，因为都是用带血

① ［美］严歌苓：《金陵十三钗》，北京联合出版公司、陕西师范大学出版社 2012 年版，第 4 页。

② ［美］哈金：《南京安魂曲》，季思聪译，江苏文艺出版社 2011 年版，第 1 页。

的水煮的。”[①] 当本顺在饭厅中开口说话时，在南京城中弥漫的恐怖、战栗、沉重的氛围便将读者包围，读者一下便被拉入一个真实可信的情境之中。哈金倾向于以真实、素朴的语言将“南京大屠杀”直接表述出来，侧重描写大屠杀期间及其后女性的生存困境。

相较于《金陵十三钗》将“强暴”作为书写核心，《南京安魂曲》则将受难与拯救置于女性被强暴之后。《南京安魂曲》将故事空间放置在安全区内的金陵女子学院，学院的创办方是美国人，由此保证了故事空间的稳定性，但哈金并不仅仅将故事局限在金陵女子学院，而是犹如一张蜘蛛网般向周围扩散。随着魏特琳与安玲的走动，视线投向安全区外、南京城及其周边，并通过明妮与安全区委员会成员拉贝、瑟尔、威尔森及日本军官等人物的多次接触沟通，将南京城中令人战栗的场景通过各种人物之口讲述出来，将被凌虐者的无助、幸存者的无望及救助者的无奈一一呈现。屠杀为何发生、屠杀如何发生、屠杀之后如何生存等问题在《南京安魂曲》中一直被提及。在小说的四个章节中，“首都沦陷”侧重讲述屠杀为何发生，并试图从国民党、日军两方面探寻因由。“慈悲女神”则将灾难发生时明妮·魏特琳如何救护南京城中的妇孺呈现出来，并以此为辐射，侧面点出第三方国际人士及中国人民在屠杀期间救助他人的行为。“诸种疯狂”与“此恨绵绵”则将屠杀过后人们的生活状态及情感状态呈现出来。不同于严歌苓戛然而止的处理手法，哈金更多侧重的是将如血的事实裸露在人们面前，并将事实背后的现实如实呈现，如最引人关注的妇女被强暴后怀孕生子的事件、人们对大屠杀的情感体认等。哈金希望通过讲述明妮的故事，完整讲述南京大屠杀事件，“通过金陵学院这一国际安全区的视点，展示日军屠城、奸淫和抢劫的残暴行为，再现魏特琳等国际友人无私的拯救和

① ［美］哈金：《南京安魂曲》，季思聪译，江苏文艺出版社2011年版，第4页。

保护受害者，才是他的首要任务”①。

与严歌苓“将戏剧性发展至最大”的创作手法不同，哈金在《南京安魂曲》中较少运用戏剧性的情节，其所叙写的关于明妮的故事大多是以史实为依据，在叙述明妮故事的基础上，哈金以宏大叙事的手法将大屠杀时期的南京真实地再现出来。作品中有关事件的时间线皆与史实相吻合，国民党军队的退守、唐生智将军的无奈溃败、日军的被激怒与屠杀成性、安全区难民营中超载的人数、被日军“选走”的21位“妓女”等皆是历史文献中的真实记载，同时，它不是历史资料的铺陈、绝非将历史数据加以整理排序而写就。哈金为此将原稿修改了32遍，最后又将以明妮·魏特琳作为第一人称叙事的整体构架进行删改，创造出高安玲——受过良好教育、在工作上协助明妮、私下与明妮以朋友相交——这个直接受害者去讲述明妮的故事。在谈及为何创造高安玲这一形象时，哈金坦言“因为中国人是真正的受害者，必须在他们的故事和明妮的故事之间找到一种平衡。这才是负责任的态度”②。

《南京安魂曲》展现了那段真实的大屠杀历史，并借叙述者高安玲的视角将大屠杀中的女性如何生存真实地呈现出来。高安玲并不是一个普通的叙述者形象，而是夹杂在两种文化之间的特殊个体。首先，高安玲既是一位生长在中国大地上的普通国民，又是一位长期与外国人士交流、虔诚信仰基督教的“新兴人士”。其次，高安玲家庭成分的复杂性使得其拥有独特的观看战争的视角：丈夫耀平是会说日语的教授；女婿是国民党高官；儿子浩文留学日本并与日本女子结婚生有一子，在被迫参加日军后被中国游击队以汉奸罪名杀死。高安玲家庭成分的复杂性及双重文化的身份使她不再单纯地以

---

① 洪治纲：《集体记忆的重构与现代性的反思》，《中国现代文学研究丛刊》2012年第10期。

② ［美］哈金：《南京安魂曲》，季思聪译，江苏文艺出版社2011年版，第2页。

一种眼光与视角看待这场战争，而是试图多角度、多层面地剖析战争的本质，由此“小说实际上有了一种间离的效果，也确保了叙述的客观性”[①]。通过高安玲的叙述，一方面将南京大屠杀时期，明妮·魏特琳为拯救上万妇孺所做的努力与牺牲表现出来；另一方面将南京大屠杀的暴虐性以一种客观、公正的态度表现出来，将大屠杀期间“地狱在南京”的宏大景象生动描绘出来。在哈金笔下，“南京大屠杀”不只是抽象化的存在，拥挤的金陵女子学院难民营、蜷缩不安的身体、绝望嘶吼的求救声等场景的直接书写，使“南京大屠杀”成为具象化的存在被直接呈现。

四　国殇叙事：戏剧化的激情与间离化的冷静

哈金与严歌苓在写作上都不约而同将观照点放置在中国的“国殇之痛”上，在异域文化环境中书写中国故事，所选取的切入点与所想要表述的情感与中国大陆作家明显不同。因为“南京大屠杀”历史的沉重性，大陆作家极少选择去碰触这块“伤心地”。虽同为描写南京大屠杀的文学佳作，除了在处理“女性与战争”关系上有所不同之外，由于其创作观念与性别因素的差别，两者在文字的运用技巧上同样差异颇大。

严歌苓在写作时，文字更具有情感化，对人物用大量的心理描写与动作描写，试图用最细腻的文字最大限度地将人物的内心触动表现出来。而哈金更多运用的是“直叙其事”，不需要过多的描写与修饰，直白、平实、冷静的叙事更能将战争的惨烈表现出来，他并不着力渲染某一个杀戮场面，他的文字就如同“摄影机”般将场景如实地展现在人们面前，由此大屠杀下南京的地狱式场景便慢慢展现于眼前。

① 哈金、傅小平：《文学最高的成就在深入人心——关于哈金长篇小说〈安魂曲〉的对谈》，《黄河文学》2012 年第 2 期。

在《金陵十三钗》与《南京安魂曲》中，严歌苓与哈金皆有对女性被强奸场景的描写，但二者的侧重点有所不同。严歌苓在描写全书唯一一次强奸场景时，侧重以细腻的文字展现受难者的内心。“十五岁的豆蔻被绑在椅子上，只有一个念头：快死吧，快死吧，死了变成最恶的鬼，回来掐死、咬死这一个个拿她当作便盂的野兽、畜生。……她只盼着马上死去，化成一缕青烟，青烟扭曲变形，渐渐幻化出青面獠牙，戴十根滴血的指甲，刀枪不入，行动如风，……她看见对面的人形畜生被一朵朵血花击中，淹没，最大的一朵血花从她的上腹部喷出，然后是她的肩膀，接下去是她的下腹。”① 在这段有关强暴的描写中，细腻的文字将豆蔻渴望死去、渴望复仇的极致情感呈现出来，细致的心理描写使豆蔻被蹂躏、被损害的身体与精神最大限度地被书写，文字的婉转与细腻在一定程度上强化了读者对其身心创痛的感知。哈金的《南京安魂曲》直笔书写杀人和强奸的场景更多。在面对强奸这一惨痛经历时，哈金选择用最直刺人心的文字呈现，侧重将一场强暴从“摄影机”的角度呈现出来。“我们看见一个年轻妇女赤身裸体，躺在一块绿色的雨布上，一边哭叫一边挣扎，一个络腮胡子日本士兵，一手狠插在她两腿之间，发出欢快的声音。一把刺刀就立在她脑袋旁边。”② 直白的语句，没有任何修饰的文字，将一场强奸以最直接的方式呈在纸笔之上，日本士兵的残暴、中国妇女的无助被真实地刻录在文字影像中，使读者真切地直面血腥的暴力与被压迫者的无助。

严歌苓文字的细腻与戏剧化不仅表现在对人物形象的塑造上，同时也表现在对人物与事件的审视与评判方面。譬如，当军人李全友面对日本士兵踢打中国小兵王浦生时，他做了最后奋力的搏

① ［美］严歌苓：《金陵十三钗》，北京联合出版公司、陕西师范大学出版社 2012 年版，第 164 页。

② ［美］哈金：《南京安魂曲》，季思聪译，江苏文艺出版社 2011 年版，第 78 页。

斗——狠狠地掐住了日本军官的脖颈，而随着日本刺刀插入胸口的疼痛，“这个陌生中国军人的脸变形了，五官全凸出来，牙齿也一颗不落的暴露在嘴唇之外，这样一副面谱随着他手上力量的加强而放大、变色，成了中国庙宇中的护法神”①，对李全友的描写完全是严歌苓式的，将想象式的激情加注在人物形象之上。

与严歌苓文字的戏剧化激情不同，哈金在写作《南京安魂曲》时，克制自身情感，坚持用平实、素朴的语言描摹这段对于中国人而言过于惨痛的历史。余华曾这样评价哈金：“他的叙述是如此的平静，平静的让人没有注意到叙述的存在，可是带给读者的阅读冲击力却是如此强烈。”② 余华认为《南京安魂曲》“有着纪录片般的真实感，触目惊心的场景和苦难中的人生纷至沓来。哈金的叙述像纪录片的镜头一样诚实可靠”。③ 哈金的叙述是冷静的，但这种冷静并不是事不关己的冷漠，而是在汹涌的情感面前克制自身情绪的流动，以实现文学叙事的“间离”效果。体现在文字中便是直白、平实地叙述事件，对人物或事件不做过多的修饰，就如对待“强暴”事件一样只是将场景如实地记录下来、不需要辞藻的修饰，平实的文字摄像已经足以将日军在南京城中对妇女的残暴表现出来。对于南京大屠杀这一惨痛记忆而言，情感的克制与文字的素朴，不仅不会使人漠视这段历史，反而会将历史的创伤与记忆的创痛“深沉地”呈现出来。

从 2014 年设立第一个国家公祭日开始，在记取战争教训方面，我们在渐次丰富。只有铭记每一个人身上发生过的悲剧，我们才能防止悲剧再次发生。反对战争、珍视和平，就是保护每一个生命的

① ［美］严歌苓：《金陵十三钗》，北京联合出版公司、陕西师范大学出版社 2012 年版，第 189 页。

② ［美］哈金：《南京安魂曲》，季思聪译，江苏文艺出版社 2011 年版，“序言”第 3 页。

③ ［美］哈金：《南京安魂曲》，季思聪译，江苏文艺出版社 2011 年版，“序言”第 1 页。

价值和尊严；勿忘国耻、尊重人性，珍惜现代文明成果，永远不要重现那样的“至暗时刻”。[①]“南京大屠杀”档案于2015年被正式列入联合国教科文组织《世界记忆名录》之中，这意味着南京被凌虐与被屠城的历史记忆已不单是中华民族的个体记忆，而上升为整个世界的集体记忆。“南京大屠杀”的国殇，已经走出了民族记忆的“暗渠”，成为国际社会主流记忆的一部分。

第三节　从《木兰辞》到《花木兰》：迪士尼电影的话语共谋与文化误读

中国古体诗《木兰辞》[②]之所以能流传千古，从古代价值体系中考虑，主要是“推崇木兰的孝烈形象（花木兰被列为中国‘二十四孝女’，以替父从军的壮烈行为名垂千古）”[③]。对该文本进行孝悌主题再创作的历代文学艺术作品也不在少数，如唐代韦元甫的《木兰歌》、宋代林同的《妇女之孝二十首·木兰》、元代侯有造的石碑文《孝烈将军·祠像辨正记》、清代石承楣的七言律诗《女道·木兰代戎》等。随着跨媒介传播技术的日益成熟与时代精神的顺时而变，《木兰辞》在被搬上大荧幕的同时，其原典意旨也被不断延伸解读，如爱国护家、无畏敌寇、女权意识等。作为中国古代文艺经典，《木兰辞》既是“对特定时代政治、经济、文化、社会等方面的具体反映和艺术凝缩”，[④]又包含着牵动民族自我认同和普遍性价值的

① 《南京大屠杀80周年：勿忘人性“至暗时刻”》，新华网，http：//www. xinhuanet. com//2017－12/13/c_ 1122102287. htm，2017年12月13日。

② 本文提及的《木兰辞》皆指（宋）郭茂倩编《乐府诗集·横吹曲词》的“唧唧复唧唧……安能辨我是雄雌”一首。全诗可见（宋）郭茂倩编《乐府诗集》全3册，中华书局2019年版，第381—382页。

③ 王梦姣：《“木兰电影”研究》，硕士学位论文，西南大学，2017年。

④ 傅守祥：《文学经典的跨时代与跨媒介传播研究专题·主持人语》，《温州大学学报》（社会科学版）2020年第4期。

丰富的精神文化内容。这一文本具备的跨时代解读张力是当今电影纷纷把它当成改编素材的基础。

作为成熟的大型跨国电影公司，迪士尼对各国历史典故、童话故事的电影改编情有独钟。进入21世纪，迪士尼开始探索新的转型之路，打造起经典动画改编为真人电影的产业链，独占鳌头的影视技术和俘获人心的经典IP使其一系列动画改编的真人电影获得了可观票房，如《沉睡魔咒》（2014）、《奇幻森林》（2016）、《美女与野兽》（2017）、《阿拉丁》（2019）等。这些巨制的成功离不开迪士尼公司一贯秉持的话语共谋理念，“一方面保留故事的异域风格，另一方面又注入鲜明的美国文化元素”，[①] 即在有意的文化认同与必然的文化误读之间求取协调。正如学者盖琪所言：“迪士尼之所以能够发展成为美国大众文化在全球范围内的代言人，与其动画世界长期以来在深层上既立足主流、却又灵活调适的话语策略密切相关。”[②]

然而，从1998年动画版《花木兰1》、2004年动画版《花木兰2》到2020年真人版《花木兰》，面对异国文化传统，迪士尼电影在表现中国经典文本《木兰辞》时陷入了话语共谋的滑坡式困境——从积极解读到排他性误读。尤其是2020年9月上映的真人版《花木兰》，非但没能延续动画版“卖座又受捧”的佳绩，在票房和口碑上未孚众望，还因其“剧情松散平扁”“对中国文化浅尝辄止和元素符号的粗暴堆砌”等弊病得到不少低分反馈。根据中国票房网的实时数据，截至2020年11月2日，真人版《花木兰》票房约为27730万元，豆瓣评分5.0分，IMDB评分5.4分，均低于动画版《花木兰1》（豆瓣评分7.9分，IMDB评分7.6分）和《花木兰2》（豆瓣评分6.4分，IMDB评分5.7分）的受众评分，与该片上映前

① 阮方：《创意，动画的灵魂——迪斯尼动画创意分析》，《电影评介》2013年第1期。

② 盖琪：《现代性与后现代性的杂糅：迪士尼文化的深层话语策略》，《探索与争鸣》2016年第2期。

对演员阵容和动作场面的大举宣传报道形成巨大落差。

迪士尼作为具有全球流通性、身处文化贸易网络的重要传播平台，对他国传统文化的再叙事必定面临不少挑战，譬如如何做到既尊重经典又超越经典、巧用主流受众的期待视野以及如何合理应对内外政治话语干预、文化差异导致的海外市场受限等问题，不过这些矛盾并非不可化解。着重探讨迪士尼系列电影《花木兰》对原典《木兰辞》的改编取舍，并选取21世纪以来有代表性的国产木兰题材影片稍做比对，有助于窥探前者对中国传统从积极解读到排他性误读的演变过程及其原因，为这种滑坡式的话语共谋困境提出可行对策。

一　动画版《花木兰》：跨文化交往中的善意解读与话语共谋

“文化远不是一个无缝衔接的整体，而是包含着大量彼此相异的、不和谐的、分裂性的元素。”① 正因此，处于特定民族文化圈的人在跨文化交流中往往自觉或不自觉地“按照自身的文化传统、思维方式和自己所熟悉的一切去解读另一种文化”，② 进而产生文化误读。由此可见，民族元素的异域表达若想获得双方的认同，就需要两种文化之间的积极协商和善意理解。迪士尼电影是国际性的文化传播媒介，对文化误读现象趋利避害，积极协调跨文化差异、善用受众猎奇心理和普世价值观是其获得市场认可、赢得资本的常用策略。《花木兰1》自1998年上映以来口碑渐佳，甚至在2020年迪士尼真人版同名电影被搬上荧幕后，许多观影者“喜旧厌新”并纷纷重温《花木兰1》，从一个侧面肯定了该片在跨文化话语共谋上的成功。而《花木兰2》作为前者的续集，虽已脱离原典情节、另拟剧情，但依旧保持第一部的服化道风格，在豆瓣和IMDB两大中外影

① 常江、史凯迪、［印］霍米·巴巴：《理论建构是一种赋权的政治——文化错位、流散与身份政治》，《新闻界》2019年第1期。

② 乐黛云：《文化差异与文化误读》，《中国文化研究》1994年第2期。

视点评网站上的评分也比真人版略胜一筹。

较之于真人版《花木兰》，两部动画版影片再现中国传统文化时没有刻意拼接和过分堆砌异域元素，而是构筑了一个以美式思想为底盘的完整中国故事，这得益于对显性文化的恰切安排和隐性文化的善意误读。所谓显性文化是指一个民族的整体生活方式及其价值系统、行为模式以及器物风格等，而更为核心的隐性文化涉及的是民族的信仰、宗教、哲学、道德等更微观的层面，[①] 后者的民族特异性要隐晦复杂得多，因而跨文化交流中的误读现象也往往发生于此。在显性文化的处理方面，两部动画版《花木兰》一如既往地体现了迪士尼影片的话语共谋策略。从视觉上的祥云状烟雾、宽窄式襦裙、家庙式祠堂到思想上贴合地展现中国生肖文化以及对龙的崇拜——花家祠堂摆放着十二生肖作为后代的守护神，每一个生肖都有各自特长，如猴子最精明、老虎最能干、备受推崇的龙最强壮。在这里，迪士尼以其精良出彩的制作技术积极展现具有异域情调的中国元素，顺利笼络了以中国人为主的东方观影主流。对隐性文化的误读在文化交流互建中时刻发生着，动画版《花木兰 1》的过人之处就在于将误读中的美式思想底盘隐置在木兰忠孝赤诚、英勇救国的道德光环之后，使误读内容在影片完整传达经典意旨的大框架中得以错位存在。在该片中，父亲花弧身患腿疾，参军必定凶多吉少，木兰因担忧家人而蹙眉踌躇，又毅然不辞而别、替父从军，纯而真地表现了孝心动机。相较于对孝的表现，木兰的唱词“为了证明自己有能力，期待成为巾帼”虽有追梦豪言意味，但无特意围绕此主题进行的行动刻画和心理发展描写，只能从零星细节中寻得一二。《花木兰 2》则明显突出了木兰身上的美式思想，将国家大义置于儿女情长之

---

① 傅守祥：《文化生态的紊乱与人文品格的异变探微》，《深圳大学学报》（人文社会科学版）2015 年第 1 期。

后，质疑皇帝的和婚政策，不惜忤逆圣旨、牺牲自己去成全公主们的个人幸福。这种率性而行、崇尚自由的民主思想虽有些许魏晋南北朝开放民风的意味，但离原典《木兰辞》所寄存的君主专制时期的忠孝情怀已远。不过第二部是衍生剧，大多受众不会苛求它尊重原典，更多满足于能够从中重温熟悉的视听体验，基于这一原因，其话语共谋策略不致过于失效。

迪士尼动画电影《花木兰1》和《花木兰2》都被纳入迪士尼系列公主影片，动画角色花木兰也成为迪士尼的“十四位公主之一”，因而两部影片在诸多方面都承继了公主系列影片对人物、剧情等方面的经典处理，成为获得受众认同、进而保持乃至增强其粉丝黏度的又一要因。这首先体现在，不管是木兰本人的歌舞唱段情节，还是其他配角的合演唱段，都做到了中国文化元素与歌舞唱演的迪士尼动画特色的恰切融合，既合理调度了影片节奏、气氛，又能立足剧情以契合受众的观影心理。例如由成龙配音的《男子汉》（*I'll Make a Man out of You*）出现在李翔带领众士兵艰苦训练、军队由弱变强的过渡点中，歌词“大家同心作战，让匈奴绝望！为何这群士兵都像个姑娘？你们笨拙散漫又扭捏，我会改变你的前途！要成为男子汉不认输……”宣扬好男儿应当保家卫国，应和了影片的军营训练场景，产生音画对比效果。主题曲《倒影》（*Reflection*）歌词“如果我永远遮掩自己，只能欺骗世界，却无法欺骗自己的心……”虽隐含美式主流思想的底盘，不再歌颂忠孝品德，然则确证自我的呼吁能唤起现代人类的强烈共鸣，该曲目早已成为《花木兰》忠实受众期待回味、品鉴的怀旧对象。此外，动画版《花木兰》中的动物守护神设定也承袭了迪士尼公主系列影片的经典模式。木须龙和蟋蟀等守护神角色虽被赋予迷信意味，但角色本身极具童真色彩，构成了影片中幽默诙谐情节的动力元；木须龙的善恶举止也能以或正或反的效果衬托出木兰善良勇敢的性格。可以说，迪士尼经典动画元素与中国传统题材的融合处理，一方面迎合了作为观影主力的中国受众“中国文化走出去”的民族自豪感，另一方面又在保留原典意蕴的基础上给予了受众另类的观赏经历。

面对难以避免的文化误读，迪士尼公司在制作两部动画影片时正确预判时代语境和主流受众心理，善意处理显性与隐性两个层面的文化解读，使得改编影片获得了较好的票房市场和受众反响，取得话语共谋良效。同时，我们也不能忽视动画版《花木兰》存在的文化误读硬伤，诸如各种经不起推敲的东方文化元素杂糅：日本艺伎的装扮与中国式相亲的拼合、四不像的木须龙外形等。当然，电影不是历史文献，不应对它做索引式考究，但人们需有清醒的文化自觉，避免将这种戏谑改写后的文化杂糅商品视为纯粹的中国传统文化。

二 真人版《花木兰》：文化族群博弈下的排他性误读与臆测

全球化语境下的电影媒介不再是单一的艺术文化传播工具，往往主动或被动地参与文化政治的话语实践，成为树立国家形象、传播民族文化的有效手段。在如今中美关系紧张化时期，“特别是对刚刚经历过贸易战的中国和美国来说，应对疫情的态度和手段的差异进一步加剧了两国在意识形态领域的矛盾”①。在此背景下，迪士尼动画改编的真人电影《花木兰》“文化立场的选择产生了银幕表述与文化诉求之间的错位”②，遗憾成为美国对外文化博弈计策下的牺牲品。据《好莱坞报道》，美国电影协会将真人版《花木兰》定级为 PG－13，理由为片中含有暴力场景，而此前迪士尼动画改编真人

① 陈继勇、杨格：《新冠疫情与中美经贸关系重塑》，《华南师范大学学报》（社会科学版）2020 年第 5 期。

② 侯东晓：《从虚构的“傅满洲”到假想的“拯救者”——论好莱坞银幕“华人”想象与形构》，《当代电影》2020 年第 1 期。

电影多被定为PG级或G级。[1] 这固然是根据美国电影协会自身制定的标准做出的定级，但也必然会被媒体夸大利用并冠以“迪士尼首部辅导级真人版电影”的噱头，对扩大儿童受众、增强票房号召力产生消极影响，进而阻碍影片话语共谋策略更好地生效。

如果说对异域文化进行再创作时难免存在文化误读，那么辨别其中的误读属性就有利于解析文化交流中或浅或深的理解障碍并商榷相应的可行对策。在接受者视角下，将文化误读大致分为接受性误读和排他性误读，前者是接受方出于“拿来主义”“为我所用”的主观动机而对外来文化进行重新理解和阐释形成的误读；后者是接受方深受内心潜藏的排外心理支配导致的抗拒性阅读而形成的误读，背后潜藏着接受方试图将其他文化纳入自身模式的“文化中心主义”意识形态。[2] 中国作为人口众多的发展中大国，拥有极为可观的电影市场，真人版《花木兰》自然希求做到对中国传统的积极解读，却有意无意地走向排他性误读。

首先，体现为影片很大程度地受制于现下中美两国政治生态微妙、民族心理差异等因素，原本试图讨好中西两边的受众，最终却走入了表达误区。例如真人版《花木兰》借鉴了一度成为票房冠军的《功夫熊猫》对中国元素“气”的成功运用，只不过前者将“气”描述为仅限男性能使用的能力，女性不可展现它，否则会被人们视为异类、巫婆。可以说，这一借鉴反倒成为该片的一大槽点。木兰作为全剧唯二拥有超常“气”能力的人，在军营训练场上听从了父亲曾经的劝

① G级：大众级，适合所有年龄段的人观看——该级别的电影在主题、语言、裸露程度、性、暴力等方面不包含会引起父母或监护人不快的内容。PG级：辅导级，建议在父母陪伴下观看，有些内容可能对儿童不宜——该级别的电影基本没有性爱、吸毒和裸体场面，即使有时间也很短，恐怖和暴力场面不会超出适度的范围。PG－13级：特别辅导级，13岁以下儿童尤其要有父母陪同观看，该级别的电影没有粗野的持续暴力镜头，一般没有裸体镜头，有时会有吸毒镜头和脏话。（详见徐红《美国电影分级制度的发展变化》，《电影新作》2003年第5期。）

② 邵志华：《跨文化语境中文化误读的镜像认知》，《兰州学刊》2011年第1期。

告——“hide your gift away to silence its voice（隐藏你的天赋以免它露出锋芒）”，通过隐藏自身的“气”以表现得与男性无异。存疑的是片中“气”概念的所指，似乎既有武侠片中“真气”“气功”之意，又有中国古代形而上的哲学内涵，女巫仙娘甚至认为谎言会阻滞“气”的施展。实际上，无论导向哪一种所指，“气”都不是影片中花木兰身上天赋异禀式（gift）的存在，而是“人与自然之气的平衡，亦是一种需要长期修炼才能达到的‘天人合一’的境界”。① 这一中国元素的拼接硬融使情节、主题显得支离破碎，并且从思想内涵来看，表面上避免了文化中心主义，实则有妖魔化中国形象之嫌。且看影片中另一位具备超常“气”能力的女性女巫仙娘，无论妆容服饰还是思想行为，都俨然被塑造成一位在封建男权社会逼迫下走入歧途的魔女，在战场上使用黑魔法吓跑士兵，几近不战而胜。如萨义德所说，“每一个时代和社会都会重新创造自己的‘他者’。因此，自我身份或‘他者’身份绝非静止的东西，而在很大程度上是一种人为建构的历史、社会、学术和政治过程”。② 被完美化的花木兰与被妖魔化的女巫仙娘就是此类“他者”角色。如果说花木兰是陈查理式的禁欲家臣，那么女巫仙娘就是傅满洲式的恶魔撒旦，③ 在为女性发声的公正外壳下，依旧隐现着西方对中国形象的恶意表征。这自然顺应了中美紧张局势下美方试图打破文化多元主义的政策立场，却造成了剧情上的硬伤，

① 吕天瑀、廉子婧：《从中西文化的差异看电影〈功夫熊猫3〉中“气”的误读》，《大众文艺》2016 年第 12 期。

② ［美］萨义德：《东方学》，王宇根译，生活·读书·新知三联书店 2013 年版，第 426—427 页。

③ “傅满洲”出自英国作家萨斯·罗默的《神秘的傅满洲博士》等傅满洲系列小说，“陈查理”出自美国作家厄尔·德尔·比格斯的《没有钥匙的房间》等陈查理系列小说。两个人物角色差不多同一时期出现在好莱坞银幕，但其形象特征、内涵却差异很大。前者是白人警察日夜缉拿的要犯，后者是抓捕白人罪犯的侦探。前者面目可憎，令人畏惧，是颠覆西方世界的罪魁祸首；后者温和善良，是美国人心目中的模范移民，但被剥夺了男性特征，成为一个“非性化”典型。二者有一个共同点：都是缺乏男性魅力的华人男子。详见姜智芹《傅满洲与陈查理：好莱坞对华人男性的祛魅》，《艺苑》2006 年第 7 期。

不仅中国受众从文化传统和民族情感上无法理解这种人物设定，而且西方受众群体也容易将二者简单理解为白雪公主与恶毒皇后那种二元对立式的人设关系，难以做更隐晦层面的意蕴探求。

其次，忽略受众的怀旧情愫，刻意改写经典、突出寻找自我的女权主题是影片表达异域文化的另一处“排他性误读”。从宋元土楼、西北荒漠、唐朝皇宫到魏晋的额黄妆容、元杂剧对联等中国古代元素的混融，体现了真人版《花木兰》延续迪士尼对特定异域文化元素进行杂糅的创作惯例，形成一种文化奇观。但与此同时忽略了对系列影片自身经典元素的传承和对《木兰辞》原旨的尊重。真人版影片的前期宣传占据了各色自媒体、流媒体版面，宣传团队冒着疫情风险赶赴各国路演也是在为影片的上映倾力造势。然而当制作方透露真人版电影中不再有木须龙作为守护神角色、不会有以 *Reflection* 为曲目的木兰歌舞唱段时，大批影迷在社交网络中表达了失望和遗憾情绪。这或许是制作方对自身创作理念的绝对自信，抑或是在市场调查①实施和信息获取方面存在阻力。总之，期待视野没有得到回应，从一个侧面反映了制作团队没有足够重视受众群体对经典元素的认同心理，进而在一定程度上影响电影的市场业绩，反映出该片在话语共谋努力上的滑坡。除此之外，真人版电影继动画版《花木兰2》后，进一步偏离了原典意旨，迎合当今的女权热潮，将花木兰突出塑造为一个异于传统规范下贤妻良母形象的勇武女性，具备飞檐走壁、骑马射箭等所谓的男性专属能力。当父母提及相亲成家时，木兰的神情是落寞的，举止是勉强的，与 1998 年动画版中乐观顺从的木兰角色差距极大。真人版《花木兰》中，木兰从军前被父亲训斥“learn your place（摆正你的位置）”，她的从军动机可以

---

① 据悉，迪士尼在拍摄电影初期都会对市场进行相应的调查，以制造出满足市场需求的人物形象等影片元素。详见张硕衎《动画电影中女性刻板印象与社会偏见分析——以迪士尼电影中公主形象的嬗变为例》，《新闻研究导刊》2019 年第 15 期。

说更多被展现为反抗传统女德以证明自我、实现自我，影片结尾对木兰余生的旁白进一步强化了该意旨——“The girl became a soldier, the soldier became a leader, and the leader became a legend（女孩成为士兵，士兵成为将领，将领成为传奇）”。而从原典《木兰辞》中“木兰不用尚书郎，愿驰千里足，送儿还故乡”“脱我战时袍，著我旧时裳。当窗理云鬓，对镜贴花黄”，可知原典中的木兰无论是面对朝堂天子还是血脉亲人，其内心意愿都是回归世俗认可的那种女性生活。这是符合时代语境、富于历史价值的事理逻辑安排。正如戴锦华教授所言：“这个僭越了性别秩序的故事，是在中国文化秩序的意义上获得了特许和恩准的，那便是一个女人对家、国的认同与至诚至忠。”① 真人版电影企图做到中美文化的两全，然而对木兰角色的塑造不仅使寻找自我的女权主题几近掩盖了对忠孝品德的宣扬，以致剧中出现的“忠勇真孝”四字显得刻意和突兀；而且陷入了女权主义的假象当中——花木兰的过人之处无一不是世俗标准下的男性特质，当花木兰与传统女性的温顺柔婉品质断绝的同时，就已被裹挟进男性绝对标准中，女性并没有建立起自身的话语权和价值标准，致使忠孝与女权两种意旨的传达都只在隔靴搔痒。

“电影媒介基本上成了政治话语的传播工具”② 的论断固然有些绝对，却也多少反映了时下电影行业的境况。正如真人版《花木兰》上映恰逢中美关系交恶，即使在中国市场向该巨制敞开怀抱的情形下，该片仍受到美方文化族群博弈理念、民族文化偏见的不小压力，没能保留善意去处理好文化认同与文化误读之间的关系，在希求讨好中西方市场、促成话语共谋时陷入滑坡式困境，最终未能体现出成熟的跨国电影公司应有的制作水准。

---

① 戴锦华：《昨日之岛：戴锦华电影文章自选集》，北京大学出版社 2015 年版，第 82 页。

② 周旭：《由身份对抗走向话语共谋——数字媒介对电影批评主体建构及其话语策略的影响》，《新闻与传播评论》2019 年第 2 期。

三　跨文化交流的经典阐释：尊重原典的善意正解与话语共建

在现今全球化语境中，电影作为具有跨国影响力的传播媒介不可能是一种纯艺术，长久以来受到文化族群内外部的资本市场竞争、政治文化策略施压等因素的牵制。因此，如何在经典再阐释时兼顾好民族传统和时代精神，提高影片的国际接受度，进而更好地助力全球跨文化交流互建是经典改编为电影需要直面的首要挑战。

粗陈20世纪末以来改编自古体诗《木兰辞》的电影，包括迪士尼公司的动画版《花木兰1》（1998）和《花木兰2》（2004）、中国导演马楚成拍摄的真人版《花木兰》（2009）以及于2020年先后在中国上映的陈成导演的《无双花木兰》、李雨夕导演的《花木兰》、新西兰人妮琪·卡罗导演的《花木兰》、廖光华导演的动画版《木兰·横空出世》，等等。其中，2020年以木兰为题材的国产电影扎堆上映，无疑有借迪士尼真人版电影《花木兰》热度以博取关注的意图。令人无言的是，这些电影未得到受众青睐，票房低迷，被大胆篡改的剧本情节也没有做好对经典的尊重与超越。例如李雨夕执导的《花木兰》将木兰塑造为一个侠义之士，且以情为主线，早已脱离原典的忠孝意旨；陈成导演的《无双花木兰》更是加入了巫婆人设；廖光华导演的动画版《木兰·横空出世》，不仅在故事情节上完全另起炉灶，而且在服化道等方面甚至直接仿效时下流行的网游风格，整部影片不如说是将不连贯的网络游戏元素低劣地缝合为一部顶着经典噱头的动画电影。从更大视角来看，此类影片知错犯错的行径也暴露出中国电影市场存在的急功近利的浮躁心态，反向证实了创造性解读经典文本不是没有底线的解构重整，而是要在原典基础上挖掘出有价值的新意，应当于经典、于受众都有所得。

洞悉这些影片与原典《木兰辞》的思想文化差异可知，在贴合原典基础上进行创造性的善意文化解读和再叙说是值得采用的改编策略。例如2009年版马楚成导演的《花木兰》，不仅写到文泰几近战死、木兰痛失发小、每一位战士的面容衣着都体现着塞外军营生活的艰辛，虽然气氛格调上比原典沉重得多，但写实性地展现了塞外军营生活和战场厮杀；而且没有完美化塑造花木兰形象，完整刻画了木兰在战争环境下从稚嫩到成熟的过程。这是对“将军百战死，壮士十年归”十个字的出色想象。2009年版的木兰女性身份没有在行军生涯中被公开揭露，为影片展开木兰的军旅生活和书写其赫赫军功创造了合情理的身份条件，如此才能够有原典所说的“策勋十二转，赏赐百千强”。而在迪士尼的三个版本中，木兰的女性身份都于从军中途暴露，并且在将军的宽恕和惜才心理下才得以逃过一死。这一改写虽然使剧情有了节奏上的起伏，却难以在情理上服人。因为在战场上军令如山，且魏晋时期并不限制女性参军①，欺上瞒下当比以女性身份参军更难被宽恕，影片无疑理想化了军营制度和将领角色。此外，2009年版《花木兰》还有一个不同于迪士尼改编版的情节设定，即没有加入木兰相亲失败的环节，更纯粹地传达了木兰因“阿爷无大儿，木兰无长兄”而从军的孝悌动机。片中木兰既能照顾好任性的父亲，又有不错的身手来保护发小，这也符合战乱频发时期魏晋南北朝的女性形象。而迪士尼的动画版和真人版都加入了木兰在父母之命逼迫下的相亲失败经历，以及父亲对木兰不如寻常女儿家安分的训斥，不仅使得影片中寻找自我的女权主题更加凸显，而且透露出恶意误读中国传统文化的霸权色彩。《木兰辞》中的木兰既能“当户织”，也能“替爷征”，不是一个性格举止神经大条的角色，在那个女性能参军学武的时代也不太可能因为过于活泼就引致众邻里冷落。而迪士尼真人版《花木兰》突兀地将木兰的活泼

① 张承宗：《魏晋南北朝妇女从军考》，《南通大学学报》（哲学社会科学版）2005年第1期。

好动归结为与生俱来之“气”的外露，同时借此大大夸张了民风的保守程度，塑造了一批固守性别偏见、对能够“飞檐走壁”的木兰不以为然乃至有意疏远的邻里。不难发现，这种负面误读潜伏着以美式文化思维为制高点恶意言说中国传统社会的意图，势必无法在庞大的中国受众群体中唤起情感共鸣。任何跨文化传播的成功都离不开尊重原典、善意正读的根本法则。迪士尼若想要获得主流受众的支持，从而发展其资本，就不能摇摆于此一时彼一时的文化政治生态，秉承善意解读法则对他国文化传统进行艺术再现才是正途。

中西文化之根不同，对彼此文化的解读势必具有族群差异性。在凭借各种跨媒介载体日益实现文化转换日常化的地球村里，每个人都处于特定的历史文化圈中，又无时无刻不与其他族群的文化发生互动交流，这无疑为各国实践各自的文化战略提供了沃土良田式的环境。作为具有全球影响力的美国老牌电影制作公司，迪士尼在中美政治生态不理想之际推出其系列电影《花木兰》的真人版，固然是对中国传统文明的一种认可，也有利于中国实现中华文化“走出去”战略并扩大文化影响力；但影片存在神秘化中国元素、霸权式误读中国传统社会的弊病，对中国乃至其他东方国家的国际形象产生负面影响。客观解析酿成这类弊病的原因，可发现其中既有过分追求商业效应、刻意杂糅异域文化元素的迷误，又有主动或被动加入文化族群博弈导致的对他国传统文化的恶意误读，由此造成了迪士尼系列电影《花木兰》从 1998 年动画版、2004 年动画版到 2020 年真人版在话语共谋上的滑坡态势。“一般而言，政府对媒介产业的制度安排是一种博弈的结果，即各种不同集团为了在广泛的媒介法律和传统背景下获得有利于自己的条件而进行的博弈。”① 对此，媒介产业较为明智的策略是在资本诱惑与政治渗透的国际大环

① 傅守祥：《文化实践的制度正义与文化生态的动态平衡》，《探索》2014 年第 3 期。

境中进行积极的文化互建。面对必然存在的跨文化交流障碍，电影等艺术媒介要秉持人类命运共同体的理念去善意理解与言说，明晰各国文化共生共荣的时代大趋势，才能在资本、政治乃至文化族群的博弈中不被过分牵制，才能在促使各国文化多元共存发展、推动全球跨文化和谐交流的进程中发挥更大程度的效力。

第四节 《一个陌生女人的来信》：电影与小说的跨界互动与艺术沟通

奥地利作家斯蒂芬·茨威格的小说素以细腻入微的人物心理描摹著称，《一个陌生女人的来信》便是此类小说的代表，它自问世之初便以激越浓烈的情感内涵与细腻入微的心理描写征服了读者，成为西方文学史中的不朽经典。该小说以书信体的形式，叙述了一个“陌生”女子对作家R先生一生的情感经历。故事在女子的心理空间中展开，从而赋予了作品以深沉激烈的情感内涵以及展现了人物完整细腻的内心世界。

鉴于小说艺术的巨大魅力，《一个陌生女人的来信》（以下简称《来信》）吸引了电影艺术界的目光，美国导演奥菲尔斯、中国导演徐静蕾都曾将此文本改编成电影，试图以视觉艺术来重建茨威格作品中那个饱含细腻心理内涵的人物世界。然而，相同的文学底本经过不同民族、不同性别、不同时代的两位导演的改编诠释，却呈现为具有强烈差异性的电影作品。

1948年美国好莱坞导演马克斯·奥菲尔斯（Max Ophuls）首次将《来信》改编为同名电影，搬上了银幕。影片中的故事发生在1900年的维也纳，男主人公的身份由作家变成了钢琴家；同时，影片对小说底本的故事情节作了较大程度的改动，如女主人公后来的结婚、其丈夫与男主人公最后的决斗等情节。在时隔56年后的2004

年，中国女导演徐静蕾又将小说《来信》改编为同名电影，并获得西班牙圣思巴斯蒂安电影节的“银贝壳奖”（最佳导演奖）。徐版影片将小说底本的故事发生地从维也纳移植到了1935年至1948年的中国北平，女主人公变成了一个小学教员的女儿，而男主人公是一名利用业余时间从事写作的记者，电影的其余部分则基本上忠实于原著的故事情节。由同一部小说改编而成的两版电影，出于各种原因与目的，两位导演都在一定程度上对小说底本作了改动；而这种改动，实际上反映了小说与电影两种艺术媒介之间的表现差异，以及从小说到电影的艺术转换过程中的所产生的文化差异。

美国电影艺术学者乔治·布鲁斯东（George Bluestone）在探讨电影改编问题时首先对小说与电影作了明确的区分，他认为：小说是一种语言的艺术，而电影则是视觉的艺术，两者的最终产品代表着两种不同的美学种类；而从小说到电影，即所谓的电影改编，实际上就是将小说的情节有效地套在一个戏剧式的叙事结构中，充分调动电影的声色光影等各个元素，以电影的手法讲述一个充满戏剧感的故事。因此，当一个电影艺术家在着手改编一部小说时，其中的变动自然不言而喻，而更加实际的情况是，小说在电影制作者的眼中变成了一堆未经加工的素材，他所关注的只是小说中的人物与情节，而根本不注意素材本身所具有的形式。故电影“改编固然首先是两种媒介符号的转换，但本质的意义却在于对名著思想价值和艺术价值的再创造”①。可以说，改编实际上是一种个人的创作行为，是以改编者的当代性眼光对名著作品的重新阐释与再创造，是在对原著一定程度的忠实的基础上融入了改编者对于作品的独特感受与认识。有的学者认为：“改编者将对原著的忠实再现和对原著的重新阐释从不同角度，以不同形式结合起来，改编的目的……更侧重于

① 赵凤翔、房莉：《名著的影视改编》，北京广播学院出版社1999年版，第150页。

传达原著的一种精神，实则是改编者所代表的一个时代、一个社会、一个民族对原著精神实质的理解。改编后的影片，更多是表达当代人的审美观和价值观。"[①] 从上述关于电影改编的分析中可以看出，从小说到电影这一改编过程同时也是对改编者"文本接受"过程的一个生动化、具体化演绎。而所谓的"文本接受"，"泛指对一切作品的审美的和非审美的一切方面的接纳、占有、消化或拒绝、摒弃等反应"[②]。下文将从地理环境及时代背景、叙事视角以及心理诠释这三个方面来探讨、分析不同改编者在对《来信》"文本接受"的改编过程中，其电影作品所表现出的基于个体与时代差异基础上的不同理解及其相应的延续、遗失或增添等艺术转换现象。

一　时空转换：地理环境及时代背景的中国化设定

在《来信》的小说文本中，茨威格表明了故事发生的地点在维也纳，但并未清楚地说明故事及人物的时代背景，仿佛这样的一个故事可以发生在任何一个时代、任何一个地方。而作为小说作品不可或缺的重要元素——时间与地点在《来信》中却表现得如此可有可无，这实际上与茨威格在创作这部作品时的观念是分不开的。茨威格曾明确表达过自己在"写作上的主要志趣，一直是想从心理的角度再现人物性格和他们的生活遭遇"[③]。由于茨威格对于人物心理空间的强烈关注，使其在大量作品的实践中表现出一定的非情节化色彩，将人物心理情绪的流变推至首位，而让情节、时代地理环境等外部世界退居次要，因此连作品中主人公的姓名都可以简略为作家 R 与陌生女人。恰是这样的作品为电影的改编提供了想象的翅膀，

① 赵凤翔、房莉：《名著的影视改编》，北京广播学院出版社 1999 年版，第 55 页。

② 童庆炳主编：《文学理论要略》，人民文学出版社 1995 年版，第 220 页。

③ 石昭贤等编：《现当代外国现实主义文学 40 讲》，贵州人民出版社 1998 年版，第 193 页。

而电影中所呈现的关于地理及时代背景上的改编也能够在一定程度上反映改编者的时代文化心理及个人化意图。

美版《来信》在地理环境及时代背景上的改编基本上遵从了原著的设定，故事发生的地点仍然是在维也纳，而时间确定在了1900年。在这样的设定中，地理环境的作用在电影中得到了极大的凸显。导演在改编后的影片中凸显了维也纳作为欧洲音乐之都的艺术文化内涵，将男主人公的身份由作家改为钢琴家，以此为切入点在整部电影中贯穿了古典音乐的旋律。在情节中增加了男女主人公每一次交往过程的音乐性元素，“于是钢琴、音乐会、剧院、海报，便成了富有吸引力的形象化背景”①。导演在改编中充分发挥了电影作为视觉艺术的优势，以电影视听形象的强大表现力与观赏效果，为电影平添了优雅、浪漫、梦幻的艺术氛围。而这样改动，恰恰迎合了电影的创作规律。除却导演为充分发挥电影优势的这一改编意图之外，作为一部典型的好莱坞式电影（影片中大量情节的改编具有好莱坞式特点，如女主人公后来的结婚，她丈夫和音乐家最后的决斗等与偷情、婚外恋相关的情节，都是好莱坞电影所特有的模式），改编者却将美国式的情节模式套在了欧洲文化的框架中，这实际上在一定程度上反映了改编者的时代文化心理及个人化意图。《来信》的文本是一部典型的具有欧洲气质的小说故事，陌生女子用一生的时间全身心地、默默地爱着男主人公的情感心理与欧洲人追求典雅、含蓄之爱的精神气质是相符合的，而这样的情感与美国民族的情感追求是有所出入的，也与美国的历史文化传统不相融合。或许正是出于保留原著中精神气质的这一考量，尽管影片的拍摄地都是在美国，但影片最终还是完整地呈现了20世纪初的欧洲风情与文化风貌。

纵观电影可以看出，美版影片在时间上的设定仍是可有可无的，

① 赵凤翔、房莉：《名著的影视改编》，北京广播学院出版社1999年版，第51页。

1900年的时间设定仅仅是一个符号，与故事情节的发展并无太大的联系；另外，影片在地理环境上的设定更是直接遵从原著，并延续了原著中的欧洲文化氛围。因而在2004年推出的中版《来信》中，导演在地理以及时代环境上的巨大改动，就成了影片的引人注目之处。与美版的改编正相反，中版《来信》的导演力图将一个欧洲化的故事纳入中国文化的框架中，将故事发生的背景移植到了民族传统文化气息十分浓厚的中国北平，让一段激越浓烈之爱在充满特定时代内涵的20世纪三四十年代中铺展开来。可以看出，在整部影片中导演极力抹去原著中的欧洲气息，突出最具有中国民族特色的文化符号，如老北平的四合院、男主人公爱听的京剧、胡同里的人力车、小女孩放上天空的风筝以及最能代表中国传统文化氛围的春节元素等，这些都是最具有中国民族文化特点，也最为外国人所熟知的文化符号。同时，尽管导演本人曾提及不想在影片中加进太多的时代背景，担心一部纯粹讲述爱情的电影流于道德批判，但导演最终还是将故事情节的发展、人物的悲欢离合与中国特定历史时期的时代背景相联系起来。如女主人公的第一次委身是因为参与爱国游行运动遇险而得以与男主人公有了第一次接触的机会，又如男主人公的每一次遗忘都与当时恶劣的局势有关等。

将私人化的爱情置入广阔的时代背景中是中国影视作品的一贯表现手法，似乎以此就能增加影片的厚重感及思想性，而改编者在《来信》中对时代背景因素的强调，实际上也正是这一意图的反映。另外，导演以电影地理背景上的改编为切入点，植入大量本文化的标志性符号，其中的用意或许正如评论家所说的："对于西方观众来说，一个熟悉的爱情故事被中国改编者民歌小调地处理一番，自然倍感新异；而对于中国观众来说，故事本身仍然是纯西方式的，因而对其中的主题及女性心理问题仍然感到十分的陌生和好奇。"① 文

① 成慧芳：《民族文化身份与国际意识的碰撞及调和——〈一个陌生女人的来信〉在当代中国的接受》，《湘潭大学学报》（哲学社会科学版）2006年第2期。

化陌生化手法的运用不仅能够引起其他民族的观众对于一个欧洲故事在东方民族的土壤上演绎的好奇心，同时也能吸引本民族的目光去审视一个由外来的、具有西方意识与观念的故事改编成一个纯中国式影片的流变过程。

可以说，在对《来信》从文本到电影的地理及时代背景的改编中，无论是美版的欧化处理，还是中版的本土化移植，其背后最终的意图还是从改编者本民族的文化心理角度出发的。正如电影研究者在谈及电影改编的民族文化因素时所说："在改编中，由于不同的民族心理的驱使，在名著的选择上，大多数情况下改编者的眼光会瞄准那些与自己'情投意合'的中意之作，并且为保证影视剧观众（在很大程度上是本民族的接受者）能欣赏接受，他在把握民族大众心理的基础上，对名著开膛剖腹，进行改编。"①

二　影像叙事：框型结构的复调与女性视角的突出

在分析中美两版电影的叙事视角之前，首先应关注小说文本的叙述视角。茨威格在这部篇幅不长的小说中采用了框型结构，即在文本的开头与结尾部分以第三人称的叙事方法描写了男主人公在收到至阅读完信件这一过程前后的客观情况及其心理状态。该部分的内容作者采用了全知视角，使读者能够客观、全面地把握故事的发生以及结尾，而文本的中间部分则以书信的形式来展开故事情节。文本的叙述视角始终是以"我"——"陌生女子"的角度出发的。故事伴随着"我"的眼光而展开，采用了"我"对"你"说的叙事策略，读者与男主人公一起通过女子在信件里极具个人化色彩的描述逐步形成了对于整个故事的全部理解。同时，信件的内容将女子现时情况的描写与对过往的回忆穿插在一起，故文本中的叙事视角

① 赵凤翔、房莉：《名著的影视改编》，北京广播学院出版社1999年版，第159页。

时而聚焦于作为叙述者的"我"的身上，即对此时在写下这封信的"我"的现实及心理描摹；时而又聚焦于作为故事角色的"我"的身上，即对过往事件的回忆及对相应心理内涵的描写。因此，尽管文本的叙述视角集中在女子的身上，但也并不显得死板，而是极具跳跃性的。

上文已提到，小说文本在开头及结尾的部分采用了第三人称的叙事视角，叙述者试图将读者的目光以一种全知全能的方式带入男主人公的世界：记叙了男子在收到信这天的行为举止，描写了男子在看信前后的内心活动。而这样一种描写实际上却将读者与男主人公的视野融合在一起，使读者仿佛化身为男主人公，与他一起对信件产生好奇，开始阅读，并在阅读的同时一起感受女子的强烈情感，直至最后了解事件的全部过程。因此，尽管信件中采用的是女主人公第一人称的叙事方法，但小说中这种将读者与男主人公的视线绑定在一起的手法，却容易使得读者站在男主人公的角度以一种高高在上的姿态去审视这个"陌生"女子的故事，在一定程度上强化了男子在作品中的一种话语权力，使女子的形象变得朦胧。

由此反观中美两版电影在面对这一叙事视角上的不同改编方式。美国导演奥菲尔斯在其电影中完全采用了小说文本中的这一叙事视角，甚至强化了这样的结构。影片在一开始镜头就聚焦于男主人公的身上，交代了男子如今即将面临与某位男士（在片尾观众得以了解，这位男士就是女主人公的丈夫）决斗的境遇，其后镜头（同时也是观众的视线）便伴随着男主人公的目光一起进入了女子的信件之中。而影片的末尾，当女子在医院里写信的镜头逐渐变得模糊时（这不仅意味着信件内容的结束，同时也意味着女子的死亡），镜头切换到男子在看完信后缓缓抬起的脸上，观众仿佛也同男子一起从这样一场动人心魂的情感中抬起头来，通过男子饱含泪光的双眼，进入了男子对女子模糊的回忆片段之中。最后影片又承接故事开始时的框架结构，男子坚定地踏上了前往决斗的路途。另外，在原著中并不鲜明的男主人公形象在电影中得到了极大的丰富与发展，将男主人公的职业身份由作家改为钢琴演奏家。尽管这样的改编使得男主人公的表现空间得以扩大，将男主人公才华横溢的形象，与他那动人心弦的音乐一起，极大地增加了男主人公的个人魅力，为女子那一生痴迷难以自拔的爱情作了最好的注解；但同时也从另一个层面上更加直接地确立了男子的观者地位及其审视的权力。小说文本从主观上来说是一个女子孤独的爱情，似乎也应是一部关于女子的电影。然而这部影片在一位男性导演的手中变成了一部客观的他者的电影，变成了男子与女子的爱情故事。

而作为一位女性导演，徐静蕾则在其电影中对文本的这一叙事视角做了较大的改动。电影在开篇部分似乎有意识地隐没了男主人公，镜头始终没有出现男主人公的真面目，而是将观众的视线（即镜头）全部聚焦于信件之上，关注信件本身。而当信件的内容伴随着女主人公的旁白缓缓展开时，电影的叙事者也就变成了女主人公自身。可以这样认为，女主人公在某种程度上变成了一个观者，带领观众参与她的观赏行为，以一种同其画外音一样清冷而略带嘲弄的意味去观赏男子在与女子相接触、分离、遗忘的一生中的一切行为。这样的叙事角度实际上正体现了一位女性导演对《来信》中女人的爱情观的一种独特理解：女主人公不仅不是男主人公的附属，反而是独立的、十分完整的，拥有与男主人公的失败人生相对立的一种爱情观念与人生态度。影片拍摄完成后，导演在接受采访时曾谈到一种这样的观点：男主人公表现在爱情、事业与人生上的轻浮和无常性，与女子一生犹如宗教信仰一般坚定的爱情之间构成了鲜明对比。可以想象，男子在看完这封信后所遭受的冲击，对自己人生态度的怀疑，对自我认识的怀疑，恍然发现自己过去的人生并不是自己所以为的那样，而是通过一个“陌生”女子的自白发现了一个全然陌生，甚至是自己从未意识到、参与的过去。而与此"相反这个女人自我非常完整，因为她站在非常主动的一方，所有的决定都是她自己做的，她自己消化了她自己这样的一个过程，或者是为尊严、为爱情的一种信仰"①。在这一观点的指导下，导演力图在影片中将观众与男主人公的视角拆分，极力抹去了男主人公观看、审视的视线，从而强化了女主人公的第一人称叙事，丰富发展了女主人公的形象。而男主人公的全部形象则是通过女主人公的叙述而构建起来的，是经过女主人公的感受过滤而成的。显然，影片中所采取的这样一种叙事视角在深化女主人公形象的同时，却也忽视了在男主人公形象塑造上的重要性，缺少了美版《来信》中男主人公富于魅力的艺术形象，也就难以向读者合理地传达小说中所描绘的那种令人心灵震颤的爱情心理，观众所能看到的只是一个黯淡无光，甚至有些滑稽可笑的人物形象。

三 心理诠释：影像艺术的视觉传达与内心独白的画外音

小说是一门关于文学语言的艺术，是以文字符号为载体的想象性叙事艺术。而电影则是一门综合艺术，它通过声色光影等直接性感官体验将想象具象化，将读者关于文字描写的想象凝固在画面与声音之上，使观众看到的是直接的、可感的、具体的影像世界。因此，电影改编在将小说中人物的心理描写这一文字艺术转化为视觉形象时，必然表现出其作为视觉艺术的局限性。而茨威格的小说以其细腻入微的心理描写见长，《来信》作为一篇书信体小说则更是如此，其中关于女子虔诚激越之爱的心理描写更是文本中最精华的部分。

综观中美两版《来信》在处理小说中大量的心理描写时，均采

① 张会军、马玉峰整理：《所有的进步都是在承担责任的过程中得到的——影片〈一个陌生女人的来信〉导演创作谈》，《北京电影学院学报》2005年第3期。

用了画外音的表现手法来将人物的意识银幕化：女主人公的声音伴随着信件内容的展开而缓缓响起，改编者将文本信件中关于往昔回忆的叙事部分转化为直接的视觉影像，将难以转化的心理描写通过女主人公大段独立于画面之外的声音表达出来，通过外化的声音带领观众进入人物的内心世界，以此填补电影作为视觉艺术在表现人物心理情感上的缺陷与不足。然而，尽管中美两版电影都选择以画外音的形式将文字中的心理描写转化为可感的声音形象，但这一改编过程还是反映出改编者关于文本的不同理解与感受力，体现了从小说到电影这一转化过程中一些不可避免的增添或遗失的现象。

相对于中版电影以女主人公的大段内心独白作为整部电影发展的主要推动力量，美版《来信》中关于人物心理诠释的画外音则显得相对有限，女主人公的心理情感大多通过情节的设置与人物的表演（包括行为、对话等）来展现，女子的内心独白大多属于叙事片段间的过渡部分，在整部影片中所占的比重有限，使得观众很难从影片中体会到文本里女子的那种强烈激越、震撼人心的情感内涵。同时，影片中女主人公的性格与原著相比更加温婉含蓄，女子的内心独白正如主演琼·芳登所常常塑造的外表拘谨羞涩而内心波动很大的角色一般，始终保持着一种高贵而优雅的音调，失去了原著中那种充满压抑而又涌动着无限激情的心理“声音”。

例如原著在信件的一开始就如黄钟大吕般重重地敲打着作家 R 与每一个读者的心灵：“我的儿子昨天死了——为了这条幼小娇弱的生命，我和死神搏斗了三天三夜……现在我在这个世界上只有你，只有你一个人，而你对我一无所知……我只有你，你从来也没有认识过我，而我却始终爱着你。”① 这样的自白一开始就令读者强烈地

---

① ［奥地利］斯·茨威格：《斯·茨威格中短篇小说选》，张玉书译，中国人民大学出版社 2016 年版，第 208—209 页。

感受到了一种隐秘而激越的爱，而原著中这样震撼人心的开场自白在美版的电影中却被改编为："当你读这封信时，我也许已经死去。我有好多话要告诉你，但也许只有一点点时间。此信是否寄出，我也不知道。我必须给自己写信的力量……否则就太迟了。当我写信时，事情变得清楚了。我们之间所发生的事情，唯一的原因是我们之间的不了解。你收到此信后，你将会了解，我如何进入你的生活，虽然你不认识我，甚至不知道我的存在……"可以看出，贯穿整部电影中的这种温婉而内敛的内心自白使得茨威格小说中对于女主人公的那种强烈而汹涌的情感内涵的捕捉，以及对于人物灵魂的猎捕能力在从小说到电影改编的过程中基本遗失了。

相对而言，中版《来信》中在对文本心理描写的改编上更保留了原著的特色。导演在影片中运用了大段内心独白的表现手法，无时不在的女主人公的那种清冷而死寂的画外音犹如挥散不去的哀愁一般，成为推动影片发展的主要力量。同时，面对文字的优势，导演充分发挥了电影在视觉影像上的优点，对人物的性格、情感与心理内涵进行了视觉化处理，通过人物细微的动作，微妙的表情变化以及声色光影等因素的调动从不同角度来表现女主人公丰富的内心世界。

如在表现女主人公少女时期对男子由好奇到爱慕的情感变化时，就采用了不同的电影手法来综合反映人物的心理内涵。影片中少女惊慌失措地往大门跑去时却正与男主人公迎面相遇，两人四目相对时所采用的慢镜头最终定格于少女如小鹿般不知所措的双眸。此时影片的主题音乐——由钢琴和琵琶合奏的《琵琶语》悠扬地响起，画面转换到少女手中摇曳升起的象征看少子爱慕心情的风筝上，同时伴随着女子缓慢低沉的内心独白："从那一秒钟起，我就爱上了你。我知道女人们经常向你这个娇纵坏了的人说这句话，可是请你相信，没有一个女人象我这样死心塌地的爱过你，过去是这样，这么多年过去了仍然是这样。因为这个世界上没有什么比得上一个孩子暗中怀有的不为人察觉的爱情。”在这个情节中，导演运用了音乐、镜头运动、隐喻性情节以及画外音等多种表现手法从不同角度去渲染女主人公当时的心境，很好地利用了电影的优势来诠释人物的内心世界，把少女对美好爱情的强烈憧憬与向往表现得诗意盎然。

又如，当饱经爱情沧桑的女人再一次走进作家的房间，清晨面对男子如同对待妓女一般的举动以及又将彻底遗忘自己的命运，女子强忍着内心的悲苦走出来时，却与老管家碰个正着。此时哀怨凄凉的小提琴声缓缓响起，尽管时隔多年，老人却还是认出了眼前这个艳丽的女子正是从前的那个少女，两人四目相对，老者那洞穿女子一生的惊讶眼神，使女主人公瞬间泪盈于睫。之后老人由惊讶转为怜悯缓缓道出：“早啊，小姐”，此时人物的行动伴随着那一声声凄怨悠长的乐曲，将女主人公那心如死灰般的内心世界表现得淋漓尽致且极具触动人心的情感力量。

然而，尽管中版电影中女主人公的内心独白对于影片的情节发展有着重要作用，但女主人公那始终过于冷静的声音与一成不变的声调却削弱了原著中那种紧张而热烈的情感氛围。在小说文本中，女主人公对男子的爱，犹如飞蛾扑火般地诠释着爱情毁灭性的热烈与放纵，作品中始终弥漫着一种震撼人心的强烈而紧张的情感氛围。而改编后《来信》中那典型“中国式”的冷静，缓慢而含蓄的内心独白，以及对原著中爱情表达最激烈、心理展示最深切的段落的改编，如女主人公第一次回维也纳，每晚站在作家房前时内心的所思所想等，都大大削弱了女子对男子的那种狂热而激越的爱情力量，从而赋予了女子在原著中不曾拥有的一种高贵与矜持。最终原著中那种紧张热烈的情感氛围与浓墨重彩的格调转化到电影中已荡然无存，取而代之的是导演作为一个中国女性所反映在影片中的那种具有强烈中国化气息的含蓄而蕴藉的审美态度。尽管导演在接受采访时曾谈及这一改编的原因（即导演个人对于女主人公的独特理解与感受)，但不可否认，影片中女主人公那种没有段落变化、没有情绪转折的内心独白，使得影片最终缺少了小说中“陌生女人”的那种狂热激越的爱情所带给人的强烈震撼与深沉感慨，“缺少了那一声茨威格式的叹息——那叹息原本是那样悲凉感慨，而又是那样意味深长”①。

综上所述，作为西方文学的经典之作，《一个陌生女人的来信》的小说文本以其细腻入微的心理摹写突出了语言文字的魅力与优势，对于主人公心理与情感内涵的极致描写使《来信》中爱情的震撼力得以获得最惊人的效果。从小说到电影，作为改编者的导演，以其当代性眼光对文学原著进行重新阐释与再创造，是在对原著一定程度的忠实的基础上融入了改编者对于作品的独特感受与认识。中、美两版《来信》的导演都试图以电影作为一门直接诉诸感官视听的艺术之优势，来对这部以心理描写见长的文本进行电影改编，尽管各有得失之处，却是对电影中人物的心理化诠释的一种大胆尝试与探索。尽管小说与电影各有所长之处，但若两种艺术均秉持着自己的特点而不做尝试与突破，只一味地“扬长避短”，那么小说与电影之间的艺术或许也就只能停滞不前，难以获得艺术上更大的进步。而电影版《来信》所做出的尝试，尽管在一定程度上与文本之间、与作者意图之间产生了差异，但这或许也只是电影在吸收小说艺术之所长的探索道路上，那些难以避免的坎坷罢了。

第五节 跨媒介文本《金锁记》：展现浮华世界里的疯狂与苍凉

张爱玲于 1944 年发表了著名小说《金锁记》，著名文学评论家

① 陈墨:《缺少那一声茨威格式的叹息——谈〈一个陌生女人的来信〉的电影改编》,《当代电影》2005 年第 3 期。

夏志清先生称其为“中国自古以来最伟大的中篇小说”[1]。这部小说讲述了宗法父权家庭姜家二奶奶曹七巧的悲剧人生与病态人格，其一问世就轰动了当时的上海。作家张爱玲用细腻、华丽的文字刻画出一个曾经天真烂漫、而后心狠手辣的娇俏女子曹七巧形象，欲通过曹七巧这位女性形象，来展现些许女性个体生命的绚丽、无奈与苍凉。因张爱玲创作的敏锐视角以及曹七巧形象于当时、当下时代之不平凡的意义，2004 年中国导演穆德远将其搬上电视荧屏，并在光影交错下展示了清末底层社会女性的心灵变迁历程。两位艺术家分别通过丰富、动人的文字与生动的影像画面，以两种不同的艺术材质，为人们展现出一个充满爱欲的哀愁故事，刻画出一个变异的疯狂母亲形象，此令读者、观者五味杂陈、思绪万千。

《金锁记》是张爱玲的成名大作，著名翻译家傅雷也给予《金锁记》“文坛最美的收获之一”的评价。[2] 作家用尖锐的笔尖刺向人性中不为常人所熟知的一面，挑起人性原本麻木的神经，将女性的生命意志、女性不可抗击的命运与女性明知不可为而为之的叛逆，揭示得淋漓尽致。时至今日，当人们再次捧起这本并不算厚的著作时，会有莫名的厚重感，书中女性的不幸与男权世界的冷漠、冷酷令人绝望。新世纪的导演穆德远捕捉到小说中被命运折磨、抛弃的女性个体以及女性无奈的情感世界，并将小说中的故事展示于光影之下，让人们通过视觉来感受底层社会女性个体生命中所蕴有的女性主义色彩。

张爱玲用细腻而又不失平实的文字展示出女性曲折成长及女性性格变异的过程，同时电视剧充分利用声、光、色、影，激发人们

---

① ［美］夏志清：《中国现代小说史》，刘绍铭、李欧梵等译，复旦大学出版社 2005 年版，第 259 页。

② 刘开源、李宁：《枷锁镣铐下的苍凉人生：浅析〈金锁记〉中的曹七巧形象》，《西部学刊》2018 年第 4 期。

对卑微女性个体成长史的热情，展现世俗生存中的活色生香。小说与电视剧虽为两种截然不同的艺术媒介，但同样让人们感受到女性被压迫的苦痛与女性个体的叛逆。曹七巧的悲剧人生充分展示出平凡女性个体生命的绽放与陨落，且多年来为人们所不断思索。

一 天真烂漫的少女与男权世界的压迫

小说《金锁记》的最后与2004年版同名电视剧的开端部分，分别展示了出身贫寒的曹七巧，身为少女天真烂漫的一面，两者可谓异曲同工、殊途同归。于写实而犀利的文字中，曹七巧的模样十分灵动，当她“十八九岁做姑娘的时候，高高挽起大镶大滚的蓝夏布衫袖，露出一双雪白的手腕，上街买菜去。喜欢她的有肉店里的朝禄，她哥哥的结拜兄弟丁玉根、张少泉，还有沈裁缝家的儿子”①。小说用精短的几句话、几行紧凑而内涵丰富的文字，描绘出活泼可爱、招人疼爱且富有灵动之气的花季少女曹七巧。与小说的简短、精要相比，同名电视剧对小说作适当的扩展与改编也绝对必要，其对画面有着精确的标准，于内容上，也有着较大的包容性，而此也丰富了曹七巧性格的真实性与复杂性，所展现的意蕴也不亚于小说文本。2004年版电视剧《金锁记》在最开始部分聚焦于少女时期的曹七巧，身上服饰颜色之鲜艳、多彩，如淡蓝色打底、领口衣角布满可爱、绚丽的小碎花，加之天天一副没心没肺的露齿笑容，俨然一个大大咧咧的开朗女子，是十八九岁少女该有的模样。正如法国著名思想家西蒙娜·德·波伏娃所说，这样的少女“不时梳头发，涂脂抹粉，穿上薄薄的蝉翼纱，乐意卖俏和吸引人；由于她是自为而不是仅仅为他而存在”②。由此可见，曹七巧此时拥有生理上与心

---

① 张爱玲：《金锁记》，载《传奇》，中国青年出版社2000年版，第45页。

② ［法］西蒙娜·德·波伏瓦：《第二性》，郑克鲁译，上海译文出版社2011年版，第110页。

理上的绝对自由。她的魅力吸引了镇上卖猪肉的年轻小伙儿，同时她令裁缝家的儿子惴惴不安……他们总是曹家麻油店的常客，总想喝上曹七巧亲手装好的麻油。与此同时，影视剧的光影照射在少女曹七巧靓丽的面庞上，令观众看到一个自豪、满足、天真的少女形象，这样的生命活力正是女性主义所提倡与追求的。这时期的她"心高气傲"，有着别样的风采，具有无穷的女性魅力。

世上幸福的模样都极其相似，不幸之人却各自咀嚼着自己心中的哀伤。小说对曹七巧少女后期的遭遇并未明确指出，这给读者留下了无限的想象空间，作家用这样别有用意的留白令读者回味无穷。不同的是，电视剧对此则是适当填充，加强叙事连贯性，以丰富人物个性。2004 年版的同名电视剧最大的改编在于，纯真的少女在嫁进姜家之前，于机缘巧合之下爱上了俊俏的姜季泽。少女曹七巧初见来自京城的姜季泽，就毫无防备地对眼前与众不同的男子心生情愫。此时的电视背景音乐舒缓而动听，再配之画面，于听觉与视觉上的引人入胜，映衬着两人之间的爱意越发绵延。少女对面的姜季泽也对眼前这位淳朴、美丽、大方的女子曹七巧念念不忘，于是他们顺理成章地在乡下互定终身、承诺未来，但现实总是不留情面，越美好的事物越容易承受各方面的折磨。这位姜家的三少爷姜季泽实际上是来替他家的二哥相亲的，而对象正是懵懂无知的曹七巧。虽然出乎预料的是姜季泽与曹七巧相爱，但封建的家长制与男权家庭的威严不可能为了一位女子的终生幸福而动摇。连曹七巧本人也对此深信不疑，当姜季泽对她保证要说服自家母亲、令曹七巧做姜家三少奶奶时，她绝望地说出"你们姜家规矩严，谁都知道，长辈定的事情，没有人敢违抗的"，于此透露出她的绝望与哀伤之情。姜家是清朝时期备受皇帝重用的官宦之家，有着皇帝亲封的"诰命夫人"之称，姜家老夫人时常凭此夸耀，这无疑是男权社会的象征性表现。"父母之命，媒妁之言"展示了男权社会之压迫的不可反抗。

同时，“门当户对”也成为社会男女婚姻的标准之一，且不可逾越，这使曹七巧与姜季泽喜结连理的期盼变得遥遥无期，也就是在这样的压抑环境中，曹家女儿曹七巧委曲求全地嫁入了姜家，嫁给了先天不足的姜家二少爷。

生命的意义至高无上，然而女性宝贵的生命却在男权的社会中被无情践踏，这令人极其愤慨。马克思主义女性主义观认为导致女性受压迫、受剥削的根本原因是资本主义与男权的结合，其倡导女性经济上的独立自由。恩格斯的妇女解放思想启示我们，男女之间法律上的平等必须坚守，应该把性别压迫与阶级的、经济的压迫联系起来。① 无论是小说，还是2004年版同名电视剧中的曹七巧，都一直声称自己被亲哥哥“卖”给了曹家当所谓的儿媳妇，她清楚知道自己只是金钱交易背后的牺牲品。不幸的婚姻是男权社会对女子压迫的证明，是女子在男权社会中权利缺失的体现，正是这些使一位正常女性因门第悬殊和生活过度压抑而变得疯狂。

文本与电视剧之间的表现形式的确千差万别，但不同艺术形式所表现的中心、意蕴、内涵也可以相连、相通。虽然艺术之间的界限明显存在，但这样的差异也造就了艺术作品的独特魅力，给受众带来别样的体验。张爱玲的小说文本令读者发挥的充分想象力，使天真活泼的可爱女子跃然于纸上，而电视剧的声、光则给观众带来视觉上的愉悦和冲击，同时使观众对曹七巧这位母亲演绎的各种不可思议的疯狂举动印象深刻。这两种不同的艺术媒介清晰地描摹出冷漠、可怕的男权世界与女性痛苦的生活遭遇，尤其是曹七巧情感世界的崩塌，更使人不断思索。我们惊叹于女性原有的、自然的魅力，我们也愤慨于这样的女子受着来自他者的各方面伤害。

---

① 李进超：《马克思主义妇女解放理论及其现实意义：基于〈家庭、私有制和国家的起源〉的女性主义研究》，《广西社会科学》2019年第9期。

二 艺术沟通的手段与女性“恶”的展示

“电影电视首先是一门视听艺术，通过画面讲述故事、表达意图。画面是影视艺术中最基本的表现手段，每部影片的内容和意蕴首先是通过画面造型来表现。”① 电视媒介中画面造型的构造需要通过运用色彩、光线等手段来完成。在电视剧中，色彩运用比小说文本更能增加影视画面本身的艺术感，也更富有意蕴，以此来引导观众感受艺术家所指的深意。在2004年版电视剧《金锁记》中，少女曹七巧总是白色、淡蓝色的着装，姜家二少奶奶曹七巧总是一身火红，母亲曹七巧却总是身着黑色、灰褐色绫罗绸缎。衣服色彩的改变预示着人物性格的变异与心灵的变迁，这是电视剧重要的艺术特征。光线也是影视创作中刻画人物个性、表达人物情感所必不可少的元素。2004年版的电视剧《金锁记》的导演曾荣获第23届金鸡奖最佳摄影奖，导演对剧中光线、画面的调动无疑是广受褒奖的。在《金锁记》这部电视剧中也不例外，导演灵活调度光线，讲述人物成长的曲折历程。白色的清透亮光与黄光的大量采用，加之偏光、阴影在镜头中若有若无的存在，使得人物特征和艺术家的思想深意给观众留下深刻印象。这样的处理，一方面于相应背景下，表现出曹七巧非同一般的为“恶”之举；另一方面突出曹七巧身为女性，被卷入黑暗的旋涡，没有出口可寻的状态。这两者在某种意义上相互矛盾，但这也是人性矛盾之所在，更是社会矛盾之所在。

色彩与光线是电视剧生动的表现方式，除此之外，还有电视剧层层递进的故事叙述，以此加大了女性个体形象的深度。色彩元素与光线元素的运用，主要在于表现曹七巧身为人妻、身为人母之恶。小说中她对丈夫毫不尊重，公然说“横竖我们那位眼看着是活不长

① 曲瑞洁：《浅析影视美学中动与静的结合》，《戏剧之家》2017年第14期。

的，我们净等着做孤儿寡母了”，破坏了封建家长制家庭的“文明”与“体面”。身为人妻，她对丈夫不忠，无论是肉体上还是精神上，如果说张爱玲以紧实的文字对此进行了隐晦的表达，那么电视剧导演穆德远则将此进行了大幅正面的呈现，且对叙事内容的包容性给予充分的体现。小说用言语上你来我往的调情来表现曹七巧愧对妻子的身份，而电视剧则将这一切表现于昏黄光线下、轻纱绸布中的缠绵中……这不仅是“恶”的表现，还有女性如何变“恶”的体现，以更充分地展现出她对丈夫的不忠，这是电视剧艺术细节的表现之一。在电视剧层层递进的述说中，这些都得到了合理的展现，这也是电视剧对小说体裁中留白的填充。这样的电视剧艺术写实风格更接近大众的生活，也更缩短了荧屏上的艺术与厅堂中观众之间的距离。在电视剧媒介中，曹七巧的一切报复性行为都被集中和简化地解释为她与姜家三少爷相爱却被男权社会所不容而产生的心理变态。同时，曹七巧这个女性形象被刻画得清晰、具体，这样便更容易得到普通观众的理解，且强化了作品本身的现实批判性。

身为人母的曹七巧已经达到了近乎癫狂的地步，她是子女婚姻路上“踢不开的绊脚石”，她将“恶”发挥得淋漓尽致。西蒙娜·德·波伏娃在《第二性》的“母亲”一章中表明，对于女性而言，母亲的身份“是一个奇迹和一个游戏”。① 母亲这一形象代表的是美好与幸福，而曹七巧将母亲这一身份变为子女的噩梦。“她用那沉重的枷角劈杀了几个人，没死的也送了半条命。”② 于小说文本中，曹七巧将女儿姜长安的表兄从家中赶走，以避免女儿被男人“拐骗”。同时她也看不得女儿过分自由，加上封建传统与一时的心血来潮，她强制女儿裹脚。再者，她在女儿学校为一些小事大吵大闹、逼迫

① ［法］西蒙娜·德·波伏瓦：《第二性》，郑克鲁译，上海译文出版社 2011 年版，第 314 页。

② 张爱玲：《金锁记》，载《传奇》，中国青年出版社 2000 年版，第 44—45 页。

女儿退学。在女儿姜长安眼中，曹七巧显然是一位刻薄的母亲，她从里到外影响着女儿，姜长安逐渐变得如母亲那般越发敏感、易怒，但童世舫的出现将女儿姜长安拉回到纯真少女的时代，于是，姜长安开始相信幸福是可以把握的，此后她的人生才出现转机。然而母亲曹七巧却向童世舫暗示女儿有抽鸦片之恶习，于是她再次亲手将女儿的幸福断送掉，造成女儿的人生悲剧。2004 年版电视剧《金锁记》对此也进行了较多细节的展示。昏黄灯光下，她对女儿姜长安于音乐上的热情颇有意见，女儿视为珍宝的口琴，则视为她的眼中钉、肉中刺。她对女儿施以各式各样精神上的压迫，直至女儿妥协，她深知如何摧毁一个身处花季的明媚少女。无论是在小说文本还是电视剧中，对于儿子姜长白，为人母的曹七巧更是肆意散播儿子与儿媳的私生活，致使儿子的婚姻发生畸变、儿媳抑郁而终。在改编的同名电视剧中，曹七巧总对儿子维护小妾的行为骂骂咧咧、嚷嚷不停。在子女眼里，她已然如洪水猛兽般可怕，令人望而却步。这与传统文化中无欲无求、无私奉献、忘我牺牲的母亲截然相反，她给子女带来不可估量的伤害，毫无传统礼教中母亲该有的优秀品质。传统社会提倡母慈子孝，当一位女性无法成为合格的母亲时，其女性魅力也便丧失殆尽。从这个意义来说，曹七巧可谓枉为女子，更枉为人母，她丧心病狂的人格被展露得淋漓尽致，她“恶”得任性而彻底。

2004 年版电视剧《金锁记》对曹七巧这一人物个性有着创造性的展现。身为人妻、人母的曹七巧时常被暗黄色光线所笼罩，她的脸有时一边浸润于阴影、一边又特别明亮，在这样的情境下，她或单手扶额，或来回踱着沉重的脚步，显示出她心事重重、情绪复杂的心境。她担心姜家兄弟坑骗自己拥有的钱财，又对所爱之人身陷水火有着几分担忧。她不希望女儿嫁为人妻，也不愿意看到儿子与儿媳举案齐眉。当她看到女儿越发泼辣、儿子陷入丧妻之痛时，她又开始捶胸自责，这是她对人性复归的渴望，也是小说所未正面触及的真实人性所在，更是女性受男权社会坑害后痛苦不堪的体现。同时电视剧对小说文本的适当填充，也揭开了小说的朦胧面纱，形象地展现出女性之“恶”以及她们的悲惨处境，揭示了其身处矛盾中又摇摆不定的状态。电视剧对小说文本的创造性改编使得大众的观剧体会更加多面化、立体化。如果说小说文本是对女性的轻轻诉说，那么电视剧则是轰轰烈烈地表达着女性的难处，这两种不同的艺术媒介，均有着各自的艺术魅力。电视剧的立体化、形象化与小说的朦胧美、想象魅力，看起来似不相容，但实际上却吸引着无数的读者。两者同样描述着引人深思的故事、展现着同样丰富的人物形象，此两种艺术媒介皆不可抛。

三　不幸女性的外因与扭曲抗争的困境

在《中国现代小说史》中，夏志清先生认为张爱玲是一个彻底的悲剧主义者，她的笔锋总能塑造出许许多多不幸的女性个体，披露出家庭、社会的失格，揭露出一个时代的弊病。张爱玲的作品源于时代而又高于时代，曹七巧就是这样于时代下所塑造的富有内涵的女性，虽说她恶行颇多，“是把自己锁在黄金的枷锁里的女人，不给自己快乐，也不给儿女快乐”①，但许多读者和观众对曹七巧的不幸也了然于心。她的“恶”极度残忍，但又情有可原，这或许是她抗争不幸命运的方式。她的悲剧反映的不仅是她个体的不端，还有社会的残缺，这不得不促使当下的社会民众对其进行反思。

曹七巧生于市井街巷，在战乱年代，她被力求果腹的兄嫂无情地“贩卖”给官宦之家，做姜家天生残缺的二少爷之妻。她的婚姻

① ［美］夏志清：《中国现代小说史》，刘绍铭、李欧梵等译，复旦大学出版社2005年版，第261页。

是金钱下的一场交易，无论是在小说文本还是在2004年版电视剧《金锁记》中，她本寄予爱情一生的希望，却因无奈当时的社会，唯有失望与痛苦。即使她有着姜家二少奶奶的身份，但这也未能给她脸上添彩，因为她出身卑微、丈夫无能，有的只是姜家上下，甚至用人对她的轻视、嘲讽与敌意，就连她在姜家大宅住的房间都比其他人要昏暗几分，而她只能对此念叨，但更多的则是隐忍。女性一生该有的幸福，曹七巧都不曾拥有过。曹七巧表面是姜家风光的囚徒，而实则是不幸的存在。这也是为何2004年版电视剧《金锁记》总是用凄怆的音乐将她包围的原因。虽然她被广大读者和电视剧观众所诟病，但不得不承认，曹七巧是戴着金锁的囚徒，[①] 是一位不幸的女性。

人生的不幸使曹七巧的心灵变得扭曲，难道她生来如此？在思索这个问题时，无论是小说读者还是电视剧的观众都对此唏嘘不已。当我们将目光瞥向曹七巧周遭的环境时，答案立刻清晰明了。张爱玲说："几千年来（女人）始终受支配，因为适应环境，养成了所谓的妾妇之道。"[②] 在封建社会中，女人与男人的地位是不对等的，而这正是曹七巧所处男权社会的恶根性之所在，就如《圣经·创世纪》中所展现的那样，即上帝创造了男性亚当，而女人夏娃只是亚当身上的一根肋骨，何来平等可言？此与封建社会"男尊女卑"之观如出一辙。细看当时传统的宗法制社会，"男性成为'天''君''父'的中心象征，女性则被贬为他者，既没有独立的经济能力，也没有独立的人格"[③]。再者，在男权社会当中，女性欲望得不到尊重，而身处其中的权威却认为女性没有欲望，甚至对其欲望视而不见。

---

① 刘畅：《恶魔的"根"与凡人的"怨"：从〈金锁记〉和〈怨女〉看张爱玲对经典的重塑》，《名作欣赏》2018年第35期。

② 万全：《从〈倾城之恋〉到〈谈女人〉》，《湖北函授大学学报》2013年第4期。

③ 傅守祥、李馨：《跨媒介流传的艺术沟通与女性光芒——〈戴珍珠耳环的少女〉的女性主义探析》，《妇女研究论丛》2011年第6期。

无论在小说文本，还是同名电视剧中，曹七巧对姜季泽的爱没有得到回应，她无法跟心爱之人共结连理之好，同时，男权世界的“三纲五常”使得女性沦为被“贩卖”的商品，无法遵照她们的自主意识而活。女性地位低下，各方面都需依附男性活下去。曹七巧唯一渴望的爱情生活也只能是奢望，受到传统妻性与母性所禁锢的曹七巧，饱受各方压迫，没有自由可言。

如此不幸的曹七巧在这样的世界中，吃了亏、遭了罪、得不到纯粹的爱，注定做不得贤妻良母，于是，她开始疯狂报复，并以这样的方式来反抗身处的男权世界，并撕破这个世界用自由与文明来伪装的假面。她颠覆了传统母亲形象，将她的委屈、怨恨冷酷地发泄在儿女身上。她教训女儿姜长安不要与男性交往，干涉女儿恋爱的自由，断送女儿的终生幸福。她破坏儿子与儿媳之间的情感生活，令儿子姜长白彻夜陪伴自己。她一心欲使子女为自己的悲剧人生陪葬，欲完全背离本来被设定好的、传统的、寻常的母亲模样。慈爱母亲的身份是男权社会所需要的角色，是男权社会对女性他者身份的建构。女性被认为“应该永久地呆在厨房里，呆在家里，呆在孩子身边”①，而曹七巧偏不顺从，偏要以自己的方式活着，甚至不惜导向惨绝人寰的局面，成为一种“疯狂的抗争”。对于曹七巧而言，人生就非要是活成贤妻良母的模样吗？事实证明，曹七巧背离了男权社会所规定的女性“非如此不可”的贤妻良母形象。曹七巧的疯狂表现明显是对自以为是的权威说不，是对男权社会的叛逆。从这个视角来看，曹七巧是以扭曲的方式去抗争男权社会的不公。因为意识到女性力量的微弱，她坚决捍卫自己对于金钱的权利，她是男权世界当中“家长们”交换利益的筹码，反过来，她也死死守着她

① 刘开源、李宁：《枷锁镣铐下的苍凉人生：浅析〈金锁记〉中的曹七巧形象》，《西部学刊》2018 年第 4 期。

手中该有的利益，这是一种不折不扣的“疯狂抗争”。

小说文本凭借人物的妙语连珠来表现曹七巧在姜家的“叛逆”、与男权社会的格格不入，而同名电视剧版本则运用色彩与光线来揭开曹七巧的悲惨遭遇，用一帧帧画面透露出人物的无奈，使人物变得更加立体，以便与小说的思想内核大体相近。这两种截然不同的艺术媒介，多角度地展示了底层女性的不幸与对不幸的抗争。无论是在小说文本中，还是在2004年版的同名电视剧版本中，曹七巧几乎丧失了女性原有的韵味、魅力，且最终变得“丑恶”。这样的丑恶为世俗所不容，我们必须承认我们于当下也接受不了这样的母亲，我们也会在这样的家庭里变得消沉、堕落，但这一切又并非不可理解，男权世界的各方压力使得曹七巧心灵受到桎梏，她难以逃离被压迫的境遇，而唯有进行扭曲性的抗争，可悲、可叹。

四　女性不幸的摆脱与深省

有学者提出：“女性主义文学不是女权主义者同情和关注妇女命运的文学，也非一般妇女题材的创作。女性主义文学是女性世界主体意识觉醒的产物，即现代女性观及其所规定的女性主体意识在文学中的体现。”[①] 小说与电视剧改编的《金锁记》无疑就是这样的女性主义文学，分别反映了艺术家张爱玲与导演穆德远阅览浮华之后对女性主义的思考，反思了曹七巧苍凉悲剧性人生背后更深层次的原因，这是女性主义思考之所在，于当今社会具有较大的启发性。

男权社会以表面上的文明包装着自身，而暗地里却在一定程度上迫害着女性，使得不少女性失去花一般灿烂的生命，堕入黑暗的深渊。在男权社会中，女性被认为是妻子、母亲、女儿等角色存在，她们毫无自主、自由可言，是男性的附属品，处于完全失语的状态。

① 韩立群：《现代女性的精神历程》，中国人民大学出版社2013年版，第1页。

她们的欲望被理所应当地忽略，直至她们逐渐变得无欲无求。同时，在男尊女卑思想根深蒂固的社会状态下，女性的自由无疑是一种奢侈品，这造成女性精神上的畸变。为此，悲剧的出现自然在所难免，时代的弊病也再明显不过。

从小说创作到电视剧拍摄，作品《金锁记》中所展现的价值意义越发得到大众的肯定。小说文本的细腻文风激发了人们无限的想象力，电视剧中相关光、影、声、乐等错落有致地协调，丰富了人们的视觉体验，使一个具有现实性的不幸女子被人们所体悟到。通过跨媒介艺术的品析可知，身处女性失语时代的曹七巧，其悲剧缘于男权社会中长期处于统治地位的家长制，这种制度下的“三纲五常”准则与“男尊女卑”观念的深入人心，造成了曹七巧的悲剧人生。《金锁记》是一个时代的烙印，她的悲剧是整个社会的悲剧。为此，男女平等、两性和谐的追求于当今社会极其必要。女性乃至社会民众应通过艺术性的反思直面惨痛的过去，这有利于建设更加和谐与美好的未来社会。

主要参考文献

一　中文文献

飞白：《诗海游踪》，浙江工商大学出版社 2013 年版。

胡家峦：《历史的星空——英国文艺复兴时期诗歌与西方宇宙论》，北京大学出版社 2001 年版。

户思社、孟长勇：《法国现当代文学：从波德莱尔到杜拉斯》，北京师范大学出版社 2015 年版。

黄梅：《推敲“自我”：小说在 18 世纪的英国》，生活·读书·新知三联书店 2003 年版。

刘小枫：《沉重的肉身——现代性伦理的叙事纬语》，上海人民出版社 1999 年版。

潘一禾：《故事与解释——世界文学经典通论》，学林出版社 2000 年版。

吴晓东：《从卡夫卡到昆德拉：20 世纪小说和小说家》，生活·读书·新知三联书店 2003 年版。

徐葆耕：《西方文学：心灵的历史》，清华大学出版社 1990 年版。

徐贲：《阅读经典：美国大学的人文交》，北京大学出版社 2015 年版。

徐岱：《审美正义论——伦理美学基础问题研究》，浙江工商大学出版社 2014 年版。

朱光潜：《诗论》，生活·读书·新知三联书店 1984 年版。

［美］莫蒂默·阿德勒：《西方名著中的伟大智慧》，王月瑞译，海南出版社 2002 年版。

［意］安伯托·艾柯：《开放的作品》，刘儒庭译，新星出版社 2005 年版。

［意］安贝托·艾柯：《悠游小说林》，俞冰夏译，生活·读书·新知三联书店 2005 年版。

［意］安贝托·艾柯等：《诠释与过度诠释》，王宇根译，生活·读书·新知三联书店 2005 年版。

［德］埃里希·奥尔巴赫：《摹仿论——西方文学中所描绘的现实》，吴麟绶等译，百花文艺出版社 2002 年版。

［瑞士］巴尔塔萨：《神话与文学》，曹卫东等译，生活·读书·新知三联书店 2002 年版。

［法］加斯东·巴什拉：《空间诗学》，张逸婧译，上海译文出版社 2009 年版。

［法］加斯东·巴什拉：《梦想的诗学》，刘自强译，生活·读书·新知三联书店 1996 年版。

［德］瓦尔特·本雅明：《发达资本主义时代的抒情诗人》，张旭东、魏文生译，生活·读书·新知三联书店 1989 年版。

［美］伯恩斯、拉尔夫：《世界文明史》，罗经国、陈筠等译，商务印书馆 1987 年版。

［美］萨克文·伯科维奇主编：《剑桥美国文学史》（第 1—8 卷），蔡坚主译，中央编译出版社 2008 年版。

［丹麦］勃兰兑斯：《十九世纪文学主流》（第 1—6 册），张道真等译，人民文学出版社 1981 年版。

［法］莫里斯·布朗肖：《文学空间》，顾嘉琛译，商务印书馆 2003 年版。

［美］克林斯·布鲁克斯：《精致的瓮：诗歌结构研究》，郭乙瑶等

译，上海人民出版社 2008 年版。
［美］哈罗德·布鲁姆：《西方正典：伟大作家和不朽作品》，江宁康译，译林出版社 2005 年版。
［美］大卫·丹比：《伟大的书》，曹雅学译，江苏人民出版社 1998 年版。
［美］迈克·德达：《悦读经典》，王艺译，生活·读书·新知三联书店 2011 年版。
［法］米·杜夫海纳：《审美经验现象学》，韩树站译，文化艺术出版社 1996 年版。
［美］威尔·杜兰特：《历史的教训》，倪玉平等译，中国方正出版社 2015 年版。
［荷］佛克玛、蚁布思：《文学研究与文化参与》，俞国强译，北京大学出版社 1996 年版。
［德］曼弗雷德·弗兰克：《德国早期浪漫主义美学导论》，聂军等译，吉林人民出版社 2006 年版。
［美］彼得·盖伊：《历史学家的三堂小说课》，刘森尧译，北京大学出版社 2006 年版。
［英］E. H. 贡布里希：《理想与偶像——价值在历史和艺术中的地位》，范景中、曹意强、周书田译，上海人民美术出版社 1989 年版。
［美］吉尔伯特·海厄特：《古典传统：希腊—罗马对西方文学的影响》，王晨译，北京联合出版公司 2015 年版。
［德］塞缪尔·黑格尔：《历史哲学》，王造时译，生活·读书·新知三联书店 1956 年版。
［法］勒内·基拉尔：《浪漫的谎言与小说的真实》，罗芃译，生活·读书·新知三联书店 1998 年版。
［法］帕斯卡尔·卡萨诺瓦：《文学世界共和国》，罗国祥等译，北

京大学出版社 2015 年版。

［德］恩斯特·卡西尔：《人论》，甘阳译，上海译文出版社 1985 年版。

［美］约翰·拉塞尔：《现代艺术的意义》，常宁生译，中国人民大学出版社 2003 年版。

［德］汉斯·罗伯特·耀斯：《审美经验与文学解释学》，顾建光、顾静宇、张乐天译，上海译文出版社 1997 年版。

［法］罗丹口述、葛赛尔整理记录：《罗丹艺术论》，沈琪译，人民美术出版社 1978 年版。

［俄］E. M. 梅列金斯基：《英雄史诗的起源》，王亚民等译，商务印书馆 2007 年版。

［俄］格·米弗里德连杰尔：《陀思妥耶夫斯基与世界文学》，施元译，上海译文出版社 1997 年版。

［美］阿尔伯特·莫德尔：《文学中的色情动机》，刘文荣译，文滙出版社 2006 年版。

［法］埃德加·莫兰：《复杂思想：自觉的科学》，陈一壮译，北京大学出版社 2001 年版。

［美］弗拉基米尔·纳博科夫：《文学讲稿》，申慧辉等译，上海三联书店 2005 年版。

［美］玛莎·努斯鲍姆：《诗性正义：文学想象与公共生活》，丁晓东译，北京大学出版社 2010 年版。

［美］卡米拉·帕格利亚：《性面具——艺术与颓废：从奈费尔提蒂到艾米莉·狄金森》，王枚等译，内蒙古大学出版社 2003 年版。

［美］伯纳德·派里斯：《想像的人》，王光林等译，上海文艺出版社 2000 年版。

［英］沃尔特·佩特：《文艺复兴：艺术与诗的研究》，张岩冰译，广西师范大学出版社 2002 年版。

[英] 马尔科姆·琼斯：《巴赫金之后的陀思妥耶夫斯基》，赵亚莉等译，吉林人民出版社 2004 年版。

[美] 埃德蒙·威尔逊：《阿克瑟尔的城堡：1870 年至 1930 年的想象文学研究》，黄念欣译，江苏教育出版社 2006 年版。

[德] 马克斯·韦伯：《新教伦理与资本主义精神》，阎克文译，上海人民出版社 2010 年版。

[美] 约翰·维克雷编：《神话与文学》，潘国庆等译，上海文艺出版社 1995 年版。

[美] 罗伯特·C. 尤林：《理解文化——从人类学和社会学理论视角》，何国强译，北京大学出版社 2005 年版。

二 外文文献

Gay Wilson Allen, *The Solitary Singer*: *A Critical Biography of Walt Whitman*, New York: Oxford Univ. Press, 1987.

Jean Baudrillaed, *Symbolic Exchange and Death*, London: Sage Publications, 1993.

Marshall Berman, *All That is Solid Melts into Air*: *The Experience of Modernity*, London: Verso, 1983.

Harold Bloom ed. , *Modern Critical Views*: *The Pre-raphaelite Poets*, New York: Chelsea House , 1986.

Allan Bloom, *The Closing of the American Mind*, New York: Simon & Schuster, 1987.

Harold Bloom, *The Western Canon*: *The Books and School of the Ages*, New York: Harcourt Brace & Company, 1994.

Travis Bogard & Jackson R. Bryer eds. , *Selected Letters of Engene O'Neill*, New Haven: Yale university Press, 1988.

David Bradby ed. , *Modern French Drama*, *1940 – 1980*, New York:

Cambridge University Press, 1984.

Patrick Brantlinger, *Crusoe's Footprints: Cultural studies in Britain and America*, New York: Rouledge, 1990.

Mike Featherstone, *Consumer Culture and Postmodernism*, London: Sage Publications, 1991.

Lucien Goldmann, *Towards a Sociology of the Novel*, trans. Alan Sheridan, London: Tavistock Publications, 1975.

W. Gray, *Homer to Joyce*, New York: Macmillan Publishing Company, 1987.

Seamus Heaney, *Feeling into Words*, *The Poet's work*, Boston: Houghton Mifflin company, 1979.

E. D. Hirsch, Jr. , *Cultural Literacy: What Every American Needs to Know*, Boston: Houghton Mifflin, 1987.

Gordon Hutner ed. , *American Literature*, *American Culture*, New York: Oxford University Press, 1999.

Emmanuel Lévinas, *Ethics and Infinity*, trans. Richard A. Cohen, Pittsburgh: Duquesne University Press, 1985.

Edward Mendelstn ed. , *The Complete Works of W. H. Auden*, Princeton, N. J. : Princeton University Press, 1988.

James E. Miller, Jr. *Leaves of Grass: America's Lyric-Epic of Self and Democracy*, New York: Twayne Publishers, 1992.

Toni Morrison, "Unspeakable Things Unspoken: The Afro-American Presence in American Literature", in Gordon Hutner ed. , *American Literature*, *American Culture*, New York: Oxford University Press, 1999.

Toni Morrison, *Playing in the Dark: Whiteness and the Literary Imagination*, New York: Vintage Books, 1993.

Carroll Moulton, *Ancient Greece and Rome*, New York: Charles Scribner's Sons, 1998.

Martha C. Nussbaum, *Poetic Justice: The Literary Imagination and Public Life*, Boston Mass. : Beacon Press, 1995.

Annette T. Rubinstein ed. , *The Great Traditional in English Literature From Shakespeare to Shaw*, New York: The Citadel Press, 1953.

Edward W. Said, *Culture and Imperialism*, London: Vintage Books, A Division of Random House, 1993.

Robert Shulman, "Poem and the Powers of the Mind", *ELH*, Vol. 37, No. 2, June, 1970.

Zachary Simpson, *Life as Art: Aesthetics and the Creation of Self*, New York: Lexington Books / Rowman and Littlefield, 2012.

Susan Sontag, *Against Interpretation*, London: Eyre & Spottiswoode, 1967.

David Swartz, *Culture and Power: The Sociology of Piere Bourdieu*, Chicago: University of Chicago Press, 1997.

Stanley Trachtenberg, *Critical Essays on American Postmodernism*, New York: G. K. Hall & Co. Macmillian Publishing Company, 1995.

Jen Webb, "Cultural Studies and Aesthetics: Pleasure and Politics", in *Critical Studies: Cultural Studies, Interdisciplinarity and Translation*, Stefan Herbrechter ed. , New York, 2002.

[美] 克林斯·布鲁克斯、罗伯特·潘·沃伦编著：《理解诗歌》（第4版）（中英文对照），郭乙瑶等译，外语教学与研究出版社2004年版。

[美] 克林斯·布鲁克斯、罗伯特·潘·沃伦编著：《理解小说》（第3版）（中英文对照），郭乙瑶等译，外语教学与研究出版社2004年版。

后　记

诗性正义与文明分享

世界因文化而温暖，因文化而别具声色。优秀文化更是人们获得理想信念、生存意义、心灵慰藉、终极关怀的精神家园，它可以制衡消费主义、物质主义对人性的异化与啃噬。文学与文学阐释是全球化时代表达民族身份和自我身份的一种方式，也是要求表达权、语言权、维护文化多样性的具体方式。研读世界文学经典是全球化时代的明智选择，基于经典阅读的人文教育，其核心功能就在于帮助我们在新的历史情境下重新发现和思考“人”自身的内在含义。阅读，因自由而美丽；文学经典，因诗性正义而厚德载物。对个人来说，防止庸俗和集中精力的一个办法是只读经典，只读那些经过历史淘汰保留下来的精华，正所谓“腹有诗书气自华”。意大利著名作家卡尔维诺对“经典”做的第一条定义：“经典是那些你经常听人家说‘我正在重读……’而不是‘我正在读……’的书。”① 重读，证明了经典拥有更长久的生命力。当然，更重要的是经典作品所能带来的巨大的阅读乐趣、智慧启迪和心性觉悟。

① ［意］伊塔洛·卡尔维诺：《为什么读经典》，黄灿然、李桂蜜译，译林出版社 2006 年版，第 1 页。

就当今世界的发展格局来看，看似不可阻挡的全球化的历史进程，其正面价值主要在于人类文化不断提高其内在的“文明总量”，但它又常常在人类文明不断减少其外在的“文化差异”的过程中，遮蔽人类文明可能的前进方向，甚至湮没人类更好的生命形态。如何在增加人类“文明总量”的同时尽量保持“文化多样性”，既是全球化时代人类的共同课题又是中国新型城市化亟待解决的难题，这事关“文化正义”的匡扶与“文化正能量”的有效释放，对于尽快扭转中国现代化进程中的“文化瘸脚”以及“文化生态失衡”至关重要。然而，如果细致深入地体察和探究“全球化进程”以及与其密切相关的“消费主义”对于每个人的影响，就将发现：消费社会的问题不仅仅在于过度满足，而在于把人世的苦难和不幸等原本让人珍惜生命的反思，转化为消费资源，产生一种所谓的“自恋型幸福”。由此可见，当代“大转型”社会中的问题越发显得复杂。

越来越多的中国人已经意识到，富有的衡量指标不仅仅是 GDP，幸福的指针更不仅仅是经济收入，① 还可以用生活中休闲时间的多少作为衡量个人幸福和社会富有的标准：个人自由支配的时间越多就越富有；社会中越多的人有越多的自由支配时间，这个社会就越富有。中国要成为一个“文化强国”尤其是极具魅力的“人文强国”，除了继承本民族的“优秀”文化传统并具有高度的文化自觉与文化自信，拥有覆盖全社会的城乡一体化的完善的公共文化服务体系、

① 对于“人的幸福感取决于什么?”这样的问题，哥伦比亚大学教授霍华德·金森以其持续研究为基础、在《华盛顿邮报》上发表的一篇题为《幸福的密码》论文表明：所有靠物质支撑的幸福感，都不能持久，都会随着物质的离去而离去。只有心灵的淡定宁静，继而产生的身心愉悦，才是幸福的真正源泉。（《真正的幸福密码》，《辽沈晚报》2013 年 8 月 30 日）相关研究还表明：人们一般普遍认为，高收入会带来好心情，但这多半是错觉。那些收入高于平均水平的人很少有人时刻感觉到比其他人幸福，他们的生活往往会更紧张，也没有更多的时间去享受生活。人们大都夸大了高收入对个人幸福的影响，一旦人们的收入超过贫困线，那么对于日常的幸福感来说，金钱便不再扮演重要的角色。（《〈华盛顿邮报〉：研究表明金钱买不到幸福》，新华网，http://news.xinhuanet.com/tech/2006-07/06/content_4800896.htm，2006 年 7 月 6 日。）

强大的文化产业以及科学的文化管理体制与机制外，还需要基于自身不断完善与创新的文化软实力、对世界文明的领悟力以及人人都能感受到的人文魅力，在实施文化“走出去”战略、增强国际影响力的同时，继续做好“拿来主义”的工作、提升文明分享的效度——在充分尊重中完成知识考古学的工作、在满心敬仰里探寻精神现象学的轨迹、在灵动“出入”间翻检人性生死书的秘密，以“才”“学”“识”最佳的状态，帮助国人成为“既能用中国眼光看世界的人，又能用世界眼光看中国的人”。

呈现在各位读者眼前的这部论著，起始于我多年的读书心得和研究生教学。其间，部分章节分别发表在《妇女研究论丛》《浙江大学学报》《湖南社会科学》《江苏行政学院学报》《云南大学学报》《吉首大学学报》等学刊上，特此致谢。另外，感谢李馨、胡雯、林琳、陈然然、黄晓丽、郑露娜、陈晓青、杨洋、袁丹、陈少凤等同学对部分章节初稿写作的帮助。

本书得以顺利出版，得益于列入“温州大学中文学科建设丛书”，特此鸣谢。在此还要特别感谢中国社会科学出版社的大力支持，感谢编辑王丽媛女士为本书高质量出版付出的辛苦！

2020 年 11 月

于杭州西溪河畔寓所